어쩌면 좋아 열네 살

어쩌면 좋아 열네 살

정병진 장편소설

별숲

사춘기를 겪는 열네 살 소년의 발랄한 사랑 이야기이며,
세상의 편견을 어떻게 극복해 나가는가에 대한 이야기입니다.
'중2병'에 걸렸다며 문제아로 취급당하는 청소년들에게
잠시나마 웃음을 주고 싶었습니다.

_ 정병진

차례

3월

몽고간장

3월 1일 화요일 (삼일절)

자명종이 울렸다. 자리에서 벌떡 일어나 커튼을 젖히고 창밖을 내다보았다. 하늘에는 먹구름이 잔뜩 끼어 있었지만 다행히 비는 내리지 않았다. 일기예보에서 새벽부터 큰비가 내린다고 해 얼마나 마음을 졸였는지 모른다. 왜냐하면 오늘은 우리 가족이 이곳 밤섬 아파트를 떠나 구길동 단독주택으로 이사하는 날이기 때문이다. 우리 가족은 오늘을 목 놓아 기다려 왔다.

밤섬의 이 좁고 낡은 아파트는 우리 아빠 나이보다 오래되었다. 나는 여기서 13년 11개월을 살았다. 엄마랑 아빠는 나보다 1년을 더 살았다. 나 역시 엄마 배 속에 있었으니까 10개월을 더해야 공평할 것 같다.

가로로 무척 긴 우리 아파트의 1층은 상가들이 늘어서 있다. 여름에 발코니 창을 열면 음식 냄새가 모락모락 올라왔고, 때때로 술 취한 사람들의 욕설이 들리곤 했다. 복도식 아파트여서 엘리베이터는 언제나 만원이었고 복도는 자전거, 유모차, 화분 그리고 나중에 버리려고 내놓은 쓰레기봉투 때문에 다니기 불편했다. 아빠는 살 만큼 살고 배울 만큼 배운 사람들이 왜 이 모양인지 모르겠다며 불평을 늘어놓곤 했다.

엘리베이터 안에는 각종 안내문이 언제나 덕지덕지 붙어 있었다. 복도에서 담배꽁초를 던지면 행인이 화상을 입거나 자동차에 불씨 자국이 남으니 담배꽁초를 던지지 말아 달라는 안내문, 음식물 쓰레기를 갈아서 개수대나 변기에 버리면 배관이 막히니 음식물 쓰레기봉투를 이용하라는 안내문, 반려견 짖는 소리에 대하여 주의를 당부하는 안내문 등 하루가 멀다 하고 경고성 안내문이 붙었다. 하지만 이런 건 아무것도 아니다.

내가 태어난 이 아파트에서 우리 가족을 떠나게 만든 건 뭐니 뭐니 해도 지난여름부터 시작된 층간 소음이었다. 매일 밤 어김없이 찾아오는 쿵! 쿵! 쿵! 소리. 그리고 소음보다 더 싫은 진동. 가끔씩 진동 때문에 거실 창이 바르르 떨리기도 했다. 쿵! 쿵! 쿵! 아빠는 누군가 발뒤꿈치로 찍어 내리며 걷기 때문에 이런 소음과 진동이 생긴다고 했다. 소음이 시작되고 일주일쯤 지났을 때 아랫집 할아버지가 우리 집 초인종을 눌렀다. 할아버지는 소음의 주범을 우리 집으로 생각하고 있었다. 할아버지는 우리 집 거실에서도 들리는 쿵! 쿵! 쿵! 소리를 확인하고 나서야 돌아갔다. 그날 밤 아랫집 할아버지는 열 집 넘게 초인종을 누르고 소음의 진원지를 찾아 헤맸지만 결국 실패했다. 이웃들은 서로를 의심했고 엘리베이터나 복도에서 만나도 더 이상 인사를 나누지 않았다. 밤잠을 설치는 날이 많아지자 엄마와 아빠는 결단을 내려야만 했다. 우리는 이사하기로 결정했다.

사실 처음부터 단독주택으로 이사할 생각은 없었다. 밤섬에는 단독주택이 단 한 채도 없기 때문이다. 만약 단독주택을 찾아 밤섬을 떠나게 되면 전학을 해야 할지도 모르는데 나는 그러고 싶은 마음이 눈곱만큼도 없었다. 우리는 당연히 맨 꼭대기 층 아파트를 찾았다. 맨 꼭대기 층이 여름에는 덥고 겨울에는 춥다고 해서 싫었지만 다른 뾰족한 수가 없었다. 그런데 몇 달을 기다려도 우리 세 식구가 살기에 적당한 크기의 맨 꼭대기 층 아파트를 찾을 수 없었다. 아빠는 주말마다 밤섬의 모든 부동산에 전화를 걸었지만 돌아오는 답변은 그냥 기다리라는 것뿐이었다.

그러던 어느 날, 아랫집 할아버지가 이사를 가고 젊은 부부가 새로 이사를 왔다. 젊은 부부에게 아이는 없었지만 그 대신 송아지만 한 개가 한 마리 있었다. 그 개는 한번 짖기 시작하면 그칠 줄 몰랐다. 젊은 부부가 아침에 출근하면 녀석은 발톱에 가시라도 박힌 것처럼 하루 종일 짖어 댔다. 주민들의 항의가 거세 아파트 관리사무소에서 나섰지만 젊은 부부는 꿈쩍도 하지 않았다. 아파트 주민들 간에 고성이 오가고 경찰도 몇 차례 출동했지만 바뀐 것은 아무것도 없었다.

아빠는 아무 데나 좋으니 당장 이사를 가자고 엄마에게 졸랐다. 맨 꼭대기 층이고 뭐고 상관없으니 당장 내일이라도 떠나고 싶어 했다. 아빠의 표정은 몹시 절박해 보였다. 그러자 엄마가 이성적으로 생각하자며 아빠를 살살 달랬다. 엄마는 우리가 맨 꼭대기 층 아파트를 포기하고 이사를 했는데 만약 윗집에 킹콩이라도 살면 모든 게 끝장이라고 했다. 운이 좋아서 킹콩을 피한다 해도 아랫집이나 옆집 아니면 앞동이나 뒷동에 송아지만 한 개가 살지 않으리라는 법이 없었다. 아빠는 시무룩한 표정을 지으며 아무 말도 하지 않았다. 엄마가 이제 더 이상 층간 소음과 개 짖는 소리를 피할 수 없는 세상이 되었다고 하자 아빠는 거의 울상이 되었다. 그때 엄마가 "벽아, 우리 단독주택으로 이사 갈까?" 하고 내게 물었다. 그러자 내가 대답할 새도 없이 아빠는 당장 집을 보러 나가자며 자리에서 벌떡 일어났다.

우리는 단독주택으로 이사를 하면 모든 게 해결될 것이라고 생각했지만 주말마다 집을 보러 다니면서 현실은 많이 다르다는 것을 조금씩 깨달았다. 단독주택에는 확실히 장점도 있었지만 여러 가지 단점도 많았다.

• 단독주택의 장점

1. 층간 소음에서 해방. 혹시 옆집 소음이 있을 수 있지만 최소한 쿵! 쿵! 쿵! 하고 울리는 진동은 없다.

2. 마당이 있다.

3. 화단에 나무가 있다.

4. 우리만의 옥상이 있다.

• 단독주택의 단점

1. 아파트처럼 경비원 아저씨가 없으니 보안에 취약하다.

2. 단독주택에서도 개 짖는 소리를 피하기 어렵다.

3. 단열이 잘 안 되어서 아파트보다 여름에는 더 덥고 겨울에는 더 춥다.

4. 택배를 받아 줄 사람이 없다.

우리는 단독주택을 사기로 결정했다. 단, 내가 전학을 하지 않도록 밤섬과 같은 학군인 구길동에서 집을 구하기로 했다. 그리고 두 달 만에 가까스로 마음에 드는 2층짜리 파란 벽돌집을 찾았다. 코딱지만 한 화단에는 감나무 한 그루와 향나무 두 그루가 심어져 있었다. 손바닥만 한 마당 한편에는 수도가 설치되어 있었는데, 엄마가 이 집에서 가장 마음에 들어 했던 것이 바로 이 자그마한 수돗가였다. 2년 전에 수리해서 그런지 무척 환하고 깨끗한 집이었다. 1층에는 거실과 주방이 있고, 2층에는 부모님 방과 내 방이 있다. 욕실은 1층과 2층에 각각 있었다. 터무니없이 비싸기만 한 밤섬의 낡고 비좁은 아파트에 비하면 천국이나 다름없는 집이다. 다만 한 가지 아쉬운 점은 집수리할 때 지하실을 빼먹었다는 것이다. 언젠가 이곳도 깨끗이 청소를 하면 꽤 아늑하고 포근할 것 같았다.

단독주택 계약을 마치고 돌아오는 길에 아빠가 이제 우리는 은행에 월세를 내고 사는 처지라고 했다. 그럼 우리도 '하우스 푸어'냐고 물었더니 엄마는 깔깔 웃으며 그 정도는 아니니 걱정하지 말라며 나를 안아 주었다. 아빠는 내 머리를 쓰다듬었다.

드디어 이사하는 날. 창밖을 내다보니 당장에라도 빗줄기가 떨어질 기세였다. 나는 제발 이사를 마칠 때까지만이라도 비가 내리지 않길 빌었다. 약속 시간보다 20분 일찍 이삿짐을 옮겨 줄 아저씨들과 아주머니가 도착했다. 아파트 안을 주욱 둘러본 아저씨 한 분이 18평 살림이 이렇게 많은 건 처음 본다며 길게 한숨을 내쉬었다. 15년 동안 이사를 한 번도 하지 않은 살림 때문이기도 했지만 사실 그보다 더한 것은 아빠의 천 권도 넘는 책 때문이었다. 아빠는 아저씨들 중에서 대장처럼 보이는 수염이 덥수룩한 아저씨에게 점심값이라도 하시라며 하얀 봉투를 내밀었다. 그러자 수염 난 아저씨는 "뭘 이런 걸 다……." 하고 중얼거리더니, 다른 아저씨들을 향해 "어서 포장 시작해!" 하고 소리쳤다.

이삿짐 포장이 시작되자 우리는 코딱지만 한 아파트를 빠져나와야만 했다. 아빠는 포장 작업을 하는 아저씨 한 분에게 작은방에 있는 하얀 쓰레기봉투는 버리는 게 아니라 지구본을 미리 싸 둔 것이니 꼭 챙겨 달라고 당부했다. 엄마는 잃어버릴 위험이 있으니 다른 봉투나 상자에 다시 싸라고 했지만 아빠는 쓰레기봉투가 질겨서 좋다며 고집을 피웠다. 아빠가 엄마 말을 듣지 않으면 언제나 좋지 않은 일이 벌어진다. 이번에는 무슨 일이 생길지 벌써 걱정이 되었다.

엄마와 아빠가 부동산에 가서 일을 보는 동안 나는 1층에서 이삿짐 싣는 광경을 구경했다. 정말 쉬지 않고 이삿짐이 사다리차를 타고 내려왔다. 저렇게 작은 집에서 이렇게 많은 짐이 내려오는 게 신기하기만 했다. 엄마와 아빠가 일을 마치고 돌아왔을 때 이삿짐 포장도 마무리 중이었다. 우리는 마지막으로 텅 빈 아파트 안을 한 번 둘러보았다. 우리 가족이 15년 동안 지낸 아파트를 떠난다는 게 이제야 실감이 났다. 주방에 쌓인 쓰레기 더미 속에서 엄마가 아빠의 하얀 쓰레기봉투를 찾았다. 엄마는 아무 말 없이 아빠에게 지구본이 담긴 하얀 쓰레기봉투를 건넸다. 아빠는 "아니, 버리지 말고 잘 챙겨 달라고 신신당부했더니……." 하고 말꼬리를 흐렸다. 엄마는 그러게 왜 쓰레기봉투에 지구본을 담았느냐고 잔소리를 하지 않았다. 이상하게도 우리 엄마는 잔소리를 하지 않을 때 더 권위가 있고 무서워 보인다. 수염이 덥수룩한 대장 아저씨는 점심 식사 후 두 시까지 구길동 단독주택에 도착하겠다는 말을 남기고 먼저 출발했다. 우리가 아파트 1층 상가에서 점심을 먹고 있는데 한바탕 소나기가 내렸다. 하지만 운이 좋게도 밥을 다 먹고 나오자 언제 그랬냐는 듯이 비는 말끔히 그쳤다.

오후 내내 이삿짐 아저씨들은 쉬지 않고 짐을 정리했다. 어찌나 힘이 세고 부지런한지 몇 시간 만에 짐 정리를 뚝딱 끝냈다. 엄마가 당장 필요하지 않은 살림은 상자째 지하실에 넣어 두자고 하니, 아빠도 시간을 가지고 천천히 정리를 하자고 했다.

저녁 식사는 집에서 먹었다. 아빠는 엄마가 힘들까 봐 외식을 하자고 했지만 엄마는 밖에 나가는 게 더 힘들다며 간단하게 저녁 식사를 차렸다. 나도 너무 지쳐서 나가고 싶지 않았다. 엄마랑 아빠는 내일 출근해야 한다. 휴일에 이사했다고 하루 쉬게 해 주는 법은 없나 보다. 그나마 다행인 것은 내일이 월요일이 아니라 수요일이라는 것이다. 3일만 지나면 주말이니까 엄마랑 아빠가 쉴 수 있다.

내일이면 나도 중학교 2학년이 된다. 올해에는 어떤 모험이 나를 기다리고 있을까? 침대에 누워 눈을 감으니 창밖에서 개 짖는 소리가 들린다. 컹! 컹! 컹!

3월 2일 수요일

개학이다. 나는 밤섬중학교 2학년 3반 17번이다. 빠가사리가 4반 담임이 되었다. 4반 담임을 맡기로 했던 선생님이 갑자기 휴직을 하게 되었다고 한다. 4반 애들은 모두 죽을상이다. 엄마에게 졸라서 전학을 가겠다는 녀석도 있다. 사회 과목을 가르치는 빠가사리는 명태처럼 삐쩍 말랐는데 우리 학교에서 그가 웃는 걸 본 사람은 아직까지 아무도 없다.

우리 반 담임선생님은 국어 과목을 가르치는 김윤식 선생님이다. 나는 전학생인 고동완이라는 애와 짝이 되었다. 걔는 용산에서 살다가 얼마 전 밤섬으로 이사를 왔다고 한다. 동완이는 키가 나보다 한 뼘이나 더 크다. 피부는 좀 까무잡잡한데 그래서인지 이국적인 분위기가 풍긴다.

오늘 하루 가장 기쁜 소식은 김희정이 우리 반이 되었다는 사실이다. 희정이는 우리 학교에서 가장 예쁘다. 아니, 밤섬에서 제일 예쁘다. 어쩌면 우리나라에서 최고로 예쁜지도 모르겠다.

아빠 서가에서 가져온 서머싯 몸의 《달과 6펜스》를 읽고 있다.

3월 3일 목요일

놀라운 사실 하나! 내 짝 동완이의 엄마가 몽골 사람이다. 걔 아빠가 몽골에서 근무할 때 엄마를 만나서 사랑에 빠졌단다. 동완이는 몽골에서 태어나 세 살까지 거기에서 살았다고 한다. 해마다 여름방학이 되면 엄마랑 함께 몽골에서 2주 정도 지낸다고 했다.

내가 '안녕하세요?'를 몽골어로 어떻게 말하느냐고 물었더니 '센 베노'라고 알려 주었다. 몽골 사람들이 사는 커다란 텐트에서 하룻밤 자면 어떤 기분일까?

학원 선생님이 수학 숙제가 엉망이라고 야단쳤다. 한 번만 더 이렇게 엉터리로 숙제를 하면 엄마에게 전화한다며 으름장을 놓았다. 수학이 없는 세상에서 살고 싶다.

《달과 6펜스》는 어느 무책임한 남자의 이야기다. 아빠 서가에 왜 이런 책이 있는지 이해할 수 없다.

3월 4일 금요일

동완이 엄마가 몽골 사람이라고 소문이 났다. 맨 먼저 껄렁이 종구 녀석이 동완이에게 "야! 고동완, 너 다문화라며? 어디서 왔어? 동남아야?" 하고 시비를 걸었다. 동완이가 대답할 새도 없이 옆에 있던 철진이 녀석이 "아냐, 몽골에서 왔대." 하고 거들었다. 그러자 종구 녀석이 "몽골? 그럼 넌 앞으로 몽고간장이다." 하고 말했다.

종구 패거리가 동완이를 몽고간장이라고 놀리자 다른 애들까지 동완이가 다문화라며 쑥덕거렸다. 우리 반 영식이의 엄마는 일본 사람인데 영식이를 놀리는 애들은 아무도 없다. 만약 동완이 엄마가 일본 사람이었다면 어땠을까?

3월 5일 토요일

텔레비전 채널 때문에 아빠에게 서운하다. 내가 먼저 〈동물의 왕국〉을 보고 있었는데 아빠가 플래시걸을 봐야 한다며 채널을 돌려 버렸다. 아빠 나이에 여자 아이돌 스타들이 춤추고 노래 부르는 것을 좋아하다니, 나로서는 도무지 이해할 수 없다. 나도 나만의 텔레비전을 가지고 싶다. 로또라도 살까? 하지만 난 아직 어려서 로또를 살 수 없다. 도대체 언제 어른이 되나?

플래시걸의 소음을 피해 내 방으로 와서 체호프 단편소설을 하나 읽었다. 〈공포〉라는 소설인데 친구의 아내와 바람난 남자의 이야기였다. '40명의 순교자'라는 등장인물이 나오는데 무슨 이름이 요 모양인지 알 수가 없다. 러시아 소설은 추운 날씨 탓인지 너무 썰렁하다. 다른 러시아 작가의 작품을 읽어 보아야겠다.

아빠가 마당에서 담배를 피우다가 엄마에게 또 잔소리를 들었다. 엄마는 보험회사에서 건강체 할인을 받으려면 금연을 해야 하는데 언제까지 담배를 피울 거냐고 물었다. 엄마는 지금 금연하면 보험료가 몇백만 원이나 이득이라고 했다. 아빠는 "알았네, 알았네." 하며 웃더니 엄마가 들어가자 담배를 한 대 더 피웠다. 아빠는 능글능글한 능구렁이 같다. 그리고 나에게 "아들아, 너는 담배 배우지 마라. 이거 정말 끊기 힘들다." 하고서는 담배를 깊게 들이마셨다.

아빠는 군대에서 보급품으로 받은 '88'로 처음 담배를 배웠다고 했다. 그 전에는 담배를 피우지 않았단다. 만약 내가 반에서 1등을 한다면 아빠도 담배를 끊겠다고 하길래, 나는 아빠에게 담배를 끊지 않는 게 좋겠다고 말했다. 반에서 10등도 아니고 1등이라니? 그건 불가능한 일이다.

농담이라도 해서는 안 되는 말이 있다는 것을 오늘 알았다.

3월 6일 일요일

아침 일찍 할아버지 댁에 갔다. 학교 성적보다 좋아하는 것을 하는 게 백배 낫다고 믿는 분이시니, 할아버지를 보면 마음이 편하다. 할아버지와 함께 텔레비전에서 〈더 브레이브〉라는 서부영화를 보았다.

〈더 브레이브〉는 아빠를 죽인 악당을 쫓아 복수를 하는 소녀의 이야기였다. 머리카락을 양쪽으로 길게 땋은 주근깨 소녀가 주인공인데, 꼭 사나운 '빨간 머리 앤'처럼 생겼다.

할아버지는 이 영화의 원래 제목이 〈트루 그리트〉라고 알려 주셨다. 옛날 영화에서는 존 웨인이 보안관으로 나왔다고 한다. 내가 할아버지에게 '트루 그리트'가 무슨 뜻이냐고 물었더니 할아버지는 그건 진정한 용기라고 하셨다. 할아버지는 "브레이브도 용기고 그리트도 용기인데 약간 차이가 있단다. 그리트는 뭐랄까, 좀 더 질기고 포기하지 않는 불굴의 용기 같은 것이라고 할까? 그저 용맹한 것은 브레이브란다." 하고 말씀하셨다. 영화 속에서 총을 든 주근깨 소녀가 보여 준 것이 진정한 용기인 것 같다. 나라면 아빠의 복수를 위해서 원수를 찾아 나설 수 있을까? 제발 그런 일이 일어나지 않기를 바란다.

점심을 먹고 나자 할머니는 "벽이는 커서 무엇이 되고 싶으냐?" 하고 물으셨다. 나는 "아직 잘 모르겠어요." 하고 대답했다. 그러자 할아버지는 "지금 당장은 아니더라도 하고 싶은 것을 찾아서 목표를 가지는 게 좋겠어." 하고 말씀하셨다. 그리고 할아버지는 내게 학교 공부도 너무 게을리하지 말라고 하셨다.

밤에 침대에 누워 내가 하고 싶은 것에 대해서 생각해 보았다. 하지만 아직은 그게 무엇인지 잘 떠오르지 않았다. 눈을 감으니 총을 든 주근깨 소녀가 어른거렸다.

3월 7일 월요일

급식 시간에 껄렁이 종구 녀석이 동완이를 또 몽고간장이라고 놀렸다. 종구는 반찬으로 나온 만두를 보더니 동완이에게 "만두 찍어 먹게 몽고간장 좀 주라." 하고 빈정거렸다. 종구 패거리가 배꼽

을 잡고 웃자 다른 아이들까지 따라서 웃는 게 아닌가! 내가 참지
못하고 당장 그만두라고 소리쳤다. 그랬더니 종구 녀석이 나에게
"벽창호 넌 빠져." 하며 덤벼들었다. 동완이가 말리지 않았다면 싸
움이 날 뻔했다. 종구 패거리 때문에 오늘부터 내 별명은 벽창호가
되고 말았다.

수업이 끝나고 동완이랑 집으로 가는데 종구 패거리가 또 교문까
지 졸졸 따라오며 몽고간장과 벽창호라고 놀렸다. 덩치가 큰 동완
이가 시큰둥하니까 종구 패거리가 더 괴롭히는 것 같다.

간밤에 커다란 말을 타고 서부에서 질주하는 꿈을 꿨다. 희정이
가 아빠의 복수를 위해 나서자, 나는 정의로운 보안관이 되어 악당
들을 추격했다. 악당을 쫓다 텍사스 어디선가 길을 잃고 헤매다 잠
에서 깼다.

오늘 수학 학원을 빼먹었다. 학원에 가기 싫다.

3월 8일 화요일

오늘도 수학 학원에 가지 않았다. 학원 선생님이 엄마에게 전화
를 하는 바람에 들키고 말았다. 엄마는 속이 상해서 밤섬에 사는
정수 이모에게 전화를 했다. 정수 이모는 밤섬에서 제일 잘나가는
수학 과외 선생님이다. 정수 이모는 공부에 흥미도 없는 아이를 억
지로 학원에 보내는 건 돈 낭비라며 더 이상 나를 학원에 보내지
말라고 했다. 엄마가 수학을 못하면 어떻게 대학에 가냐고 묻자,

이모는 좋은 대학에 안 가면 된다고 했다. 엄마는 속만 더 상해서 전화를 끊었다.

톨스토이의 《사람은 무엇으로 사는가》를 읽고 있다.

3월 9일 수요일

희정이가 우리 반 부반장이 되었다. 난 아무런 감투도 쓰지 않았다. 물론 내겐 새삼스럽지 않은 일이다.

체육 시간에 편을 갈라 축구 시합을 했는데 나는 뛰어다니기 싫어서 골키퍼를 했다. 공 하나를 가지고 이리저리 굴리는 것에 도무지 흥미를 느낄 수가 없다. 내가 보릿자루처럼 서서 두 골이나 싱겁게 먹자 결국 교체되고 말았다. 두 골이나 뒤졌는데도 동완이 덕분에 우리 편이 이겼다. 동완이는 달리기도 잘하고 공도 잘 찬다. 승리 기념으로 떡볶이를 먹으러 간다는데 나와 동완이는 가지 않았다.

엄마가 더 이상 수학 학원에 가지 않아도 좋다고 했다. 그 대신 조만간 특단의 조치가 있을 것이란다. 특단의 조치가 무엇일까? 그냥 학원에 열심히 다닐 걸 그랬나 보다.

저녁에 누우면 희정이가 생각난다. 체육 시간에 희정이가 날렵하게 달리던 모습이 자꾸 떠올라 잠을 잘 수가 없다.

3월 10일 목요일

톨스토이의 《사람은 무엇으로 사는가》는 심오한 책이다. 〈두 노인〉 편을 읽고 감동받았다. 어렵고 힘든 사람들을 돕는다는 건 숭고한 일이다. 그것도 성지순례 여행 경비를 몽땅 털어서 남을 돕다니 말이다. 톨스토이 덕에 종교적인 감화를 받은 것 같다.

이번 주 내내 아빠를 한 번도 보지 못했다. 매일 야근이다. 나는 커서 아빠처럼 컴퓨터 프로그래머는 되지 않기로 결심했다.

학교 수업을 마치고 정수 이모에게 다녀왔다. 엄마가 말한 특단의 조치는 매주 토요일마다 1시간 20분씩 이모에게 수학 과외를 받는 것이었다. 난 죽었다. 정수 이모는 빠가사리보다 무섭다. 이모부는 세상이 다 아는 공처가다. 잡혀 사는 남자로는 아마 국가 대표급일 것이다.

3월 11일 금요일

아빠에게 종구 패거리가 아무런 이유도 없이 동완이를 몽고간장이라고 놀리며 괴롭힌다고 했다. 또 내가 동완이랑 친하니까 결국 나까지 벽창호라고 놀림을 받고 있다고 말했다. 그러자 아빠는 "야, 별명 좋네. 벽창호. 고집 센 네게 딱이다야, 딱!" 하고 놀리는 게 아닌가. 내가 "아빠!" 하고 소리치자 아빠는 웃으며 이렇게 말했다.

"미안, 미안. 아들아, 만약 누군가 아무런 이유도 없이 너를 싫어

하면 그 녀석에게 너를 싫어할 만한 이유를 딱 하나만 만들어 주어
라. 그럼 된다."

엄마가 아빠 말을 듣더니 "애 교육 참 잘도 하네요." 하며 핀잔이
다. 그러자 아빠는 근엄한 표정을 지으며 친구들과 사이좋게 지내
라고 했다.

오늘 아빠, 이모부, 담임선생님의 공통점을 알아냈다. 세 명 모두
남성 호르몬이 줄어들고 있다.

3월 12일 토요일

8시 55분까지 정수 이모 집에 도착해야 했다. 하지만 5분 지각하
여 아홉 시에 정수 이모 집에 도착했다. 5분 늦었다고 장장 10분 동
안 꾸중을 들었다. 이모는 약속 시간을 항상 5분 단위로 정한다. 이
모는 이런 방식이 상대방에게 긴장감을 주어 약속 시간을 지키게
한다고 믿는다. 내가 이모부에게 도와 달라는 신호를 두 번이나 보
냈는데도 이모부는 어깨만 으쓱하고 안방으로 들어가 버렸다.

이모는 한 시간 동안 풀 분량의 수학 문제를 던져 주고 거실로 나
갔다. 공부방에서 혼자 끙끙거리며 수학 문제를 풀었다. 그놈의 소
금물 문제가 두 개나 있었다. 손가락으로 맛을 보면 농도를 맞출
수 있을 것 같은데……. 나는 소금물 문제만 보면 오금이 저린다.
그나마 속력 문제가 없어서 다행이라면 다행이었다.

한 시간 뒤 호랑이 이모가 들어왔다. 나는 스무 문제 중에서 다섯

개밖에 풀지 못했다. 그런데 다섯 문제 중에서도 두 개는 답을 잘
못 옮겨 적었다. 그래서 결국 나는 세 문제만 맞힌 셈이었다. 내가
풀이 죽어 고개를 숙이고 있자 정수 이모는 수학을 잘하는 법에 대
해서 몇 가지 이야기를 해 주었다.

1. 문제를 정확하게 끝까지 읽어라.

2. 깨끗한 글씨로 풀이 과정을 써라.

3. 어렵다고 포기하지 말고 마지막까지 풀어라.

이모가 수학은 머리로 푸는 게 아니라 엉덩이로 푸는 것이라고
했다. 그러더니 수학 숙제를 잔뜩 내주었다. 아, 잃어버린 주말이
여! 이제 나에게 주말은 없다!
집에 돌아오니 집안일 분담 문제로 엄마와 아빠가 다투고 있다.
반씩 나눠서 하면 될 것을 가지고 애들처럼 싸운다. 엄마는 정수 이
모에게 전화를 걸어 하소연을 했다. 이모부는 정수 이모가 시키는
집안일을 아주 잘한다. 엄마는 이모에게 요령을 배우는 게 좋겠다.

3월 13일 일요일

오후에 할아버지가 전화를 하셨다. 엄마, 아빠 그리고 나 모두 할
아버지 댁에서 저녁 식사를 했다. 텔레비전에서 위안부 할머니들
에 대한 뉴스가 나오자 할아버지는 일본에 징용으로 끌려갔던 증

조할아버지의 이야기를 들려주셨다. 증조할아버지가 탔던 일본 배는 태평양 한가운데에서 미군의 폭격을 받아 침몰했다. 증조할아버지는 구사일생으로 미군에게 구조되었지만 한동안 포로로 지낼 수밖에 없었다고 한다. 해방이 되어 겨우 조선으로 돌아오셨지만 그동안 너무 고생을 심하게 해서인지 증조할아버지는 얼마 뒤 돌아가셨다. 할아버지는 흠흠거리더니 화장실로 들어가셨다. 할아버지의 눈이 벌겋게 충혈된 것 같았다.

3월 14일 월요일

종례 시간에 담임선생님이 다문화 가정 아이들은 남으라고 했다. 그런데 동완이가 자리에서 벌떡 일어나 선생님에게 이렇게 말했다.

"선생님 저는 다문화 가정 아이가 아니에요. 저는 그냥 동완이예요. 동완이요. 그런 식으로 저를 부르지 말아 주세요."

그러자 선생님이 깜짝 놀라며 말문이 막혀 버렸다. 잠시 후 선생님은 동완이와 영식이에게 사과했다.

"그래, 미안하다. 선생님이 실수했구나. 다음부터는 그렇게 안 부를게."

우리 반 아이들이 더 이상 동완이를 몽고간장이라고 놀리지 않는다. 물론 종구 패거리는 빼고.

3월 15일 화요일

방과 후에 동완이 집으로 놀러 갔다. 걔네 집은 밤섬에서 가장 넓은 고급 아파트였다. 거실 하나가 우리 집보다 넓은 것 같았다. 동완이 엄마는 엄청난 미인이었다.

동완이 엄마가 차려 준 간식을 먹고 롤 플레잉 게임을 했다. 난 이런 게임을 해 본 적이 별로 없어서 도저히 이길 수가 없었다. 내가 금방 지루해하자 동완이가 모형 카 콜렉션을 보여 주었다. 페라리, 람보르기니, 포르쉐 등 하나씩 나에게 설명해 주었다. 하지만 별 흥미가 가지 않았다. 시시했다.

동완이는 아빠 서재도 보여 주었다. 바로 거기에 천국이 있었다. 수천 장이 넘는 DVD와 CD가 한쪽 벽면을 채우고 있었다. 정말 천장까지 가득 쌓여 있었다. 화면이 넓은 텔레비전과 나만큼 커다란 스피커도 있었다. 동완이는 나중에 아빠가 있을 때 놀러 오면 여기서 영화를 보자고 했다. 그래서 오늘은 그냥 나와야만 했다.

동완이 아빠는 걸 그룹 '트루컬러스' 광팬이라고 한다.

3월 16일 수요일

나는 요즘 수줍음 많은 외계인들이 UFO를 타고 지구인 주변을 맴도는 것처럼 희정이 곁을 어른거리고 있다. 하지만 희정이는 전혀 눈치를 못 채는 것 같다. 걔 눈에는 내가 안 보이나 보다. 좀 더 가까이 다가가고 싶은데 도무지 방법을 모르겠다. 나에겐 진정한 용기가 필요하다!

아빠 서가에서 낡은 책 한 권을 발견했다. 제목이 《관철동 시대》이다. 관철동이 어디인지 찾아봐야겠다.

3월 17일 목요일

종구 패거리가 동완이를 몽고간장이라고 놀리며 괴롭혔다. 내가 의자를 발로 차며 이제 그만 좀 하라고 소리치자 종구 녀석이 놀랐는지 움찔했다. 수업 종소리가 나지 않았으면 몸싸움이 났을지도 모른다. 동완이는 덩치도 크고 배짱도 두둑한데 종구가 놀리는 걸 잘도 참아 낸다. 종구 녀석 때문에 나에게 분노 조절 장애가 생긴 것 같다.

선생님들은 종구가 집도 부자고 공부도 잘하니 모범생인 줄 안다. 하지만 내가 보기에 종구는 불량한 녀석이다. 며칠 전에는 철욱이를 억지로 데리고 가서 치킨을 사 먹고 철욱이가 계산하게 했다. 철욱이는 종구 패거리가 무서워 집에 말도 하지 못했다고 한다. 정의는 영화 속에나 있는 것인가 보다. 종구 아빠는 경찰서장이라고 하는데 언젠가 만나게 되면 가정부터 정의를 세우라고 말하고 싶다.

주중에 아빠 얼굴 보기가 하늘의 별 따기다. 엄마도 여행사 일 때문에 매일 늦게 들어온다. 오늘은 할아버지 댁에서 저녁을 먹었다. 저녁 설거지는 내가 했다. 할머니가 "우리 벽이도 다 컸네." 하고 칭찬해 주셨다. 빨리 어른이 되면 좋겠다.

집으로 돌아가는 길에 붕어빵 한 봉지를 샀다. 저녁밥을 먹은 지 한 시간도 안 지났는데 벌써 배가 고프다니, 키가 무럭무럭 자라날 징조인 것 같다. 붕어빵을 파는 형은 떨이라며 붕어빵을 두 개나 더 싸 주었다. 아무래도 단골이 될 것 같다.

3월 18일 금요일

정수 이모가 내준 수학 숙제를 하느라 엉덩이가 납작해졌다. 왜 수학을 배워야 하는지 모르겠다. 돈 계산만 잘하면 될 텐데…….

정수 이모가 내일은 수업에 늦지 말라고 전화했다. 난 절대로 안 늦겠다고 약속했다.

3월 19일 토요일

아! 쥐구멍에라도 들어가고 싶다. 정수 이모 집에 또 10분 늦게 도착했다. 이모는 아무런 잔소리도 하지 않고 나를 거실 모퉁이에 서 손 들고 서 있게 했다. 그런데 잠시 뒤 우리 반 희정이가 들어오는 게 아닌가! 밤섬중학교 최고의 미인 김희정이 말이다. 희정이는 정수 이모에게 수학 과외를 받고 있었던 것이다. 벌서고 있는 나를 희정이가 발견하고는 피식 웃고 공부방으로 들어갔다. 쥐구멍이 아니라 개미구멍이라도 있으면 숨고 싶었다. 얼굴이 너무 화끈거려서 양초라도 가져다 대면 불이 붙을 지경이었다.

한참 뒤 이모는 내게 손을 내리라고 하더니 수학 문제 스무 개를 풀라고 주었다. 이번에는 일곱 문제나 맞았다. 다행히 답을 잘못 옮겨 적어서 틀린 문제는 없었다. 희정이는 스무 문제 중에서 하나밖에 안 틀렸다고 한다.

이모가 간식으로 국수를 삶아 주었다. 희정이도 함께 먹었다. 희정이는 정수 이모에게 수학을 배운 지 1년도 넘었다고 한다. 이모부가 국수를 먹고 있는 나에게 "벽이 너 정수 이모에게 수학 과외를 받는 게 얼마나 영광인지 알아? 네 엄마가 사정해서 이모가 주말 수업을 하는 거야. 그러니 절대 늦지 마라." 하고 말했다. 나는 목이 메어 컥컥거리다 겨우 "네." 하고 대답했다. 먹을 때는 개도 안 건드린다고 하던데……. 희정이가 이 말을 듣더니 옆에서 새침하게 웃었다.

정수 이모는 "너희들 다 먹었으면 이제 집에 돌아가. 딴 데 새지 말고. 그리고 벽이 너 한 번만 더 지각하면 이모하고는 끝이다. 시간 약속도 안 지키는 녀석은 수학 공부할 필요 없어." 하고 말했다.

나는 서둘러 가방을 메고 이모 집에서 도망치듯 나왔다. 엘리베이터 안에서 희정이가 "네 이모 완전 호랑이야." 하고 말했다. "응, 어릴 적 별명이 타잔이었대." 하고 내가 대답하자, 희정이가 "타잔?" 하며 낄낄거렸다.

오후 내내 정수 이모가 내준 수학 숙제를 하느라 머리가 하얗게 센 것 같다. 도대체 누가 인생이 아름답다고 했나!

3월 20일 일요일

아침부터 아빠가 엄마를 도와서 집안일을 하고 있다. 엄마는 정수 이모의 코치대로 아빠를 조련 중이다.

- 정수 이모의 남편 다루는 법

1. 남편에게 집안일을 무작정 시키지 말고 구체적으로 말한다. (예 : 안방의 이불을 앞뒤로 두 번 털기. 청소기를 돌릴 때 반드시 소파 밑까지 청소하기. 창고에 있는 재활용 쓰레기를 버리기)

2. 남편이 절대 하지 않으려는 일은 과감하게 포기한다. (예 : 음식물 쓰레기 버리기)

3. 일을 마치면 잘했다고 칭찬한다. (예 : 돌고래, 강아지)

저녁때 이모부가 졸라서 피시방에 갔다. 이모부는 생긴 건 산적인데 노는 건 초등학생 수준이다. 나는 게임에서 두 판 내리 지고 나니 맥이 빠졌다. 집에 돌아오는 길에 이모부에게 정수 이모랑 사는 게 무섭지 않냐고 물었다. 그러자 이모부는 이렇게 대답했다.

"아니. 내가 꽉 잡고 사는데. 왜?"

열 길 물속은 알아도 한 길 사람 속은 모른다더니.

3월 21일 월요일

도덕 시간에 원자력발전이 우리에게 반드시 필요한가에 대한 토론이 있었다. 반장 영수가 원자력이 없으면 전기가 부족하기 때문에 잘 관리하여 이용하면 된다고 하자, 희정이는 전력 소비를 줄여서 원자력을 이용하지 않는 것이 더 좋겠다며 반대했다.

이번에는 종구가 원자력발전소가 없으면 핵무기를 만들 수 없다면서 우리나라도 빨리 핵무기를 가지는 게 좋겠다고 하자, 동완이는 핵무기처럼 위험한 무기는 절대 만들면 안 된다며 반대했다. 핵무기 이야기가 나오자 지루해서 졸던 아이들까지 일어나 한마디씩 거들었다. 우리 반은 핵무기 찬성파와 반대파로 나뉘었다. 핵무기가 무슨 장난감인 줄 아나 보다.

나는 토론의 방관자처럼 팔짱을 끼고 의자에 기대어 아이들이 토론하는 것을 보고 있었다. 나희철 선생님이 나에게 자세를 똑바로 하라고 지적했다. 나는 핵폭탄을 맞은 것처럼 얼굴이 벌게졌다.

선생님은 원자력발전은 뜨거운 감자라고 했다. 그리고 다음 주까지 원자력발전에 대한 찬성이나 반대 의견을 써 오라는 숙제를 내주었다.

할아버지에게 전화해서 뜨거운 감자에 대해서 물어보았다. 할아버지는 감자가 뜨거워서 입에 넣으면 입천장이 홀랑 벗겨지고 안 먹으면 배고픈 상황이라고 했다. 그러니까 '너! 소금물 농도 문제 풀래? 아니면 속력 문제 풀래?' 하는 상황인 것 같다.

3월 22일 화요일

아빠가 출근을 못 했다. 목과 어깨가 너무 아파서 좌우로 돌릴 수도 없다. 엄마가 병원에 다녀오라고 하니 아빠는 오늘 하루 쉬면 괜찮아질 것 같다고 한다. 엄마 말을 듣는 게 좋을 것 같은데 아빠가 고집을 피우고 기어이 병원에 안 갔다.

《관철동 시대》를 모두 읽었다. 이 책은 많은 시인과 소설가의 일화를 엮은 책이다. 하지만 옛날 책이어서 그런지 내가 모르는 작가들이 많았다. 신경림, 천상병, 김성동, 김관식, 구자운 등. 나는 천상병 시인이 소설가 오영수의 펠리컨 만년필을 숨긴 이야기가 특히 재미있었다. 요즘 같으면 고소하고 난리가 났을 텐데, 옛날에는 낭만이 있었던 것 같다.

아빠에게 내가 커서 작가가 되면 어떻겠느냐 물었더니 너 알아서 하란다. 대신 작가는 가난해서 가족들이 힘들 수 있으니 각오를 단단히 하라고 했다. 그래서 나는 어른이 되어도 독신으로 살겠다고 하니, 아빠가 그건 탁월한 선택이라며 웃었다. 엄마가 아빠를 흘겨보자 아빠는 "농담이야." 하며 싱겁게 꼬리를 내렸다.

요즘 아빠가 이모부를 닮아 가는 것 같다.

3월 23일 수요일

아빠가 오늘도 출근하지 못했다. 결국 아침 일찍 병원에 다녀왔는데 목 디스크 진단을 받았다. 어깨와 허리도 통증이 심해서 당분간 무조건 쉬어야 한다. 아빠는 회사에 병원 진단서와 휴직원을 제출했다. 한 달간 병가를 낸 것이다. 그런데 아빠는 여름방학을 맞은 학생처럼 좋아한다. 그래, 아빠에게도 휴식이 필요하지.

엄마는 오늘부터 당장 긴축재정에 들어간다고 선포했다. 뭘 새삼스럽게. 언제 긴축재정이 아닌 적이 있었던가? 엄마는 내 생일 선물도 간소한 것으로 하겠단다. 기대했던 스마트폰이 허공으로 사라졌다.

아마 우리 반에서 스마트폰이 없는 학생은 나밖에 없을 것이다. 교과서는 안 챙겨도 스마트폰은 꼭 가지고 다니는데.

3월 24일 목요일

동완이와 한강변을 걸으며 장래 희망에 대해서 이야기했다. 날씨가 제법 풀려서 걷기에 좋았다. 동완이는 자신의 꿈이 세상에서 가장 공명정대한 법관이라고 했다. 동완이의 꿈은 좀 길다. 법관이면 법관이지 세상에서 가장 공명정대한 법관이라니?

동완이가 법관이 되고 싶다고 할 때, 걔 아빠는 좀 더 구체적인 목표를 세워야 한다고 충고했다. 법관도 좋은 법관, 나쁜 법관, 썩은 법관 등 종류가 많기 때문에 만약 목표를 구체적으로 세우지 않으면, 나중에 법관이 되고 나서 나쁜 법관이나 썩은 법관이 될 수 있다는 것이다. 그래서 동완이는 세상에서 가장 공명정대한 법관이 되기로 마음을 먹었다고 한다.

저녁때 아빠랑 함께 할아버지 댁에서 식사하며 동완이의 꿈에 대해서 이야기를 했다. 할아버지는 동완이 아빠가 정말 훌륭한 분이라고 한다. 옆에서 아빠가 "그럼 벽이는 이담에 커서 세상에서 제일 공명정대한 작가가 되렴." 하고 키득키득 웃었다. 그러자 할아버지가 "철 좀 들어라. 철학을 공부한 녀석이 저리 철이 안 드니……." 하고 야단을 쳤다.

3월 25일 금요일

아빠는 하루 종일 거실 소파에 앉아 텔레비전만 보고 있다. 아침에 병원에서 물리치료를 받고 나면 소파를 떠날 줄 모른다. 그러다가도 엄마 퇴근 시간만 되면 머리도 감고 이도 닦고 밀린 설거지까지 한다. 마치 오늘 하루를 알차게 보낸 사람처럼 말이다. 엄마는 그것도 모르고 아빠의 목과 어깨가 어떤지 걱정만 하고 있다. 내가 보기에는 별로 안 아픈 것 같은데 아빠는 엄마 앞에서 어리광이다.

3월 26일 토요일

다행히 정수 이모네 집에 10분 일찍 도착했다. 이모가 내준 수학 숙제도 모두 끝냈기 때문에 칭찬을 받았다. 오늘은 희정이가 안 오냐고 물었더니 지난주에만 사정이 있어서 토요일 오전 수업을 했단다. "왜? 희정이에게 관심 있어?" 하고 이모가 묻자, 얼굴이 홍

당무처럼 달아올랐다.

토요일인데도 엄마는 출근했다. 요즘 여행사 일이 바쁘다고 한다. 언제는 안 바쁜 적이 있었나? 아빠랑 둘이서 점심을 라면으로 때웠다. 이제 맞벌이 부부도 아닌데 라면이라니 너무하다. 피자라면 모를까!

3월 27일 일요일

엄마와 아빠에게 생일 선물로 스마트폰을 받고 싶다고 했지만 들은 체 만 체다.

아빠는 오전 내내 소파에서 빈둥거리다 결국 엄마에게 잔소리를 들었다. 오늘부터 모든 집안일은 아빠의 몫이 되었다. 엄마가 생활비를 버니 아빠로서도 도리가 없을 것이다.

저녁때 가수들의 노래 경연 프로를 보는데 아빠가 뜬금없이 이 쇼프로의 철학적 기반은 다윈의 '진화론'이라고 했다. 점수가 가장 높은 가수만 살리는 게 아니라, 점수가 가장 낮은 가수를 버리는 방식이 바로 다윈의 진화론이라나? 아빠는 다윈의 진화론을 한마디로 요약하면 자연은 고르지 않고 거른다고 했다. 아빠가 대학에서 철학을 전공했다는 것이 가끔 사실인 것 같기도 하다.

3월 28일 월요일

저녁 설거지를 마치고 마당에서 담배를 피우는 아빠에게 왜 철학

을 포기하고 컴퓨터 프로그래머가 되었는지 물었다. 그러자 아빠
는 주저하지 않고 "일이 좋아서 하니? 먹고살려고 하지." 하고 대
답했다. 가끔 아빠를 보면 쓸쓸하다.

3월 29일 화요일

아빠 서가에서 찰스 다윈의 《비글호 항해기》를 꺼내 오는데, 엄마
가 "네가 읽기에 적당하지 않다." 하며 책을 다시 가져다 놓으라고
했다. 그러자 아빠가 내 편을 들어 주었다. "괜찮아, 난 중학교 2학
년 때 극장에서 〈대부〉를 보고 인생을 알았어. 책에 애들 책, 어른
책은 없어. 그냥 읽게 내버려 둬." 하고 말하자, 엄마는 "그럼 끝까
지 읽어라. 중간에 포기하지 말고." 하는 게 아닌가.

《비글호 항해기》의 첫 페이지를 다 읽기도 전에 후회했다. 엄마
말 들을걸……

3월 30일 수요일

종구 패거리가 빠가사리에게 크게 혼이 났다. 급식 시간에 학교
운동장 보수공사를 하는 아저씨들을 놀리다가 한바탕 소란이 일어
난 것이다. 종구 패거리가 2층에서 아저씨들에게 물을 뿌리며 계
속 시비를 걸고 장난을 쳤다. 아저씨들이 그만하라고 소리를 치니
좀 잦아들었다. 그러다가 종구 녀석이 2층 창문에서 고개를 내밀고
"아저씨들 학교 다닐 때 공부 못해서 이렇게 살죠?" 하고 놀린 것

이다. 갑자기 한 아저씨가 손에 들고 있던 음료수 캔을 바닥에 내
던지더니 우리 반까지 달려왔다. 아저씨가 무섭게 "너! 이 자식 이
리 와!" 하고 소리쳤다. 그 소리를 듣고 4반 담임인 빠가사리가 달
려왔다. 그때 우리 담임선생님은 화장실에 있었다. 쉬고 있던 다른
아저씨들도 모두 올라왔다. 분위기가 정말 무시무시했다.

　빠가사리가 아저씨들에게 사과를 했다. 종구 패거리도 마지못해
사과를 했다. 녀석들은 모두 상담실로 끌려갔다. 빠가사리에게 지
독하게 혼이 나야 하는데…….

3월 31일 목요일

　종구 엄마가 학교에 와서 한바탕 난리를 치고 돌아갔다. 교무실
에서 당신들이 뭔데 내 자식 기죽이냐며 담임선생님과 빠가사리에
게 소리를 쳤다. 교장 선생님과 교감 선생님까지 나서서 종구 엄마
를 겨우 진정시켰다고 한다.

　종구 녀석은 빠가사리의 사회책을 숨겨 버리겠다며 떠들고 다닌
다. 빠가사리의 사회책은 국보급 보물이다. 그 책에는 온갖 메모와
도표가 붙어 있고, 곳곳에 빨간 밑줄이 그어져 있다. 마치 물이라도
먹은 것처럼 부풀어 오른 사회책은 빠가사리의 밥줄 같은 책이다.

　종구 녀석도 참 바보다. 숨기려면 조용히 숨겨야지 그렇게 떠들
면 제가 범인인 줄 모두 알 텐데 말이다.

4월

진정한 용기

4월 1일 금요일

오늘은 1년 중 가장 중요한 날이다. 만우절이다. 따라서 내 생일이다. 이제 만으로 열네 살이 되었다. 1년에 두 살씩 먹어서 빨리 어른이 되면 좋겠다.

역시 예상대로 스마트폰은 선물로 받지 못했다. 엄마는 운동화를 사 주었다. 어차피 지금 신고 있는 신발이 낡아서 새로 사야 했기 때문에 엄마 입장에서는 일석이조다. 아빠는 에르제의 만화책 시리즈 《땡땡의 모험》을 선물했다. 《유니콘호의 비밀》, 《라캄의 보물》, 《티베트에 간 땡땡》, 《콩고에 간 땡땡》 이렇게 네 권이다. 아빠가 보려고 산 만화책을 내게 선물이라고 주다니! 내가 모를 줄 알고? 하지만 아빠도 엄마에게 용돈을 받아서 사는 처지니 이해하기로 했다.

할아버지와 할머니는 《셜록 홈즈 전집》을 사 주셨다. 정수 이모와 이모부는 아직 감감무소식이다. 내일 두고 보자고요!

오늘 저녁 라디오에서 끝내주는 음악을 들었다. 딥 퍼플의 〈에이프릴〉이라는 곡이었는데 듣는 내내 온몸에 전기가 흐르는 느낌이었다.

4월 2일 토요일

정수 이모와 이모부에게 생일 선물로 스마트폰을 받았다. 아쉽게도 새것은 아니다. 이모부가 스마트폰을 새것으로 바꾸면서 더 이상 안 쓰는 헌것을 내게 주었다. 이모부는 스마트폰을 초기화하고 말끔하게 닦아서 원래 있던 박스에 넣은 다음 고급스럽게 포장까지 했다. 솔직히 리본까지 달린 상자를 보자 나는 최신형 스마트폰을 선물로 받는 줄 알고 심장이 멈출 뻔했다. 다행히 이모가 너무 늦지 않게 중고 폰이라고 알려 주었다. 그 말을 듣자 심장은 다시 평소처럼 뛰기 시작했다.

정수 이모 집에서 수학 공부를 마치고 동완이 집에 놀러 갔다. 동완이 아빠는 발코니에서 구두를 닦고 있었다. 구두가 무려 아홉 켤레나 되었다. 우리 아빠는 굽이 다 닳은 두 켤레가 고작인데. 동완이 아빠는 사내라면 모름지기 자기 구두는 자신이 닦아야 한다고 했다. 구두 닦는 걸 자세히 보니 구둣솔로 먼지를 털고 크림을 바르는 게 고작이다. 그래서인지 동완이 아빠의 구두에는 윤기가 없어 보였다. 우리 아빠의 구두는 너무 광을 내서 구두코에 얼굴이 비칠 정도인데.

동완이 아빠는 우리에게 〈터미네이터〉를 틀어 주었다. 정말 끝내주는 영화였다. 큰 화면에다 소리까지 빵빵해 극장에서 영화를 보는 것 같았다. 인간을 능가하는 지능과 힘을 가진 기계가 미래 세계를 지배한다는 설정이 전혀 허황된 이야기처럼 보이지 않았다. 이제는 인공지능이 체스는 물론이고 바둑까지 인간을 이기는 세상이 아닌가!

언젠가 영화에서처럼 타임머신이 발명된다고 해도 나는 절대 타임머신을 타지 않을 것이다. 왜냐하면 홀딱 벗고 떠나야 하는 여행이라면 그게 과거건 미래건 가고 싶지 않기 때문이다. 심지어 타임머신을 타고 천국 여행이 가능하다고 해도 옷을 벗어야 한다면 나는 정중히 사양할 테다.

집에 돌아오니 아빠가 플래시걸이 나오는 쇼프로를 틀어 놓고 소파에 기대 잠들어 있었다. 인공지능이 더 발달하면 컴퓨터 프로그램도 사람이 만들지 않고 인공지능이 스스로 만들게 된다고 하는데, 만약 그렇게 된다면 아빠는 얼마나 좋을까?

나는 아빠가 잠에서 깨지 않도록 조용히 2층으로 올라가 《셜록 홈즈》를 읽었다. 흥미진진한 책이다. 나중에 커서 탐정이 될지 작가가 될지 고민이 되었다.

4월 3일 일요일

아빠와 함께 지하실에 쌓아 둔 이삿짐을 꺼내 정리했다. 책 상자 몇 개를 풀어 정리하는 것만으로도 오전 시간이 다 가 버렸다. 오래된 책에서 매캐한 냄새가 났는데 나는 이 냄새가 싫지 않았다.

점심 식사를 마치고 아빠가 이삿짐 정리를 다시 시작하려고 하자 엄마는 무리하지 말라며 아빠를 말렸다. 그러자 아빠는 LP판만 2층 창고로 옮기겠다고 했다. 지하실에는 습기가 많아서 LP판에 곰팡이가 핀다나? 엄마는 이제 듣지도 않는 LP판은 중고로 처분하든지 아니면 버리는 게 좋겠다고 했다. 아빠는 "알았네, 알았네." 하고 대답은 했지만 여섯 상자 모두 2층 창고에 고이 모셔 두었다. 도대체 LP판이 뭐길래 아빠가 저렇게 애지중지하는지 모르겠다.

《셜록 홈즈》를 읽다가 잠이 들었다. 아무래도 작가보다 탐정이 되는 게 더 재미있을 것 같다.

4월 4일 월요일

동완이랑 학교 도서관에서 과학 잡지를 보았다. 사람이 한 해 동안 식용으로 도살한 동물의 수는 무려 낙타 170만 마리, 물소 2,400만 마리, 암소 3억 마리, 염소 4억 마리, 양 5억 마리, 칠면조 6억 마리, 토끼 11억 마리, 돼지 13억 마리, 오리 26억 마리 그리고 닭 520억 마리다! 갑자기 육식이 두렵게 느껴졌다.

사람들이 낙타도 먹는다며 동완이랑 낄낄거리고 있는데 희정이가 단짝 혜선이와 함께 다가와서 좀 조용히 해 달란다. 우리는 꿀 먹은 벙어리가 되고 얼굴은 벌게졌다.

4월 5일 화요일 (식목일)

동완이가 그러는데 인공지능이 더 발달하면 컴퓨터 프로그래머뿐만 아니라 수많은 직업이 사라진단다. 공장에서도 사람이 할 일이 없기 때문에 로봇만 있다고 했다. 그래서 유럽에서는 로봇에게 세금을 매기려고 한다나? 도대체 로봇에게 무슨 돈이 있다고 세금을 걷는다는 것인지 모르겠다. 차라리 로봇 주인에게 세금을 걷어야 하는 게 아닌가?

국사 시간에도 이거랑 비슷한 걸 배운 적이 있다. 옛날에는 노예들에게 자유를 박탈하고 일을 시키는 대신 세금도 걷지 않았다고 했다. 로봇도 일종의 노예 같은 것인데, 왜 24시간 쉬지 않고 일도 하면서 세금까지 내야 하지? 로봇으로 태어난 게 무슨 죄라고.

4월 6일 수요일

할아버지에게 로봇 세에 대해서 물어보니 로봇 세는 로봇에게 세금을 걷는 게 아니고 로봇 주인에게 걷는 세금이라고 한다. 선박세가 선박이 내는 세금이 아니라 선박 주인이 내는 세금과 같은 이치란다. 아무튼 천만다행이다. 괜히 쓸데없는 걱정을 했다.

할아버지는 머지않아 재판에서도 더 이상 사람이 필요 없을지 모른다고 했다. 인간의 감정이 개입되지 않은 인공지능 판사가 가장 공명정대한 판결을 내릴 수 있기 때문이란다. 동완이도 법관 대신 다른 직업을 찾아보는 게 좋을지 모르겠다. 동완이에게 이 이야기를 어떻게 해 주지? 무척 실망할 텐데…….

집에 돌아와 《셜록 홈즈》를 읽었다. 사건을 해결하려면 언제나 증거를 확보하는 것이 가장 중요하다. 그런데 내 주변에는 도무지 사건이라고 할 만한 것이 하나도 없다.

그런데 왓슨 박사, 이분은 뭐 하는 사람인지 모르겠다.

4월 7일 목요일

4월 21일부터 2박 3일간 속초로 수학여행을 간다. 담임선생님이 장기 자랑을 하나씩 준비하라고 한다. 난 우리 부모님에게 아무런 장기도 물려받지 못했는데 큰일이다. 나는 인류가 만든 가장 나쁜 것은 1번부터 돌아가면서 끝번까지 장기를 자랑하는 것이라고 생각한다. 자랑하고 싶은 사람만 자랑하게 두면 안 되나!

4월 8일 금요일

《셜록 홈즈》에 나오는 화폐 단위가 너무 복잡하다. 파운드, 크라운, 펜스, 실링, 기니 등 무슨 내용인지 알 수가 없다. 백 년 전에 1파운드면 도대체 얼마나 큰돈인지 궁금하다.

4월 9일 토요일

정수 이모 집에서 수학 공부를 마치고 동완이 집에 놀러 갔다. 동완이 아빠가 집에 없어서 우린 영화를 볼 수 없었다. 그래서 동완이 엄마에게 허락을 받고 동완이랑 우리 집으로 놀러 왔다. 동완이는 우리 집 거실에 있는 책을 보고 깜짝 놀라는 눈치였다. 우리 아빠는 보지도 않는 책을 사기만 한다. 대학 때 이미 읽은 것이라고 하는데 사실일까? 읽은 책을 왜 또 사는지 모르겠다. 《호밀밭의 파수꾼》이라는 책은 우리 집에 세 권이나 있다.

동완이에게 왜 종구가 놀려도 가만히 있냐고 물었더니, 동완이는 종구 녀석도 알고 보면 불쌍한 녀석이라고 한다. 동완이는 힘껏 말아 쥔 주먹을 내게 보여 주었는데 마치 어른 주먹처럼 컸다. 동완이는 주먹으로 사람을 때리지 않겠다는 약속을 엄마랑 했다며, 자기가 힘으로 종구를 당해 낼 수 있지만 그럴 필요를 느끼지 않는다고 했다.

동완이랑 할아버지를 보러 가는 도중에 붕어빵 형에게 들렀다. 붕어빵 형은 포장마차에서 신나는 음악을 듣고 있었다. 내가 무슨 곡이냐고 물었더니 형은 데이브 브루벡의 〈테이크 파이브〉라고 알려 주었다.

할아버지는 동완이를 보더니 세상에서 가장 공명정대한 법관이 되라며 머리를 쓰다듬어 주셨다. 나는 할아버지에게 영국의 화폐 단위가 너무 어렵다고 했다. 그러자 할아버지는 백과사전을 가져와서 친절하게 설명해 주셨다.

1파운드는 4크라운이고, 4크라운은 20실링이며, 20실링은 240펜스이다. 그러니까 1파운드는 20실링이거나 240펜스이다. 또한 1크라운은 5실링이며, 1플로린은 2실링이다. 1실링은 12펜스이고, 21실링은 1기니이다. 1파운드는 요즘 시세로 10만 원 정도 된다고 한다. 따라서 1파운드가 4크라운이니 1크라운은 25,000원이고, 1크라운은 5실링이니 1실링은 5,000원이 된다. 1플로린은 2실링이니 1플로린은 10,000원이다. 1실링이 12펜스이니 1펜스는 416원이다. 1기니는 21실링이니 요즘 시세로 105,000원이 되는 것이다.

오늘 수학이 왜 필요한지 알게 되었다.

4월 10일 일요일

수학여행에서 해야 할 그놈의 장기 자랑 때문에 걱정이다. 엄마 음치, 아빠 음치, 물론 나도 음치. 엄마 몸치, 아빠 몸치, 물론 나도 몸치. 다룰 줄 아는 악기는 하나도 없음. 아무리 생각해도 자랑할 게 없다!

《셜록 홈즈》를 계속 읽고 있다. 《비글호 항해기》보다 천 배쯤 재미있다. 탐정이 되기 위해서는 관찰을 잘하는 것이 중요하다고 한다. 그래서 오늘 집 안 곳곳을 관찰하며 탐정 수업을 했다. 증거 확보 차원에서 스마트폰으로 촬영까지 해 두었다.

• 관찰 목록

1. 아빠는 오늘 머리를 감지 않음. 물만 머리에 대충 뿌리고 엄마에게는 머리를 감았다고 거짓말을 함. 엄마는 알아채지 못함.

2. 1층 거실에서 2층 내 방까지의 계단은 모두 열일곱 개임.

3. 안방의 헝클어진 수건들은 벌써 삼 일째 뒹굴고 있음.

4. 텔레비전 뒤에서 아빠의 잃어버린 명함 지갑을 찾음.

5. 주방 깔개 아래에서 엄마의 잃어버린 손수건 찾음.

6. 아빠가 엄마 몰래 비상금을 챙기는 것을 목격함. 아빠의 비상금은 공자의 《논어》에 감추어져 있음. 아빠가 만 원을 주면서 비밀을 지

키라고 함.

아무래도 가난한 작가보다 돈벌이가 되는 탐정이 낫겠다.

4월 11일 월요일

빠가사리의 사회책이 사라졌다!

아침부터 빠가사리가 온 학급을 돌아다니며 사회책을 찾고 있다. 용의자가 너무 많아서 일일이 언급할 수도 없다. 빠가사리에게 혼난 사람이 너무 많다. 그는 손가락 하나로 모든 것을 움직인다.

"야, 너 이리 와."

"야, 너 쓰레기 주워."

"야, 너 뛰지 마."

"야, 너 실내화로 갈아 신어."

"야, 너 부모님 데리고 와."

그리고 그 손가락으로 코도 후빈다.

셜록 홈즈의 날카로운 눈으로 빠가사리의 사회책을 찾아보았지만 도저히 찾을 수가 없었다. 관찰하느라 눈에 너무 힘을 주어서 그런지 눈이 빨갛게 충혈되었다.

4월 12일 화요일

빠가사리의 사회책은 아직도 오리무중이다. 빠가사리가 학생들의 개인 사물함을 모두 뒤지겠다고 난리다. 하지만 교장 선생님의 반대로 개인 사물함까지는 아직 뒤지지 못하고 있다.

4월 13일 수요일

체육 시간에 배가 아파서 양호실로 가다가 잠시 교실에 들렀다. 점퍼와 스마트폰을 챙겨서 나오는데 종구가 교실로 들어오는 게 아닌가. 하지만 녀석은 나를 보지 못했다. 종구는 주위를 한번 살피더니 동완이의 가방을 뒤졌다. 나는 가슴이 콩닥거렸지만 침착하게 스마트폰을 들고 이 광경을 촬영했다. 잠시 후 녀석은 동완이의 사물함 열쇠를 찾아냈다. 그리고 자기 사물함에서 빠가사리의 두툼한 사회책을 꺼내더니 그것을 동완이의 사물함에 넣었다. 빠가사리의 사회책은 워낙 두툼하고 눈에 잘 띄는 책이어서 나는 한눈에 그걸 알아보았다. 가슴이 콩닥거려서 터지는 줄 알았다.

스마트폰으로 촬영을 마치고 살금살금 걸어서 2층 양호실로 올라가는데 뒤에서 담임선생님이 "벽이 여기서 뭐 하니?" 하는 게 아닌가. 나는 정말로 간이 떨어지는 줄 알았다. 나는 선생님에게 지금은 체육 시간인데 배가 아파서 양호실에 가는 길이라고 대답하고서는 재빨리 그 자리를 피했다.

양호실에 누워 종구 녀석의 행패를 어떻게 벌줄지 고민했다. 그런데 깊이 생각하지 못했다. 양호 선생님이 준 약 때문인지 이내 잠들어 버렸기 때문이다.

양호 선생님이 나를 흔들어 깨운 것은 이미 종례 시간이 지난 뒤였다. 종례 시간에 내가 자리에 없어서 담임선생님이 양호실까지 찾아왔다. 양호 선생님은 내가 너무 곤히 자고 있어서 나를 깜빡 잊었다고 했다. 침대에서 일어나 정신을 차리고 있는데 선생님들이 나누는 이야기가 들렸다.

"아니, 그런데 왜 동완이가 김수영 선생님의 사회책을 숨겼대요?"

양호 선생님이 담임선생님에게 물었다.

"그러게요. 김 선생님이 동완이를 징계한다고 난리네요. 제가 아무리 사과를 해도 도통 들으려 하지를 않아요."

담임선생님 말을 듣고 도저히 참을 수 없었다.

"아니에요. 빠가, 아니 김수영 선생님의 사회책을 숨긴 녀석은 동완이가 아니라 종구예요."

내가 소리쳤다. 나는 가슴이 콩닥거리며 손이 부들부들 떨렸다.

"네가 어떻게 알아?"

담임선생님이 물었다.

"증거 있어?"

양호 선생님이 놀라는 표정을 지었다.

나는 숨을 고르며 차근차근 설명했다. 두 선생님은 내 설명을 듣고 스마트폰에 찍힌 동영상까지 보더니 한숨을 크게 내쉬었다.

울어서 두 눈이 밤톨처럼 부어오른 동완이는 혐의를 벗었다. 내가 동완이를 집까지 데려다주었다.

긴 하루였다.

4월 14일 목요일

아침에 등교하니 동영상 소문이 폭풍처럼 온 학교를 덮쳤다. 나의 용기 있는 행동으로 동완이의 혐의는 완전히 풀렸다. 만약 내가 촬영한 동영상이 없었다면 동완이는 결코 누명에서 벗어나지 못했을 것이다.

선생님들이 종구 녀석의 처벌에 대해서 이야기하고 있는데, 소식을 들은 종구 아빠가 학교에 찾아왔다. 종구 아빠는 종구를 보자마자 뺨을 몇 대나 때렸다고 한다. 종구는 빠가사리와 동완이에게 사과를 했다. 물론 종구 아빠가 지켜보는 앞에서 말이다. 종구는 교실로 돌아오지 않고 아빠랑 집으로 갔다. 복도로 지나가는 녀석의 볼이 퉁퉁 부어 있었다.

종례 시간에 담임선생님은 그동안 종구가 모범생이었기 때문에 이번 한 번만 용서한다고 했다. 만약 종구 아빠가 경찰서장이 아니라 붕어빵 장수였다면 용서 같은 건 없었을 것이다.

집으로 가는 길에 동완이에게 종구의 처벌이 너무 약하다고 불평을 했다. 동완이는 말없이 걷기만 하더니 한참 뒤에 이렇게 털어놓았다.

"용산에서 밤섬으로 이사 온 날, 마트에서 내 또래 아이가 자기 아빠에게 맞는 걸 봤어. 고개를 돌려 피하려고 했는데 그만 매 맞는 아이와 눈이 맞았어. 개학 첫날 그 아이가 종구라는 걸 알아봤어. 종구 역시 나를 알아봤고. 종구는 맞는 걸 들킨 게 부끄러워서 날 괴롭힌 거야. 하지만 그건 종구 잘못이 아니잖아. 종구 아빠의 잘못이지."

우리는 한동안 말없이 걸었다.

4월 15일 금요일

종구 패거리는 더 이상 종구와 어울리지 않는다. 쉬는 시간과 점심시간에 혼자 있는 종구를 보니 왠지 마음이 짠했다. 오늘 종구를 보니 키도 조그맣고 힘도 세어 보이지 않았다. 예전에는 나보다 키도 훨씬 더 크고 힘도 더 세다고 생각했는데, 사실은 그게 아니었다. 패거리에서 쫓겨난 종구는 작고 초라했다.

이모가 내준 수학 숙제를 하느라 저녁 시간 대부분을 책상에서 보냈다. 다음 주부터 수학 영재반 수업이 시작된다. 우리 반에서는 희정이, 동완이, 종구가 뽑혔다.

4월 16일 토요일

수학여행 장기 자랑에서 부를 노래를 연습했다. 아빠는 누가 돼지 멱을 따냐고 놀린다. 내가 기죽지 않고 한 곡 더 부르자 이번에는 엄마가 그만하란다. 수학 영재도 아니고 음악적 재능도 없는 나는 도대체 누구일까?

4월 17일 일요일

수학여행에 입고 갈 옷을 사러 엄마랑 백화점에 갔다. 엄마는 리바이스, 캘빈 클라인, 빈폴 등 유명 메이커 매장을 쏜살같이 스쳐지나갔다. 정말 눈길 한번 주지 않았다. 그리고 모퉁이에 마련되어 있는 세일 코너에서 청바지와 티셔츠를 골라 주었다. 별 선택의 여지가 없었다. 차라리 코디란 단어를 몰랐으면 좋았을걸.

작가가 되려면 가난에 익숙해야 한다. 아무래도 탐정이 되는 게 나을 것 같기도 하다. 난 이미 해결한 사건도 하나 있지 않은가!

4월 18일 월요일

아무래도 담임선생님이 치매에 걸린 것 같다. 수학여행 장기 자랑은 신청자만 참여하면 된다고 했다. 지난번에 전원 참석하라고 했던 것은 장기 자랑에 참여하라는 것이 아니라 장기 자랑 시간에 빠지지 말고 참석하라는 뜻이었다고 한다. 우리 반 아이들이 "에에에!" 하고 선생님에게 야유를 했지만, 선생님의 증상이 치매건 광우병이건 난 무조건 찬성이다.

빠가사리의 사회책 사건 이후 내 주변에 친구들이 많아진 것 같다. 오늘은 희정이가 나에게 "넌 장기 자랑 뭐 해?" 하고 묻는 게 아닌가. "응, 어……." 내 입속의 침이 접착제로 변하는 이상한 현상이 일어났다. 수업 종소리가 나를 살렸다.

하늘이 높고 푸르다. 세상이 아름답다. 오늘 서울의 최고 기온은 18도다. 사랑하기에 적당하지 않은가?

4월 19일 화요일

하굣길 버스 안에서 동완이랑 종구가 함께 있는 것을 보았다. 재빨리 스마트폰을 꺼내어 촬영을 하려는데 버스가 떠나는 바람에 아무것도 찍지 못했다. 제발 별일 아니길⋯⋯.

4월 20일 수요일

수학여행에 가지고 갈 짐을 쌌다. 짐이 많아서 도저히 배낭에 들어가지 않는다. 짐을 반으로 줄였다. 하지만 배낭이 무거워서 멜 수가 없다. 아빠가 보더니 다시 반으로 줄이라고 한다.

• 반의 반으로 줄인 수학여행 준비물

1. 청바지 두 벌(한 벌은 입고 다른 한 벌은 가방에 쌈)

2. 후드티와 셔츠(후드티는 입고 셔츠는 가방에 쌈)

3. 점퍼 한 벌

4. 팬티 세 장

5. 러닝 세 장

6. 양말 세 켤레

7. 운동복 한 벌

8. 수건 한 장

9. 지갑(여행 기념품을 사기 위해서 약간의 돈을 챙김)

10. 휴대용 소형 손전등

11. 여행용 휴지

12. 여행용 세면도구 세트(칫솔, 치약, 비누, 니베아 로션)

13. 물티슈

14. 스마트폰 충전기 세트

15. 이어폰

※ 결국 배낭에 들어가지 못한 짐들 : 여벌 청바지, 여벌 셔츠, 여벌 팬티, 여벌 러닝, 여벌 양말, 수면용 털실 양말, 여벌 수건, 여벌 손수건, 잠옷, 여벌 점퍼, 등산화, 슬리퍼, 여벌 이어폰, 침낭.

고심 끝에 일기장은 안 가지고 가기로 했다. 지금은 21세기. 따라서 이틀 동안 스마트폰에 일기를 쓰기로 했다.

아빠가 뚱뚱한 내 배낭을 보더니 '결벽이'라고 별명을 지어 주었다. 옆에서 엄마가 숨이 넘어가도록 웃으며 당장 법원에 가서 개명 신청을 하자고 했다. 약간 소외감을 느꼈다.

4월 21일 목요일
집에 돌아가고 싶다!

버스를 타고 느긋하게 경치를 감상하며 설악산에 올라 호연지기를 기르며 바다에서 불어오는 시원한 바람에 영혼을 맑게 할 줄 알았더니, 웬걸! 이건 완전히 난장판이다. 버스 기사 아저씨가 떠들지 말라고 몇 번이나 이야기를 했는데도 애들의 수다 때문에 버스 안은 시장통처럼 시끄럽다. 아직도 귀가 멍멍하다.

그런데 휴게소 화장실에서 "세상에! 이렇게 얌전하고 조용한 학생들은 첨 봤어." 하고 4반 기사 아저씨가 말하는 것을 들었다. 역시 빠가사리 반은 다르다. 우리 담임선생님은 코 골며 잠이나 자고 있는데…….

비 때문에 캠프파이어가 내일로 연기되었다. 코딱지만 한 방에서 사내 녀석들이 모여 진실 게임을 하고 논다. 우웩!

진실 게임이 끝나고 종구가 자신의 옛 패거리들에게 불려 나갔다. 1반 민준이와 4반 주원이 녀석도 패거리에 끼어 있었다. 녀석들은 이번 수학여행에서 종구에게 분풀이를 하려고 단단히 벼르고 있었던 것 같다. 종구가 말없이 녀석들을 따라나서자 동완이가 나를 쳐다보았다. 나에게 함께 종구 편에 서자는 눈빛이었다. 나는 망설였다. 패거리 녀석들과 다투고 싶은 마음도 없는 데다, 특히 종구 녀석이 혼이 나건 말건 그건 나랑 아무 상관이 없는 일이기 때문이었다. 동완이는 내 표정을 읽었는지 눈길을 거두고 혼자 종구를 뒤따라 나갔다. 나는 주위를 둘러보았다. 종구와 동완이 편이 되어 줄 만한 친구는 아무도 없었다. 나는 속으로 '에이씨!' 하며 달려 나갔다.

숙소 뒤편에서 잠시 실랑이가 벌어졌다. 패거리들이 동완이와 나에게 너희들은 참견할 것 없으니 어서 꺼지라고 했다. 녀석들은 우리에게 차마 일기장에 쓸 수 없는 험한 욕을 해 댔다. 그러자 동완이는 화가 났는지 씩씩거리며 녀석들에게 한 발짝 다가갔다. 녀석들이 동완이의 기세에 움찔했다. 동완이는 주위를 한번 둘러보더니 버려진 절구통을 발견하고는 그쪽으로 성큼성큼 걸어갔다. 그리고 기합을 한 번 넣더니 커다란 절구통을 두 손으로 번쩍 들어 올렸다. 동완이가 다시 성큼성큼 패거리들에게 다가가자 녀석들은 하나둘 뒷걸음질 치기 시작했다. 동완이가 "으아아아악!" 하고 절구통을 한쪽으로 내던졌다. 완전히 기가 질려 버린 패거리들은 걸음아 나 살려라 하고 모두 도망갔다. 동완이는 헉헉거리며 숨을 고르더니 종구와 나를 보며 부드러운 미소를 지었다. 종구는 너무 기가 차서 고맙다는 말도 하지 못한 채 그대로 온몸이 굳어 버렸다.

내일은 설악산 등반을 하는데 동완이 녀석이 흔들바위를 산 아래로 밀어 버릴까 봐 걱정돼 밤새 한숨도 자지 못했다. 아무래도 담임선생님에게 등반 코스를 조정해야 한다고 건의해야겠다.

4월 22일 금요일

수건을 한 장만 가져온 것이 크나큰 실수였다. 숙소에 수건이 없다. 위생 상태에 적색등이 켜졌다. 스마트폰 충전기도 빼먹고 안 가져왔다. 동완이의 충전기를 빌려서 사용 중이다. 도대체 손전등은 왜 가져왔는지 모르겠다.

숙소에서 주는 식사가 너무 형편없다. 우리 학교 급식이 호텔 뷔페처럼 느껴질 정도다. 앞으로 학교에서 급식 투정은 안 하기로 했다.

어젯밤 진실 게임 도중에 희정이와 혜선이가 싸웠다고 한다. 진실은 사람을 불편하게 한다. 우리 엄마와 아빠를 보면 안다.

오늘은 비가 그쳐 설악산에 올랐다. 선생님들은 길이 미끄럽다며 흔들바위 코스 대신 비선대 코스를 선택했다. 동완이 녀석이 흔들바위를 산 아래로 밀어 버릴까 봐 밤새 걱정했는데 천만다행이다.

밤에는 캠프파이어를 했다. 각 반 대표가 나와서 장기 자랑도 펼쳤다. 2반과 5반과 6반 대표는 모두 똑같이 트루컬러스의 춤과 노래를 불렀다. 이건 기네스북에 올라갈 일이다. 우리 반 대표인 희정이와 혜선이는 듀엣으로 노래를 부를 예정이었는데, 그놈의 진실 게임 덕분에 기권했다.

동완이는 마치 보디가드처럼 종구랑만 계속 붙어 다닌다.

4월 23일 토요일
집이 천국이다. 지금은 아무것도 쓸 수 없다.

4월 24일 일요일
정수 이모 집으로 수학 공부하러 갔다. 곧 중간고사라서 오전 내내 잡혀 있었다. 이모에게 수학여행에서 사 온 국자와 주걱 세트를 선물로 주었다. 물론 메이드 인 차이나다. 이모는 나를 공부방에 가둬 놓고 한 시간마다 몇 문제 풀었는지 점검한다. 정수 이모는 봐주고 자시고 그런 것 없다. 아무래도 국자와 주걱 세트를 국산으로 살 걸 그랬나?

나른한 오후. 엄마가 아빠의 머리카락을 잘라 준다. 그리고 아빠의 머리를 감기고 드라이어로 말린다. 아빠는 얌전한 고양이 같다. 내 차례다. 사각사각 머리털이 잘려 나간다. 나는 기분이 좋아진다. 아빠는 거실에서 음악 소리를 높인다.

밤섬의 좁은 아파트에서 마당이 있는 이 집으로 이사 오길 참 잘했다. 평화롭고 한가로운 주말 오후. 행복을 느낀다. 정수 이모가 내일 아침 8시 55분까지 수학 공부하러 오라고 전화하기 전까지는 말이다!

4월 25일 월요일

오늘은 수학여행으로 인한 대체 휴일이라서 학교에 안 갔다. 대신 이모 집에서 수학 문제를 잔뜩 풀어야 했다. 아빠는 다시 출근했다. 도살장에 끌려가는 소나 돼지도 이렇게 우울한 표정은 아닐 것 같다. 엄마는 출근을 두려워하지 않는다. 직원이라야 세 명이 고작이지만 그래도 엄연한 사장님이라서 그런 것 같다.

이모 집에서 수학 공부를 마치고 나가려는데 희정이가 들어왔다.

"벽이 너 열심이구나."

희정이가 인사 대신에 이렇게 말했다.

"어······."

도대체 왜 걔 앞에서는 입이 떨어지지 않는지 모르겠다. 희정이는 피식 웃으며 공부방으로 들어갔다.

이모가 내준 수학 숙제를 마치고 머리도 식힐 겸 생일 선물로 받은 《유니콘호의 비밀》을 읽었다. 이거 완전히 물건이다. 소년 기자 땡땡, 이 녀석에게 반했다. 그러니까 탐정과 작가가 짬뽕된 것이 바로 기자였던 것이다.

그런데 이모부를 보면 기자는 완전히 월급쟁이던데······. 교열 기자라서 그런가?

4월 26일 화요일

동완이가 종구랑 친구 하기로 했단다. 내게도 함께 친하게 지내자고 한다. 난 생각해 보겠다고 했다. 하지만 별로 내키지 않는다. 이건 뭐 암흑가의 세 사람도 아니고. 우리 셋의 관계는 너무 꼬여 있다.

급식 시간에 반찬으로 새우튀김이 나왔다. 홈즈의 예리한 눈으로 들여다보니 새우는 바다의 바퀴벌레다. 배가 좀 징그럽게 생겼다. 그래도 맛은 있다.

단짝 친구를 잃은 희정이는 요즘 혼자 다닌다. 희정이는 나라는 존재를 알기나 할까?

4월 27일 수요일

동완이가 자기 집에서 함께 공부하자고 해서 학교 수업을 마치고 걔네 집으로 갔다. 동완이 엄마는 집에 없었다. 집안일을 도와주는 이모님만 있었다. 동완이도 나처럼 학원에 다니지 않는다. 그런데도 동완이는 공부를 잘한다. 내가 보기에 동완이는 머리가 좋다. 한번 들으면 잘 까먹질 않는다. 난 쓸데없는 것만 잘 기억하는 편인데.

공부를 하고 있는데 종구 녀석이 동완이 집으로 왔다.

"종구야! 어서 와."

동완이가 현관문을 열면서 말했다.

"니들 공부하냐? 야, 허벽. 넌 어디 사냐?"

종구가 말했다. 녀석은 나에게 아무런 감정도 없는 것처럼 천연덕스럽게 말을 붙였다.

"벽이네 집은 구길동이야."

"3학년 형들이 그러는데 중간고사에는 항상 소금물 문제랑 속력 문제가 많이 나온다고 하더라."

종구가 검지로 입 가리는 시늉을 하며 말했다.

"희정이가 솔로라고 하더라. 알고 있니?"

동완이가 종구에게 물었다.

"그러게. 반장 영수 새끼가 찝쩍대다가 한방 먹었대."

종구가 대답했다.

이 두 녀석은 탁구 치듯 이야기를 한다. 생소하고 낯선 광경이었다. 왠지 모를 소외감이 밀려왔다.

아빠 서가에서 얇은 만화책을 한 권 찾았다. 제이슨이라는 작가의 《헤이, 웨잇…》이라는 책이다. 너무 얇아서인지 여태껏 이 만화책이 우리 집에 있는지 몰랐다. 그런데 아빠가 책을 낚아채더니 "이 책은 안 돼!" 하고 소리쳤다. 그리고 만화책을 자물쇠가 달린 책장에 넣고 잠가 버렸다. 귀가 쫑긋한 개 그림이던데, 왜 안 된다고 할까? 성인 만화인가? 나도 이제 커서 알 건 다 아는데…….

4월 28일 목요일

학교에서 동완이를 보는데 왠지 모를 거리감이 느껴졌다. 동완이가 오늘도 함께 공부하자고 했는데 할아버지와 약속이 있다고 거짓말을 했다.

4월 29일 금요일

오늘도 동완이가 함께 공부하자고 했는데 오늘은 할머니와 약속이 있다고 거짓말을 했다.

4월 30일 토요일

밤새 코가 지팡이처럼 길어지는 꿈을 꾸었다. 꿈에서 종구 녀석이 내 코를 잡아 부러뜨렸는데 동완이가 말리기는커녕 낄낄대며 웃고 있었다. 화들짝 놀라 꿈에서 깨니 8시 30분이었다.

정수 이모 수업에 늦지 않으려고 씻지도 않은 채 아빠 차를 타고 이모 집으로 갔다. 다행히 늦지 않았다. 아빠는 이모 얼굴도 보지 않고 곧장 집으로 돌아갔다. 아빠도 이모를 무서워한다.

이모가 수업 전에 세수부터 시키고 빵이랑 우유를 주었다. 수업에 늦지 않으려는 태도는 가상하지만 앞으로 더 일찍 일어나란다. 오늘은 소금물 농도 문제와 속력 문제를 집중적으로 풀었다. 이모가 쉬운 문제만 내서 그런지 열 문제 중 일곱 문제나 맞혔다.

수학 공부를 마치고 할아버지 댁에서 오랜만에 밥을 먹었다. 할머니는 감기 때문에 병원에 다니신다고 한다. 요즘 할아버지와 할머니에게 너무 무관심했다. 점심 설거지는 내가 했다.

집에 오는 길에 붕어빵 형에게 들렀다. 형은 재즈를 틀어 손님을 유인한다지만 내가 보기에 음악을 바꾸는 것이 좋을 것 같다. 하지만 나는 재즈가 좋다. 아직 아는 곡도 하나 없고 아는 음악가도 없지만 왠지 끌린다.

할머니가 싸 주신 오렌지 주스를 붕어빵 형이랑 나눠 마셨다. 형은 대학까지 나왔는데 다니던 직장을 작년 말에 그만두었단다. 회사 생활이 너무 답답하고 비인간적이라나? 붕어빵 형은 밤이 되면 클럽에서 노래를 부르는데 아직은 무명이라고 했다. 당연한 걸 가지고 뭘. 유명 인사가 붕어빵 장사를 했으면 이미 성공했겠지!

5월

헤이, 웨잇…

5월 1일 일요일 (노동자의 날)

아빠가 아침부터 노동자의 날이 일요일이라고 투덜거린다. 내가 오늘은 노동자의 날이 아니라 근로자의 날이라고 했더니, 아빠는 노동자의 날이 맞다고 한다.

"노동자와 근로자는 서로 달라요?"

"엄연히 다르지. 근로자라는 말은 '부지런한 노동자'라는 말이거든."

"부지런하면 좋은 거 아니에요?"

"물론 좋지. 그런데 좋은 것도 좋은 뜻을 살리려면 균형이 맞아야 해. 만약에 누가 '신사와 숙녀'라는 말 대신에 '신사와 요조숙녀'라고 하면 어떨 것 같니? 요조숙녀란 품위 있고 정숙한 여자라는 좋은 말인데, 그게 여기에 어울린다고 생각하니?"

"아뇨, 왠지 불평등해요."

"그렇지. '사용자와 근로자'라는 말 역시 불평등한 말이야. 만약 균형이 맞으려면 '호업주와 근로자'라고 해야지. 즉, '좋은 사장과 성실한 노동자'라고 써야지 균형이 맞거든."

"그래서 아빠는 오늘이 근로자의 날이 아니라 노동자의 날이라고 한 거예요?"

"응, 나는 노동자라는 말이 더 좋아. 왠지 더 떳떳하고 당당한 느낌이 들거든."

갑자기 아빠가 엄청나게 멋있어 보였다. 그래서 나는 아빠에게 숨겨 놓은 고민을 하나 털어놓았다.

"동완이가 종구랑 너무 친하게 지내서 소외감이 느껴져요."

아빠는 물끄러미 나를 쳐다보더니 이렇게 물었다.

"왜? 질투 나니?"

"아뇨."

"그럼 뭐가 문제인데?"

"동완이가 종구랑 친구 하는 게 싫어요. 종구는 나쁜 애거든요.
애들을 막 괴롭히고요."

"지금은 종구가 왕따라며?"

"네."

"그럼 동완이 덕에 종구가 더 나빠지지는 않겠네?"

"네, 그건 그래요."

"그럼 뭐가 문제인데?"

"……."

오늘 아빠에게 뭔가 홀린 것 같다.

5월 2일 월요일

시험 첫째 날.

국어 – 독서량과 국어 점수는 별 상관이 없다.

사회 – 사회성이 좋다고 사회 점수가 높은 건 아니다.

5월 3일 화요일

시험 둘째 날.

영어 - 점수가 왜 잘 나왔는지 모르겠다.

과학 - 내 꿈은 과학자가 아니다. 그래서 과학 점수에 연연하지 않기로 했다.

5월 4일 수요일

시험 셋째 날.

수학 - 이런 걸 두고 기적이라고 한다. 스무 문제에서 세 문제밖에 틀리지 않았다.

시험이 끝나고 정수 이모에게 전화했다. 그런데 정수 이모는 담담하게 그럴 줄 알았다고 한다.

이모에게 뭔가 홀린 것 같다.

5월 5일 목요일 (어린이날)

동완이와 종구랑 영화를 보러 극장에 갔다. 하지만 우리가 볼 수 있는 영화라고는 시시한 애니메이션밖에 없었다. 나는 그냥 집에 가고 싶었지만 애들이 아무거나 보자고 했다. 극장 안은 엄마 아빠랑 함께 온 초등학생들로 그야말로 만원이었다. 나는 비현실적인 공간에서 초현실적인 두 시간을 보내고 마침내 얼이 빠져 버렸다.

점심을 피자와 콜라로 때우고 나서 종구는 한 시까지 집에 돌아가야 한다며 먼저 들어갔다. 동완이랑 나는 오랜만에 단둘이 있었다. 우리는 버스 정류장까지 걸어갔다. 동완이가 기다리는 버스가 먼저 왔다. 동완이가 버스에 오르며 내게 고맙다고 했다. 왠지 가슴이 시원한 느낌이었다.

동완이를 보내고 혼자서 교보문고에 갔다. 여기는 아빠가 플래시 걸 CD를 가끔 사는 곳이다. 아빠는 인터넷에서 물건을 사지 않는다. 인터넷에서 물건을 사면 스토리가 남지 않기 때문이라고 한다. 도대체 CD 한 장을 사는데 무슨 스토리가 필요한지 모르겠다.

나는 음반 매장에서 딥 퍼플의 〈에이프릴〉 곡이 들어 있는 CD 한 장을 샀다. 표지 그림이 정말 괴상망측했다. 쥐가 사람을 먹는 무서운 그림이었다. 하지만 이 괴기스러운 그림이 마음에 들었다. 아마 계산대의 누나가 나의 안목에 놀랐으리라!

이 CD는 내 첫 번째 음반 컬렉션이다. 나중에 어른이 되어 이 CD를 보면 동완이에게 다시 마음을 열었던 일, 빈대떡같이 생긴 종구 녀석, 그리고 교보문고가 생각날 것이다.

어버이날 카네이션 살 돈이 빠듯하다!

5월 6일 금요일

오늘도 학교에 안 간다. 개교기념일이기 때문이다. 엄마와 아빠가 모두 출근하니 혼자서 집을 독차지했다. 오월인데 하늘이 우중충하다.

거실에서 딥 퍼플의 음악을 크게 틀었다. 나는 흥에 겨워 소리를 지르며 마구 몸을 흔들었다. 그런데 아빠가 못 보게 했던 제이슨의 《헤이, 웨잇…》이 스피커 위에 놓여 있는 게 아닌가! 그걸 본 순간 침이 꼴깍 넘어갔다. 아빠가 자물쇠로 잠가서 보관하는 책은 내가 고등학교 입학 전에는 볼 수 없는 금서들이다.

나는 《헤이, 웨잇…》을 들고 잠시 망설였다. 크레파스로 그린 표지 그림은 그냥 토끼 귀가 달린 귀여운 개 같았다. 책의 뒷면에는 이런 글이 있었다.

'조심하세요. 이 아름다운 이야기가 당신의 마음에 상처를 줄지도 모르니……'

나는 책을 펼치고 싶은 마음에 사로잡혔다. 하지만 책을 도로 스피커 위에 올려놓았다. 아빠와의 약속을 깨뜨리고 싶지 않았기 때문이다.

점심때가 되어 할아버지 댁으로 갔다. 할아버지와 할머니는 스마트폰으로 사진을 보고 계셨다. 중국 베이징에서 일하고 있는 삼촌의 사진이었다. 삼촌은 회사 일 때문에 지금 베이징에 있다. 작년까지만 해도 서울에 자주 왔는데 요즘은 많이 바쁜가 보다. 내가 설거지를 마치고 할머니 어깨와 무릎을 주물러 드렸다. 할아버지와 할머니가 낮잠을 주무시자 나는 조용히 아파트를 빠져나왔다.

아파트 입구에서는 언제나 그렇듯이 붕어빵 형이 장사를 하고 있었다.

"형, 혹시 〈에이프릴〉이라는 곡 알아요? 딥 퍼플이 불렀는데."

"4월 1일만 되면 라디오에서 나오는 곡이지. 왜?"

"형, 그거 어떻게 알았어요?"

"인마, 4월 1일에는 에이프릴이 나오고, 10월 31일에는 하루 종일 이용의 〈잊혀진 계절〉이 흘러나오는 거야. 그런데 왜?"

"노래도 좋은데, 표지가 참 예쁘더라. 형은 안 그래요?"

"오호! 너 뭐 좀 아는구나. 그건 보스의 그림이야. 히에로니무스 보스. 난 중3 때 처음 듣고 뿅 갔었는데."

"형, 그럼 제이슨이라는 만화가도 알아요?"

"아니. 넌 내가 무슨 박사인 줄 아니? 그런데 왜?"

"아뇨. 그냥. 형 다음에 또 봐요."

집에 돌아오니 제이슨의 《헤이, 웨잇…》은 스피커 위에 그대로 놓여 있었다. 금지된 책, 금서가 나를 부르는 것 같았다. 표지의 토끼 귀를 가진 개가 '괜찮아, 어서 펼쳐 봐. 내 이야기를 들어 봐.' 하고 내게 속삭였다.

첫 페이지를 열자…….

5월 7일 토요일

수업에 집중하지 못한다고 정수 이모에게 혼이 났다. 이모는 수업 중에 세 번이나 세수하고 오라고 시켰다. 세수를 하다가 거울 속에 비친 내 모습을 보니 귀가 토끼처럼 길다. 화들짝 놀랐다.

엄마, 아빠, 할아버지, 할머니, 정수 이모, 이모부에게 드릴 카네이션 여섯 개를 샀다. 꽃값이 금값이다.

기운이 없어서 오후 내내 침대에 누워 있었다. 삶과 죽음에 대해서 이런저런 생각을 하다가 잠이 들었다. 꿈에 버스를 탔다. 행색이 초췌한 승객들의 눈동자는 모두 풀려 있었다. 나는 《헤이, 웨잇…》에 나오는 욘과 비욘 옆에 앉았다. 버스가 어둠 속으로 달려갔다.

꿈에서 깨니 비가 내리고 있었다.

5월 8일 일요일 (어버이날)

아침에 일어났더니 엄마와 아빠는 아직도 한밤중이다. 하는 수 없이 할아버지와 할머니에게 먼저 카네이션을 달아 드렸다. 그리고 곧바로 버스를 타고 정수 이모 집으로 갔다. 이모가 나를 꼬옥 껴안아 주었다. 이모부는 카네이션 달기가 어색한지 쭈뼛쭈뼛하다가 이모에게 잔소리를 들어야 했다. 얼굴이 발갛게 달아오른 이모부가 내게 어린이날 용돈을 주었다. 이모는 내가 아침을 안 먹었다고 하니 베이글, 우유, 딸기, 파프리카 등을 차려 주었다. 식탁 앞에서 이모가 나를 물끄러미 쳐다보고 있었다.

"이모네는 왜 애가 없어요?"

"그건 나 때문이야."

이모부가 웃으며 대신 대답했다.

75

"시험관 아기도 있잖아요?"

"어머, 요놈 봐라."

이모가 놀란 표정을 지었다.

"나도 다 알아요. 과학 시간에 배워요."

"벽아, 이모랑 이모부가 애를 갖지 않는 것은 그런 문제가 아니야. 그건 좀 더 복잡한 거야. 네가 크면 알려 줄게."

어른들의 세상은 너무 복잡하다. 요즘은 오히려 수학 문제가 세상에서 가장 쉽게 느껴진다.

집에 오니 엄마와 아빠가 늦은 아침 식사를 하고 있었다. 나는 소파에 앉아 식사가 끝나기를 기다렸다. 거실 스피커 위에 놓여 있던 《헤이, 웨잇…》은 보이지 않았다. 식사가 끝나자 엄마와 아빠는 깨끗한 옷으로 갈아입었다. 나는 엄마 아빠의 가슴에 카네이션을 달아 주었다. 그런데 왠지 아빠 얼굴을 제대로 쳐다볼 수 없었다.

내 방으로 올라와 침대에 기대어 《콩고로 간 땡땡》을 뒤적거리고 있는데, 이 책이 너무 싱겁고 재미가 없었다. 그때 아빠가 노크를 하고 내 방으로 들어왔다.

"봤냐?"

아빠는 침대에 걸터앉으며 물었다.

"……."

나는 아무 말도 하지 못하고 눈물을 흘렸다.

"미안하구나. 아빠가 잘 치웠어야 했는데……."

아빠는 내 머리를 쓰다듬어 주었다.

"벽아, 지금은 좋은 것만 볼 때야. 예쁘고 아름다운 것들만 말이지. 어차피 크면 알게 되겠지만 서두를 것 없단다. 욘과 비욘은 그만 잊어버려."

"……."

나는 목이 메어 대답을 할 수가 없었다. 나는 안심이 되었다. 이제 아빠 얼굴을 쳐다볼 수 있었다. 욘과 비욘도 눈물과 함께 내 속에서 사라진 것만 같았다.

"《콩고로 간 땡땡》은 내용이 별로 좋지 않더라. 다 읽고 나거든 아빠에게 네 생각을 말해 주렴."

아빠는 이렇게 말하고 내 방에서 나갔다.

나는 궁금하다. 아빠는 《헤이, 웨잇…》을 보고 무슨 생각을 했을까? 아빠도 삶과 죽음을 생각할까? 아빠의 꿈은 무엇이었을까? 그리고 지금 아빠는 무엇을 꿈꾸고 있을까?

5월 9일 월요일

수학 시간에 말똥구리 선생님이 나를 부르더니 자리에서 일어나라고 했다. 그리고 이렇게 말했다.

"벽이 대단한데. 1학년 때만 해도 수학 과목은 포기한다더니 수학 공부 열심히 했나 보네."

"아, 네……."

나는 갑작스런 질문에 당황하며 대답을 얼버무렸다.

그때 뒤에서 누군가 작지만 모두가 들을 수 있는 목소리로 이렇게 말했다.

"쟤, 동완이 답안지 컨닝한 거 아냐?"

바로 그때 기적이 일어났다. 그래, 그건 기적이었다!

"야, 신철진! 너나 잘해. 벽이가 수학 공부를 얼마나 열심히 하는데. 네가 뭘 알아?"

희정이가 뺀질이 철진이에게 톡 쏘아붙이는 게 아닌가.

반 애들이 "우와!" 하고 웅성거렸다. 동완이도 웃으며 나의 등판을 찰싹 때렸다. 철진이 녀석은 입을 씰룩거리며 얌전해졌다.

열네 살, 내 인생에서 이보다 더 황홀한 순간은 없었다.

종례 시간을 마치고 동완이와 종구가 떡볶이 먹으러 가자고 했지만, 난 약속이 있다며 거절했다. 동완이가 다시 한 번 웃으며 내 등판을 찰싹 때렸다.

교문 앞에서 추적추적 봄비를 맞으며 희정이를 기다렸다. 우산 위에 떨어지는 빗방울 소리가 경쾌했다. 30분도 넘게 기다렸지만 희정이는 오지 않았다. 하지만 기다리는 시간이 싫지만은 않았다. 오히려 그 반대였다. 누군가를 기다리는 게 이렇게 달콤한 것인지 미처 몰랐다. 왜 정수 이모는 수업 시간에 나를 기다리는 것이 싫은지 모르겠다. 이렇게 설레고 좋은데 말이다.

나는 희정이에게 어떤 말을 건넬까 한참 동안 고민했다.

'오늘 고마웠어. 우리 짜장면 먹을래?'

아니, 이건 아니다. 짜장면은 아무래도 주책이다.

'오늘 고마웠다, 야! 너 떡볶이 좋아하니?'

아냐, 이것도 아니다. 희정이 입가에 벌건 고추장을 묻힐 수는 없다.

'희정아, 오늘 고마웠어. 우리 사귈까?'

아니야! 이건 너무 빠르다.

그런데 갑자기 "야, 허벅. 너 거기서 뭐 해?" 하고 누군가 나를 불렀다. 우산을 치켜들고 바라보니 희정이랑 혜선이가 함께 우산을 쓰고 있었다.

5월 10일 화요일 (석가탄신일)

엄마는 오늘도 아침 일찍 출근했다. 5월 연휴 때문에 요즘 엄마는 눈코 뜰 새도 없다. 이러다가 우리 집도 부자가 되는 게 아닌지 모르겠다.

아빠는 낙지처럼 늘어져 있다. 요새 아빠는 입만 열면 피곤하다고 한다. 아무리 쉬어도 하루만 출근하고 나면 아빠는 진이 다 빠진 사람 같다. 아빠가 불쌍하다. 아무리 보아도 아빠는 직장인 체질이 아닌 것 같다.

아침 먹고 내 방에서 《티베트에 간 땡땡》을 읽고 있는데 동완이가 자기 집으로 놀러 오라고 전화했다. 동완이 아빠는 나를 보더니 꼬마 영웅이라고 했다. 내가 "저, 꼬마 아닌데요." 하고 대답하니, 동완이 아빠가 웃으며 미안하다고 사과했다.

"우와!"

종구가 동완이 아빠의 홈시어터를 보더니 소리를 질렀다.

"우리 아빠는 공짜로 다운받아서 영화를 보는데……."

종구는 아빠 이야기를 하다가 말꼬리를 흐렸다.

동완이 아빠는 우리에게 〈쇼생크 탈출〉을 틀어 주며 물었다.

"이건 15세 관람가야. 너희들 열다섯 살이지?"

"네에."

난 당당하게 대답했다. 이런 경우에는 나이를 만으로 세면 안 된다고 아빠에게 배웠다.

〈쇼생크 탈출〉을 보고 우리는 모두 감동했다. 특히 종구 녀석은 자신의 베스트 넘버원으로 이 영화가 등극했다며 흥분했다.

"야 씨바, 이 영화 완전 짱이지 않냐? 교도소장 그 새끼 완전 짜증이야. 근데 앤디 죽인다. 그치?"

우리 집에서는 절대 입 밖에 낼 수 없는 단어들이 종구 입에서 툭툭 튀어나왔다. 그러다가 종구가 갑자기 이렇게 내뱉었다.

"근데, 희정이가 벽이 너 졸라 좋아하는 것 같더라."

"……."

내가 멍하니 동완이랑 종구를 번갈아 쳐다보았다.

"몰랐어? 우리 반 애들은 다 아는데."

종구가 말했다.

오늘 희정이의 비밀을 하나 알게 되었다. 제발 농담이 아니길 난 생처음으로 하느님께 기도했다.

5월 11일 수요일

세상의 모든 유행가 가사가 나를 노래하고 있는 것만 같다.

아빠는 며칠째 내리는 비가 지겹다고 하지만 내게는 아름답기 그지없다.

비만 오면 아빠가 흥얼거리는 〈사랑은 창밖에 빗물 같아요〉라는 유행가 가사의 뜻을 이제야 알 것 같다.

5월 12일 목요일

수학 시간에 말똥구리 선생님이 복잡한 방정식 문제 하나를 칠판에 적더니 풀 수 있는 사람은 손들어 보라고 했다. 동완이, 종구, 희정이가 손을 들자 선생님이 "너희들은 빼고." 하며 다른 사람 없냐고 했다. 맨 뒤에서 철진이 녀석이 "벽이요." 하고 작지만 모두가 들을 수 있는 목소리로 말했다. 선생님이 나를 보더니 "그래, 벽이가 한번 풀어 볼래?" 하는 거다.

나는 칠판에 식을 쓰고 문제를 풀어 나갔다. 말똥구리 선생님은 팔짱을 끼고 창가에 기대어 나를 말똥말똥 바라보고 있었다. 내가 문제를 다 풀고 나자 선생님은 애들에게 "답이 맞지요. 풀이 과정도 완벽하죠. 모르는 학생은 필기하세요." 하고 말했다. 나는 쑥스러웠다. 고개를 살짝 들어 희정이를 힐끗 바라보았다. 희정이 입가에 미소가 번졌다. 내 심장의 펌프질이 3.14배로 빨라지고 있었다.

동완이가 희정이에게 말을 걸어 보라고 했다. 하지만 용기가 생기질 않는다. 이러다가 평생 여자 친구도 없이 살게 될까 걱정이다.

담임선생님이 종례 시간에 가정통신문을 나누어 주었다. 스승의 날에 어떠한 선물도 하지 말라는 내용이었다. 어차피 우리 부모님은 아무것도 안 할 테니 걱정하지 마세요, 선생님!

5월 13일 금요일

아침밥을 먹다가 작은 거미 한 마리가 식탁 아래로 기어가는 것을 보았다. 무심결에 발로 밟아 죽였다. 하루 종일 마음이 울적하다. 죽이지 말고 마당에 놓아줄걸…….

5월 14일 토요일

아침 일찍 정수 이모 집에 수학 공부를 하러 갔는데 희정이가 먼저 와서 공부 중이었다. 이모는 나에게 수학 문제를 잔뜩 내주며 주방 식탁에서 혼자 풀고 있으라고 했다. 이모가 쉬운 문제만 주어서 그런지 금방 풀어 버렸다. 난 희정이가 있는 공부방을 바라보며 그 아이의 미소를 떠올렸다. 입안에 침이 고여 목에 걸렸다. 내가 캑캑거리자 이모가 시끄럽게 하지 말고 물이나 마시라고 한다.

희정이의 과외 수업이 끝나고 이모가 나왔다. 내가 푼 답을 보더니 조금 놀라는 표정이다.

"벽이 너 이거 세 문제는 아직 안 배운 건데 어떻게 풀었니? 집에서 따로 수학 공부하니?" 하고 이모가 물었다.

"아뇨, 그거 배운 것 아니에요?"

"벽이, 수학 선생님에게 칭찬받았어요. 두 번이나요."

희정이가 끼어들었다.

"그래? 그런데 왜 이모에게 이야기 안 했어?"

"아, 네……."

"선생님, 얜 '아' 하고 '네'밖에 할 줄 몰라요?"

"아, 네……."

왜 입이 안 떨어지는지 모르겠다.

"그렇네. 희정이 네가 좋은가 보다야."

거실에서 신문을 보고 있던 이모부까지 끼어들었다.

내 얼굴은 양초처럼 활활 타오르고 있었다.

희정이랑 엘리베이터를 타고 1층까지 내려오는 시간이 백만 년보다 길게 느껴졌다. 침만 꼴깍 넘어갔다.

"벽이 너, 이제 뭐 해?"

"어……." 그런데 갑자기 할 말이 떠올랐다. "아무것도 안 해."

"그럼 우리 한강 고수부지로 자전거 타러 갈래?"

"난 이제 밤섬에 살지 않아. 그래서 자전거가 없는데."

"괜찮아. 우리 집으로 가자."

희정이가 내 가방끈을 잡아당겼다.

희정이 엄마는 내가 태어나서 이제까지 본 여자 중에서 희정이 다음으로 예쁘다. 이건 엄연한 과학적 근거가 있는 사실이다. 공주가 예쁜 건 당연히 왕비가 예쁘기 때문이다. 희정이 엄마는 나를 보더니 "네가 개구나?" 하고 말했다. 나는 "아뇨, 전 개가 아니고 벽인데요." 하고 대답했다. 희정이 오빠가 거실에서 큭큭거렸다. 희정이가 "오빠!" 하고 소리쳤다. 희정이 아빠가 안방에서 나오더니 "우리 아파트에서는 개 못 기른다." 하고 말하는 게 아닌가! 그러자 희정이 엄마가 희정이 아빠에게 "아니, 그게 아니고, 얘가 개라구요." 하자, 희정이 아빠는 나에게 "아! 네가 개구나." 하는 것이었다. 우리말도 발음이 참 어렵구나.

희정이랑 둘이서 자전거를 타고 선유도까지 다녀왔다. 황사만 아니라면 더 타고 싶었는데 공기가 너무 탁해서 일찍 돌아와야 했다.

희정이랑 햄버거와 콜라를 먹으며 수다를 떨었는데 도무지 무슨 이야기를 했는지 하나도 기억이 안 난다.

이러다가 심장병이라도 걸릴까 걱정이다.

5월 15일 일요일 (스승의 날)

희정이가 놀이공원에 놀러 가자고 아침 일찍 전화했다. 나는 숨겨 둔 비상금을 몽땅 지갑에 넣었다. 아빠가 희정이네 집까지 자가용으로 데려다주었다. 차에서 내리려는데 아빠가 지갑을 꺼내더니 3만 원을 주었다. 그리고 아빠는 "잘해 봐라." 하며 엄지손가락을 추켜세웠다. 좀 유치하게 느껴졌지만 3만 원 때문에 참기로 했다.

아인슈타인의 말이 맞다. 시간은 상대적이다. 오늘 무슨 일이 있었는지 아무것도 기억이 나지 않지만 이것 하나만은 확실하다. 심장이 3.14배로 빨리 뛰고 있었다.

5월 16일 월요일

희정이와 나는 이제 공식적으로 사귄다. 이건 우리 반 애들이 모두 알고 있다. 희정이 부모님도 우리 부모님도 안다. 우리 할아버지와 할머니도 아신다. 정수 이모와 이모부도 안다. 이 정도면 온 세상이 다 아는 것으로 해 두자.

내 일기의 문학적 품격을 위해서 장 콕토의 시 한 편을 일기장에 적어 둔다.

산비둘기

– 장 콕토

산비둘기 두 마리가
상냥한 마음으로

사랑하였습니다.

그 나머지는

차마 말씀드릴 수 없습니다.

5월 17일 화요일

다음 주에 교내 시화전이 있다. 내가 시를 쓰고 희정이가 그림을 그리기로 했다. 우린 이제 떨어질 수 없는 사이다. 놀이공원에서 나는 목숨을 걸고 희정이가 타고 싶어 하는 모든 놀이 기구를 함께 탔다. 자이로드롭을 타고 결국 두통약을 두 알이나 먹어야 했지만……. 희정이 걘 정말 겁이 없다. 난 우리 집 2층에서도 멀미를 느끼는데.

5월 18일 수요일 (5·18 민주화운동 기념일)

시화전에 낼 시를 써서 희정이에게 보여 주었다. 희정이는 내 시가 너무 추상적이고 관념적이어서 이해를 못하겠다고 한다.

청어의 꿈

벽에 걸린 등 푸른 생선

세상의 모든 생명이 깊은 잠에 빠질 때

년 나지막이 휘파람을 부는구나

청어는 푸른 대양을 꿈꾼다

하지만 너의 푸른 등은 진화의 산물일 뿐

그 무엇도 아니다

오월이다

나는 안다

청어의 푸른 꿈을

몇 번이나 되풀이하여 읽어 보았는데 나조차 도대체 무슨 내용인지 모르겠다. 아무래도 이건 좀 아닌 것 같다. 희정이 말처럼 좀 더 쉬운 시를 써야겠다.

5월 19일 목요일

오월

바람이 분다.

느티나무 잎새 사이로 하늘이 숨는다.

비가 내린다.

고요한 방에서 사물들이 조용히 말을 건넨다.

다시 바람이 불고

바람은 세상을 덮는다.

무엇일까

맑고 푸른 그것이

하늘에

거리에

그리고 내 마음에 내려앉았다.

  희정이가 〈오월〉을 읽더니 〈청어의 꿈〉과 우열을 가리기 힘들다
고 한다. 희정이는 그나마 〈오월〉이 쉽다며 이 시에 그림을 그렸다.
  엄마와 아빠는 내 시 두 편을 읽더니 작가가 되는 것은 네 맘이지
만, 가급적 시보다는 다른 장르를 찾는 게 좋겠다고 했다.

5월 20일 금요일

  희정이가 내 시 〈오월〉에 멋진 그림을 그려 왔다. 그림 위쪽에는
느티나무 초록 잎이 바람에 나부끼고, 화면 중앙에는 넓은 운동장
이 펼쳐져 있다. 그림 아래쪽에는 멀리 있는 건물들이 좁쌀처럼 그
려져 있다. 희정이의 그림을 보고 있노라니 가슴 한구석이 휑하니
뚫리는 기분이다. 서늘한 느낌이었다.

담임선생님은 희정이의 그림을 보더니 한동안 말을 잃었다. 미술 선생님도 고등학생 수준의 그림이라며 칭찬을 아끼지 않았다. 종구마저 희정이의 그림을 보고 가슴 한구석이 허전하다고 했다.

하지만 내 시에 대해서 언급하는 사람은 단 한 명도 없었다.

5월 21일 토요일

희정이의 수학 과외 시간을 토요일 10시 25분으로 옮겼다. 처음에는 정수 이모가 안 된다고 했지만, 희정이 엄마까지 부탁을 해서 수업 시간을 조정했다. 나는 8시 55분 수업, 희정이는 10시 25분 수업이다. 희정이가 수업을 받는 동안 나는 주방 식탁에서 수학 숙제를 하기로 했다. 11시 45분에 수업을 마치면 토요일 오후를 희정이와 함께 지낼 수 있다.

이모가 오늘부터 숙제를 두 배로 내주었다. 기말고사는 중간고사처럼 시험 범위가 좁지 않기 때문에 두 배 더 노력하지 않으면 좋은 점수를 받기 어렵다고 했다. 나는 무조건 이모 말을 믿기로 했다. 물론 희정이에게 잘 보이려고 그러는 것은 아니다.

수학 과외를 마치고 희정이 집으로 놀러 갔다. 희정이 엄마가 '진짜' 스파게티를 만들어 주었다. 우리 엄마는 스파게티 면에 케첩을 뿌려 주는데, 희정이 엄마는 '진짜' 소스를 뿌려 주었다.

희정이가 자기 스케치북을 보여 주었다. 시화전에 낸 희정이의 그림은 우연이 아니었다. 희정이의 그림은 하나같이 놀라웠다. 내

또래의 애들이 그린 그림이라고는 믿기지 않을 정도였다. 희정이의 그림에는 여백이 많았다. 허전하고 쓸쓸한 그림이었다. 앤 마음 속에서 무슨 생각을 하고 있을까?

"어때?"

"좋네. 너 대단하구나."

"우리 오빠는 더 잘 그려."

"오빠? 오빠는 고등학생이잖아?"

"응, 오빠는 미대에 간대."

희정이가 오빠의 스케치북을 가져왔다. 희정이 오빠의 그림은 하나같이 어두웠다. 딥 퍼플의 앨범 표지에서 보았던 히에로니무스 보스의 그림처럼 무섭기까지 했다. 하지만 하나같이 아름다운 그림이었다. 나는 화가의 미술 작품을 이렇게 가까이에서 보기는 처음이었다. 그림이라고 해 봤자 아빠 서가의 미술책이나 달력에 인쇄된 것이 고작이었다. 가끔 과천 현대미술관이나 국립중앙박물관에서도 그림을 보기는 했지만, 내 손으로 직접 그림을 들고 보는 느낌은 확연히 달랐다. 고등학생의 그림이었지만 나는 이 스케치북에 담긴 그림이 더 좋았다.

"보스의 그림 같네……."

"어, 너 보스 알아? 히에로니무스 보스?"

희정이가 깜짝 놀란 표정을 지으며 물었다.

"응, 알지. 딥 퍼플의 앨범 표지에서 봤어."

"너, 딥 퍼플도 알아?"

"너도 알아?"

"응, 오빠가 딥 퍼플 팬이야. 오빠가 딥 퍼플 때문에 히에로니무스 보스의 화집도 샀어. 대학생이 되면 이 그림을 보러 스페인 프라도 미술관에 간다고 노래를 불러."

희정이가 오빠 방에서 보스의 화집을 가지고 왔다. 희정이랑 화집을 한 장씩 넘기며 보았다. 재밌는 그림이 가득했다. 화집을 다 보고 나서 희정이 오빠의 스케치북을 다시 보았다. 그림이 더 선명하게 눈에 들어왔다. 나는 그림에 눈을 뜬 것 같은 기분이 들었다. 아주 묘한 기분이었다.

"석희는 왜 그렇게 괴상한 그림만 그린다니?"

희정이 엄마가 우리를 보더니 이렇게 물었다.

5월 22일 일요일

희정이 집에서 수학 공부를 하고 집에 오다가 보지 말아야 할 것을 보고 말았다. 종구 아빠가 종구의 머리를 세게 쥐어박는 게 아닌가. 나는 서둘러 그 자리를 피해서 아파트 반대편 출구로 나왔다. 아직도 가슴이 두근두근하다.

저녁때 엄마와 아빠랑 할아버지 댁에서 함께 식사를 했다. 할아버지와 할머니는 내일 제주도로 여행을 가신다. 결혼 45주년 기념 여행이다. 생각만 해도 멋지다.

하루 종일 희정이랑 있었는데도 희정이가 보고 싶다. 왜 그럴까?

5월 23일 월요일

이번 주 금요일 체육대회에서 희정이가 우리 반 여자 400미터 계주 선수로 뽑혔다. 동완이와 종구는 우리 반 농구팀 대표로 선발되었다. 나는 우리 반 줄다리기 대표다. 줄다리기는 우리 반 아이들 모두 참석한다. 예외는 없다!

방과 후 희정이는 400미터 계주 연습을 하러 갔다. 줄다리기는 따로 연습을 하지 않아도 된다. 나는 희정이가 달리는 모습을 구경했다. 경쾌하게 잘 달린다. 저렇게 예쁜 아이와 친구가 된 것이 아직도 믿기지 않는다. 내가 무슨 착한 일을 하지도 않은 것 같은데 말이다.

희정이의 달리기 연습이 끝날 때까지 나는 평행봉에 매달려 있었다. 평행봉은 이제껏 가방이나 걸어 두는 용도로만 이용했는데, 오늘 몸을 한번 굴려 보니 그다지 어렵지 않았다. 턱걸이도 몇 개 해 보았다. 몸이 가벼워진 것인지 아니면 팔 힘이 늘어난 것인지 힘들지 않았다.

달리기 연습을 마치고 희정이 집에서 함께 수학 공부를 했다. 걔가 푸는 수학 문제집은 내가 푸는 것보다 백만 배쯤 어려운 것 같다. 문제가 너무 길어서 문제를 이해하기도 벅차다. 기말고사가 벌써 걱정이다. 수학 성적이 떨어지면 안 되는데…….

제주도에서 할아버지가 전화를 주셨다. 할머니가 호텔 키를 넣어 둔 핸드백을 차에 두고 내렸는데 할아버지는 자동차 키를 잃어버렸단다. 그놈의 비 때문에 우산을 펴느라 정신이 없었다나. 호텔 직원에게 사정을 이야기했더니 친절하게 도와주었다. 호텔 직원이 차에 가 보니 열쇠는 제자리에 꽂혀 있었다고 한다. 그리고 할머니 핸드백은 차에 없고, 할아버지 배낭에 들어 있었단다.

할아버지가 할머니를 잃어버리지 말아야 할 텐데…….

5월 24일 화요일

수학 영재반 수업 때문에 외톨이가 되었다. 희정이, 동완이, 종구 모두 영재반 수업에 들어갔다.

집에 가기 전에 오랜만에 붕어빵 형에게 들렀다. 형은 날씨가 더워져서 붕어빵 장사가 잘 안 된다고 했다. 이번 주까지만 하고 그만 접을 것이라고 한다. 형은 6월부터 게임 회사에 출근한단다. 그곳에서 게임 배경 음악을 작곡한다나? 형은 3개월 계약직이라고 했다.

"일이 좋아서 하니? 먹고 살려고 하지." 하고 형이 말했다. 귀에 설지 않은 말이다. 어디선가 들었던 것 같은데…….

5월 25일 수요일

어제 영재반 수업이 끝나고 종구가 희정이에게 혜선이를 좋아한

다고 고백했단다. 희정이가 이것을 혜선이에게 말했더니, 혜선이
도 종구가 좋단다. 그래서 우리 반 2호 커플이 탄생했다. 동완이만
외톨이가 되었다. 봄은 사랑의 계절인가 보다.

2박 3일간의 제주도 여행을 마치고 할아버지와 할머니가 돌아오
셨다. 할머니 말로는 폭소 대작전을 치르고 왔단다. 할아버지 할머
니 모두 치매 테스트를 받기로 했단다.

할아버지와 할머니는 나에게 제주도 면세점에서 사 온 까만 스웨
터를 선물로 주셨다. 가을이나 되어야지 입을 수 있는 도톰한 스웨
터였다. 지금은 초여름인데 스웨터라니! 분명 작년 재고품을 할인
판매하고 있었나 보다. 그래도 기분은 좋다.

5월 26일 목요일

할아버지 할머니 모두 극히 정상이라고 한다. 의사가 낯선 곳에
서 흔히 일어날 수 있는 일이니 걱정하지 말란다.

아빠가 할아버지에게 함께 살자고 했지만 할머니가 거절하셨다.
네 뒷바라지는 이제 그만하고 싶다나!

5월 27일 금요일

우리 반이 여자 400미터 계주에서 우승했다. 희정이가 네 번째
주자로 나와서 극적인 역전승을 이끌었다. 희정이는 웬만한 남자
애들보다 잘 달린다. 동완이랑 종구가 열심히 뛰었지만 농구는 아

쉽게 3등을 했다. 줄다리기는 예선에서 탈락했다.

　체육대회가 끝나고 나, 희정이, 동완이, 종구, 혜선이 이렇게 다섯이 탁구를 치러 갔다. 종구가 밤섬 주민센터에 탁구대가 들어왔다고 했다. 우리는 넘치는 아드레날린을 탁구로 풀었다. 종구는 탁구를 아주 잘 쳤다. 희정이는 처음이었지만 빨리 배웠다. 의외로 동완이는 탁구공을 네트로 넘기지 못했다. 동완이 말로는 탁구공이 너무 가볍단다. 혜선이는 아무리 가르쳐도 탁구 라켓조차 제대로 쥐지 못했다. 나는 할아버지에게 탁구를 배워서 조금 칠 줄 알았다. 종구가 내게 시합을 하자고 도전했다. 첫 세트는 듀스까지 가는 접전이었지만 결국 종구가 이겼다. 하지만 나머지 두 세트는 내가 내리 이겼다. 종구가 피자와 콜라를 사야 했다.

　희정이가 나를 흐뭇하게 바라보는 모습 때문에 기분이 하늘로 날아갈 것 같았다.

5월 28일 토요일

　정수 이모 집에서 수학 공부를 마치고 희정이랑 함께 우리 집에 왔다. 희정이는 단독주택인 우리 집을 무척 부러워했다. 걔네 밤섬 아파트는 답답한 데다 윗집 사람들이 쿵쿵거려서 너무 싫단다. 희정이는 우리 아빠의 서가를 보더니 깜짝 놀랐다. 사실 우리 집 자랑거리라고는 책밖에 없다. 장식용으로 책만 한 게 어디 있겠는가!

　우리는 붕어빵 형에게도 갔는데 형은 보이지 않았다. 아마 가을

이 되어야 다시 만날 수 있을 것 같다. 할아버지와 할머니는 희정이를 보시더니 귀엽고 예쁘다고 했다. 당연한 걸 가지고 새삼스럽게 뭘…….

희정이를 바래다주고 집에 돌아와 수학 공부를 했다. 엄마에게 말해서 영어 과외도 받을까 고민 중이다.

5월 29일 일요일

엄마가 아침 일찍 정수 이모에게 전화했다. 벽이가 영어 공부를 하고 싶어 하는데 어떻게 하면 좋겠냐고 물었다. 이모는 학교 공부나 열심히 하라고 했다. 이모 답이야 언제나 뻔하다. 만약 영어 말하기를 배우고 싶으면 이모부의 영어 선생님을 소개해 줄 테니 10시 25분까지 오라고 했다.

정수 이모 집에 갔더니 이모부가 컴퓨터로 흑인 남자와 이야기를 하고 있었다. 이모부는 영어가 꽤 유창한 것 같았다. 잠시 뒤 나를 컴퓨터 앞에 앉게 하더니 그 남자에게 나를 소개했다. 흑인 남자가 나에게 뭐라고 말을 했지만 나는 무슨 말인지 하나도 알아들을 수가 없었다. 처음 몇 분은 이모부가 통역을 해 주더니, "이제 네가 알아서 해." 하고 뒤로 물러났다. 그 뒤 10분 동안 내가 했던 말은 오직 예스뿐이었고, 무려 스물다섯 번이나 했다. 노라고 했어야 하는 경우가 있었는지는 모르겠다. 이모부는 내 뒤에서 키득거리기만 했다.

이모부 소개로 앞으로 매주 토요일 오전 10시 40분부터 한 시간 동안 제이미 아저씨랑 프리 토킹을 하기로 했다.

희정이에게 잘 보이려고 하다가 너무 공부에만 매달리는 것 같다. 나답지 않게 말이다.

옆집 옥탑방에 외국인이 이사를 왔다. 피부가 까무잡잡한 것이 인도나 필리핀 사람 같다.

5월 30일 월요일

물에 빠지는 꿈을 꾸었다. 내가 허우적거리며 살려 달라고 하는데, 나를 물끄러미 쳐다보고 있던 제이미 아저씨가 "Can you speak English?" 하고 묻는 게 아닌가. 나는 "Yes! Yes!" 하고 외쳤다. 그랬더니 제이미 아저씨는 전혀 알아들을 수 없는 영어로 한참을 떠드는 거다. "Oh, no!" 하며 잠에서 깼다.

영어로 꿈을 꾸다니! 필시 말문이 트이려는 조짐인가 보다.

5월 31일 화요일

담임선생님이 다음 주 금요일에 영어 듣기 평가를 본다고 했다. 혹시 우리 집안에 신기 들린 사람이 있는지 알아봐야겠다.

6월

호연지기

6월 1일 수요일

학교 수업을 마치고 희정이랑 함께 치과에 갔다. 희정이 아빠가 나랑 희정이의 치아 검사를 해 주었다. 내가 입을 벌리고 있는데 희정이 아빠가 "네가 우리 딸 보이 프렌드란 말이지?" 하고 놀렸다. 간호사 누나들도 나를 보고 웃어 댔다. 희정이 아빠가 나랑 희정이 모두 치아 상태가 좋다고 했다.

우리는 기념으로 초콜릿을 하나씩 사 먹었다.

6월 2일 목요일

이번 토요일에 우리 집 마당에서 고기랑 소시지를 구워 먹기로 했다. 조촐한 가든파티다. 아빠가 직접 희정이 집과 동완이 집에 전화를 해서 저녁 식사에 초대했다. 정수 이모랑 이모부는 선약이 있기 때문에 조금 늦을지 모른다고 미리 양해를 구했다.

하느님께 이번 주 토요일에는 절대로 비가 내리지 않게 해 달라고 기도했다. 자생적으로 신앙심이 생기고 있는 것 같다.

6월 3일 금요일

종구가 결석했다. 담임선생님은 종구가 아프다고 했다. 방과 후에 동완이와 함께 종구네 집으로 문병을 갔다. 현관 앞에서 초인종을 누르려는데 종구네 집 안에서 싸우는 소리가 들렸다. 동완이랑 나는 서둘러 도망쳤다. 제발 별일 아니길……

6월 4일 토요일

아침 일찍 일어났다. 하늘이 흐리다. 장대비가 안 내려서 그나마 다행이다. 내가 마당을 쓸고 화단도 정리하고 있으니 아빠가 수업에 늦겠다며 어서 가라고 한다.

오늘따라 수학 문제도 잘 풀렸다. 제이미 아저씨랑 나눈 대화도 재밌었다. 제이미 아저씨는 교통사고를 당해서 하반신을 쓸 수 없다고 한다. 내게 휠체어를 보여 주었다. 아저씨는 내가 알아듣도록 아주 천천히 또박또박 말을 한다. 내가 딥 퍼플의 〈에이프릴〉을 좋아한다고 하자 아저씨는 〈에이프릴〉의 처음 몇 소절을 불러 주었다. 아저씨랑 좋은 친구가 될 것 같다.

이모부는 제이미 아저씨가 몸이 불편하여 재택 영어 강사를 한다고 했다. 아저씨는 한국, 일본, 프랑스, 스페인 등 여러 나라 사람에게 인터넷으로 영어를 가르친단다. 제이미 아저씨는 정말 대단하다. 그런데 살은 좀 빼야겠더라.

집에 돌아오니 엄마가 집 안을 말끔히 청소해 두었다. 아빠는 마트에서 먹을 것을 양손에 가득 사 가지고 왔다. 엄마와 아빠 모두 가든파티에 어울리는 복장으로 갈아입었다. 가든이라고 해 봤자 코딱지만 한 마당이 전부지만 그래도 이게 어딘가? 오늘 보니 우리 아빠도 꽤 멋있다. 배도 안 나온 데다 헤어스타일도 세련되었다. 엄마도 날씬하고 예쁘다. 요즘 우리 세 식구는 너무 바빠서 서로를 제대로 본 적이 없었던 것 같다.

동완이네가 맨 먼저 도착했다. 동완이 엄마는 와인을 한 병 가져왔다. 희정이는 엄마와 아빠랑 함께 왔다. 희정이 오빠는 오지 않았다. 자기 또래가 없어서 싫다나. 희정이 아빠는 고급 양주를 한 병 가져왔다. 정수 이모와 이모부는 한 시간쯤 늦게 도착했다.

아빠들은 캔 맥주를 하나씩 들고 마당에서 고기와 소시지를 구웠다. 엄마들은 파라솔 의자에 앉아 고상하게 와인 잔을 들고 이야기를 나누었다.

알고 보니 희정이 아빠가 우리 아빠의 대학교 3년 선배였다. 학창시절에는 서로 얼굴 한 번 보지 못했다고 한다. 사실 인문대학 철학과 학생과 치대생이 만날 확률은 제로에 가까울 것 같다.

아빠들은 걸 그룹 플래시걸과 트루컬러스 이야기로 시간 가는 줄 몰랐고, 엄마들은 아이들 수학과 영어 공부 이야기로 끝이 없었다. 거실에서는 딥 퍼플의 음악이 흘렀다.

자정쯤 술 취한 아빠들을 엄마들이 한 명씩 챙겨서 떠났다. 정치 이야기는 하지 말았어야 했다. 정치 이야기가 나오자 아빠들은 술을 두 배 정도 빨리 마시기 시작했던 것이다.

6월 5일 일요일

아침 일찍 일어나 마당을 청소하다가 새로 이사 온 옆집 옥탑방 아저씨와 인사했다. 아저씨는 스리랑카에서 온 시시나라고 자신을 소개했다. 내가 외국인을 자주 보지 못해서 그런지 시시나 아저씨의 나이를 종잡을 수 없었다. 아저씨는 첫눈에 반할 만큼 대단한 미남이었다. 정말 영화배우를 해도 될 것 같았다. 아저씨는 경기도 안산에 있는 공장에서 일했는데, 얼마 전 구길동으로 직장을 옮겼다고 한다. 안산 공장은 부도가 났다고 했다.

"그럼 월급은 다 받았나요? 요즘 월급 떼먹는 사람들이 많다고 들었어요."

"별걸 다 아네. 다 받았지. 사장님이 좋은 분이었어."

"다행이네요. 우리 할아버지가 그러시는데 나쁜 사람들이 많대요."

"그래. 그래도 난 운이 좋은 편이야. 여기 구길동 가구 공장도 예전 사장님이 소개해 주었거든."

시시나 아저씨의 눈에 자신감이 차 보였다.

"아저씨, 다음에 스리랑카 이야기 좀 들려주세요."

"그래. 이러다 출근 늦겠다. 다음에 또 보자."

시시나 아저씨는 한국말을 정말 유창하게 했다. 말만 들으면 한국 사람인지 외국 사람인지 구분이 안 될 정도였다. 다행이다. 뭔지는 모르겠는데 그냥 안도감이 들었다.

6월 6일 월요일 (현충일)

아침에 희정이가 한강으로 자전거 타러 나가자고 했다. 그야 물론 텔레비전에서 현충일 기념식을 보는 것보다 그게 훨씬 더 낫지.

우리는 자전거를 타고 동작대교 아래까지 달렸다. 우리는 벤치에 앉아 희정이 엄마가 싸 준 유부초밥 도시락을 먹었다. 정말 세상에서 제일 맛있는 유부초밥이었다.

희정이가 호주머니에서 스마트폰과 와이잭을 꺼내더니 서로 연결했다.

"어제 샀어. 이 커플잭." 희정이가 쑥스러운 듯 웃었다. "네 이어폰 꺼내 봐."

나는 내 이어폰을 꺼내 와이잭에 꽂았다. 희정이도 자기 이어폰을 와이잭에 꽂았다. 희정이가 재생 버튼을 누르고 볼륨을 조절했다.

"베토벤의 바이올린 협주곡이야……."

희정이의 목소리는 곧 아름다운 선율에 묻혔다.

청아하고 고운 소리였다. 1악장이 끝나고, 2악장이 끝나고, 곧이어 3악장이 끝났다. 나는 온몸에 전기가 흐르는 기분이었다.

"베토벤은 평생 동안 바이올린 협주곡을 단 하나만 작곡했대."

희정이도 음악에 취해서 그런지 조금 들뜬 듯 보였다.

"정말 끝내준다. 이 곡이 베토벤의 바이올린 협주곡이라고?"

"응, 우리 오빠가 만날 틀어 놓고 살아."

시간이 멈추어 버린 것 같았다. 바람도 멈추어 버린 것 같았다.

6월 7일 화요일

교보문고에 들러 베토벤의 〈바이올린 협주곡〉 CD를 샀다. 내 방 낡은 스테레오에 CD를 걸자 희정이랑 들었던 바로 그 곡이 흘러나왔다. 나는 볼륨을 높였다. 흥이 나서 연필을 들고 팔을 휘저으며 지휘자 흉내까지 냈다. 엄마가 저녁밥 먹으라고 불렀는데 그 소리도 듣지 못했다. 엄마가 내 방문을 열더니 "도대체 몇 번이나 불러야 하니?" 하는 바람에 오케스트라 지휘를 멈춰야 했다.

아빠 서가에서 음악 관련 책을 뒤지다 재미있는 제목의 책을 한 권 찾았다. 《박수는 언제 치나요?》라는 책이다. 클래식 음악을 들을 때는 박수를 아무 때나 치면 안 되나 보다.

6월 8일 수요일

《박수는 언제 치나요?》에서 몇 구절 추렸다. 내 일기에 약간의 권위가 더해진 것 같다.

음악은 스스로 이야기한다. 우리는 음악에게 그 기회를 주기만 하면 된다. – 예후디 메뉴인 (바이올린 연주가)

돈을 쓰는 가장 낭비적인 형태는 단연 음악이다. – 마우리치오 카겔 (작곡가)

음악을 이해해야만 즐길 수 있다는 생각은 큰 착각이다. – 마누엘 데 파야 (작곡가)

유령과 같은 이 소리 없는 세계에서 우리가 필요로 하는 것은 바로 음악이다. - 잉게보르크 바하만 (시인)

호기심이 적은 사람은 경험하는 것도 적다. - 괴테 (시인, 극작가)

음악은 우주의 떨림. 그 떨림의 일부이다. - 페루치오 부조니 (작곡가)

마우리치오 카겔, 이 사람 안 되겠다.

6월 9일 목요일

만약 클래식 콘서트에 가게 되면 나는 박수를 치지 말아야겠다. 아무래도 내가 콘서트를 망칠 것만 같다.

오늘은 할아버지 댁에서 저녁 식사를 했다. 나는 설거지를 마치고 할아버지와 산책을 했다. 할아버지는 요즘 걱정거리가 하나 있다고 한다. 할머니가 댄스 스쿨에 함께 다니자고 조른다는 것이다. 내가 보기에도 정말 큰 걱정거리 같다. 머지않아 할아버지와 할머니께서 댄스 스쿨에 다니시겠구나!

산책을 마치고 집에 오는 길에 시시나 아저씨를 만났다. 동네 꼬맹이들이 아저씨 뒤를 졸졸 따라다니며 장난을 걸고 있었다. 내가 "이놈들!" 하고 꼬맹이들을 쫓아 버렸다. 시시나 아저씨는 이런 일에 익숙한지 아이들이 놀려도 웃기만 한다. 괜히 시시나 아저씨에게 미안한 마음이 들었다. 요놈의 꼬맹이들!

6월 10일 금요일

영어 듣기 평가 시험. 귀가 있으니 듣기는 듣겠는데 무슨 말인지 도통 알 수가 없다.

1등 고동완

2등 김희정, 이종구

동완이는 공부도 잘하고 운동도 잘한다. 친구들 사이에서 인기도 제일 좋다. 다음 학기 반장 선거에 나가면 뽑힐 것 같다.

그러나 나에겐 희정이가 있다.

6월 11일 토요일

희정이 아빠가 우리 아빠에게 전화해서 내일 도봉산에 가자고 했다. 아빠는 허리가 아프다는 핑계를 대며 못 가겠단다. 내가 우리 집 대표로 가기로 했다.

희정이에게 다니엘 호프의 《박수는 언제 치나요?》를 빌려주었다. 희정이랑 클래식 콘서트에 한번 가 보고 싶다.

6월 12일 일요일

난생처음 도봉산 우이암에 올랐다. 호연지기의 참뜻을 알 수 있었다.

07:40 기상.

07:50 희정이가 전화해서 내가 일어났는지 확인함. 아침 식사를 하지 말고 곧바로 오라고 함.

08:10 아빠가 희정이 집까지 자가용으로 데려다줌.

08:15 희정이 엄마가 아침 식사를 차려 줌. 배불리 먹음.

08:20 희정이 엄마가 점심 도시락으로 유부초밥을 싸 줌.

08:25 희정이 아빠가 유부초밥을 두 개 몰래 집어 먹음.

08:26 희정이가 유부 초밥 두 개를 가져와서 나에게 하나 줌.

08:28 희정이 오빠가 순식간에 유부 초밥 세 개를 입에 넣음.

08:30 희정이 엄마가 유부초밥이 부족하니 도봉산 입구에서 김밥 도시락을 사라고 함.

08:35 희정이 아빠가 화장실에 들어감.

08:40 희정이 엄마가 초코파이, 생수, 초콜릿을 싸 줌.

08:45 희정이 아빠는 아직 화장실에 있음.

08:50 희정이 아빠가 화장실에서 나옴.

08:55 희정이 아빠가 내비게이션 세팅.

08:57 드디어 출발!

09:40 도봉산역 환승 주차장에 도착. 희정이 아빠가 트렁크에서 배낭을 빼고 문을 너무 세게 닫아서 모두 놀람. 희정이 아빠 본인이 제일 놀람.

10:00 먹거리 장터를 구경하느라 도봉산 입구까지는 아직 가지도 못함.

10:10 족발, 김밥을 삼. 희정이 아빠가 막걸리를 보고 침을 흘렸지만 운전 때문에 안 삼. 대리운전을 심각하게 고민하는 것으로 보였으나 확실하지 않음.

10:20 먹거리 장터를 지나서 매표소 쪽으로 감.

10:25 우이암 방향을 찾기 위해서 지도를 봄. 한참을 걷다가 갈림길이 나타남. 희정이와 내가 말한 길이 맞는데도 희정이 아빠는 자기 말이 맞다고 끝까지 우김. 결국 희정이 아빠가 말한 길로 감. 곧 희정이랑 내가 말한 길이 맞다고 판명됨. 희정이 아빠는 그럴 리 없다고 계속 중얼거림. 지도가 잘못되었다고까지 말함.

10:45 희정이 아빠의 숨이 턱까지 차올라 잠시 쉼.

12:00 우이암 정상 도착. 약간 가팔라서 내가 희정이의 손을 잡아 줌. 갑자기 심장이 3.14배나 빨리 뛰기 시작하여 심장마비가 오는 줄 알았음. 희정이는 아무렇지도 않은 것 같음.

12:05 기념사진 촬영.

12:30 점심 식사. 희정이 아빠가 족발만 먹으니 퍽퍽하다며 계속 불평함. 주위에 막걸리 마시는 사람들을 부러워하며 쳐다봄.

12:55 계곡물에 발을 담금. 희정이 아빠가 이것을 탁족이라고 일러 줌. 발이 몹시 시림.

14:40 하산 완료.

14:50 주차장에서 집으로 출발.

15:50 희정이네 집 도착. 우리 엄마랑 아빠가 희정이 집에서 대기 중.

16:20 희정이네 식구와 우리 집 식구 모두 함께 찜질방에 감.

집에 돌아오자마자 베토벤의 〈바이올린 협주곡〉을 틀어 놓고 곯아떨어짐.

6월 13일 월요일

엄마가 여행사의 일손이 부족하다며 새로운 직원을 두 명이나 뽑았다. 아빠는 아침마다 출근 전쟁이다. 아빠는 정말 회사에 가기 싫은가 보다. 엄마 말로는 아빠의 목과 허리가 많이 아프다고 한다. 하루 종일 컴퓨터 앞에 앉아 일하면서 생긴 직업병이란다.

내가 보기에는 우리 집 소파도 일조한 것 같은데…….

6월 14일 화요일

엄마가 아빠에게 1년 동안 안식년 휴가를 주었다. 아빠는 내일 당장 사직서를 내고 이번 달 안에 퇴사를 하겠단다. 엄마가 아빠에게 회사 업무 인수인계를 하려면 적어도 한 달 정도는 걸리지 않냐고 물었다. 그러자 아빠는 "인수인계할 게 뭐가 있다고?" 하는 게 아닌가. 회사에서 아빠의 위치가 어느 정도인지 알 수 있는 대목이었다.

아빠는 가장으로서의 모든 권한을 엄마에게 이양하겠다고 선언했다. 무슨 이양할 권한이 있기는 하나?

6월 15일 수요일

아빠가 회사에 사직서를 제출했다. 2주 후부터 아빠는 공식적으로 실업자다. 그러니까 엄마는 실업가, 아빠는 실업자, 나는 학생. 정말 다이내믹한 집안이다.

혹시 집안에 무슨 일이 생기면 나는 엄마 편에 서야겠다.

6월 16일 목요일

아빠의 얼굴에 화색이 돌고 있다. 혹시 그동안 꾀병이 아니었을까?

소식을 들은 할머니가 엄마에게 전화를 하셨다. 엄마는 여행사 일이 잘되니 걱정하지 마시라고 할머니를 안심시켰다. 15년 동안 쉬지 않고 일했으니 1년 정도 쉬는 게 꼭 나쁘지만은 않다고 했다. 우리 엄마 정말 멋지다.

혹시 아빠가 1년 이상 쉬지는 않겠지?

6월 17일 금요일

우리 아빠가 희정이 아빠에게 전화를 해서 도봉산에 가자고 했다. 나는 동완이에게 함께 가자고 연락을 했는데 동완이네는 이번 주말에 변산반도로 여행을 간다.

결국 지난주 멤버에 아빠만 추가로 합류하는 거다. 아빠가 잘 올라갈지 걱정이다. 아빠는 하루에 5백 보도 안 걷기 때문이다.

6월 18일 토요일

제이미 아저씨에게 지난주에 있었던 도봉산 등산에 대해 설명하느라 진땀을 뺐다. 내가 마운틴 클라이밍을 했다니까 아저씨가 깜짝 놀라는 게 아닌가? 아저씨는 도시 근처에 그렇게 높은 산이 있냐며 의아하게 생각했다. 그래서 내가 이렇게 대답했다.

"Seoul has many many mountains."

난생처음으로 다섯 단어를 연속하여 말했다. 물론 이게 중요한 것은 아니고.

제이미 아저씨는 계속해서 놀란 표정을 지으며 자일이 어떻고 비박이 어떻고 하는데, 나는 무슨 말인지 하나도 알아들을 수가 없었다. 아저씨는 내가 마운틴 클라이밍을 한다고 해서 너무 놀라는 바람에 내게 천천히 말하는 것을 잠시 잊어버린 것 같았다.

나중에 이모부에게 물어보니 마운틴 클라이밍이라는 단어보다는 하이킹이라고 했으면 바로 알아들었을 것이라고 했다. 그쪽 사람들은 클라이밍이라고 하면 대부분 암벽 등반을 떠올린다고 한다. 그냥 몇 시간 걷다 오는 것은 하이킹이라고 했다. 내가 그럼 트래킹은 뭐냐고 물었더니, 이모부는 하이킹을 며칠 동안 계속하는 것이라고 알려 주었다.

6월 19일 일요일

우리 아빠와 희정이 아빠는 당분간 등산을 하지 않기로 했다. 내가 보기에도 그것이 건강을 지키는 비결일 것 같다.

07:00 기상. 날씨 확인. 구름이 많지만 맑음.

07:15 아빠가 안 일어남.

07:20 아빠가 산에 안 가겠다고 함. 엄마까지 일어나서 아빠를 깨움. 아빠는 여전히 안 일어남. 결국 엄마가 아빠에게 안식년 휴가를 취소하겠다고 협박함. 아빠가 벌떡 일어남.

07:25 아빠가 화장실에서 졸고 있는 것을 겨우 깨움.

07:30 희정이에게 전화해서 8시 10분까지 도착하겠다고 함. 희정이가 8시 20분까지 오라고 함. 희정이 아빠가 아직 안 일어나서 깨우는 중이라고 함.

07:40 엄마가 차려 준 아침밥을 먹음. 아빠는 숟가락을 뜨는 둥 마는 둥 함. 엄마가 든든히 먹으라고 함. 아빠는 국에 밥을 말아서 씹지도 않고 삼킴.

08:00 엄마가 물과 과일을 챙겨 줌. 도시락은 도봉산 아래 장터에서 사라고 함.

08:20 희정이네 집에 도착. 희정이 엄마가 점심 도시락으로 유부초밥을 싸고 있음.

08:25 아빠가 유부초밥을 두 개 집어 먹음.

08:26 희정이 엄마가 유부초밥은 도시락을 쌀 거니 아빠에게 집어 먹지 말라고 함.

08:28 희정이 아빠가 화장실에 들어감.

08:35 희정이 아빠가 화장실에서 나옴.

08:45 내비게이션 세팅.

08:48 드디어 도봉산으로 출발!

09:30 도봉산역 환승 주차장에 도착.

09:40 먹거리 장터에서 족발과 김밥 네 줄을 삼. 오이도 네 개 삼.

09:50 매표소 앞에서 코스 때문에 실랑이를 벌임. 우리 아빠랑 희정이 아빠는 신선대까지 오르자고 함. 나랑 희정이는 그건 무리라며 우이암도 충분하다고 함. 희정이 아빠가 오늘은 신선대까지 올라가야 한다고 박박 우김.

10:05 우리 아빠는 숨이 턱에 참.

10:10 희정이 아빠도 숨이 턱에 참.

10:55 도봉산장을 지나니 사람들이 모여 쉬고 있음. 희정이 아빠는 이곳이 마당바위라고 함. 나랑 희정이는 오이 하나를 나눠 먹음. 아빠가 주머니칼로 오이 껍질을 벗기려고 했는데 우리는 모두 껍질째 먹고 있었음. 아빠가 머쓱하여 주머니칼을 도로 집어넣음. 희정이가 우리 아빠를 보고 키득키득 웃음.

11:10 진짜 마당바위 도착. 알고 보니 아까 오이를 먹었던 곳은 마당바위가 아니었음. 희정이랑 그곳을 '가짜 마당바위'라고 부르기로 함. 진짜 마

당바위에 오르니 시야가 확 트이고 호연지기가 팍팍 길러짐. 내가 오르막에서 희정이의 손을 잡아 줌. 가슴이 콩닥콩닥 뜀.

11:20 마당바위에서 자운봉을 향하여 출발. 진짜 산행이 시작됨. 우리 아빠와 희정이 아빠는 땀으로 목욕을 함.

12:30 신선대에 오름. 신선대 마지막 코스는 조금 무서웠음. 희정이는 하나도 무서워하지 않았음. 사람이 너무 많아서 신선대에 오래 있지 못함. 서울 시내가 한눈에 들어옴. 기념사진 촬영.

12:35 신선대 꼭대기에서 희정이가 내 손을 살며시 잡음. 심장이 백만 배 빨리 뛰기 시작함.

12:40 누군가 오늘 서울 기온이 32도라고 하자 우리 아빠와 희정이 아빠는 동시에 심한 현기증을 느낌.

13:00 유부 초밥, 김밥, 족발, 삶은 달걀, 오이를 점심으로 먹음. 우리 아빠와 희정이 아빠의 혈색이 조금 돌아옴. 막걸리 한잔을 간절히 원함. 계곡이 시작되는 곳에서 탁족을 함. 발도 꽁꽁 머리도 꽁꽁. 시원함.

15:00 하산 완료. 김수영 시인의 시비 앞에서 기념사진 촬영.

16:30 도로가 막혀서 30분 늦게 희정이네 집에 도착.

17:00 모두 함께 찜질방에 감. 우리 아빠와 희정이 아빠는 수면실에 들어가 코를 골고 잠. 코 고는 소리가 너무 커서 수면실의 다른 아저씨들이 도망쳐 나옴. 누군가 쌍대포라고 함.

20:00 우리 아빠는 당분간 산에 가지 않겠다고 선언함. 희정이 아빠도 선언에 동참함. 엄마들 대환영.

나는 신선대에서 희정이가 살며시 내 손을 잡던 그 감촉을 생각하며 잠자리에 들었다.

6월 20일 월요일

행복 끝, 불행 시작. 기말고사 시간표가 발표되었다.

  7월 5일 화요일 : 국어, 사회, 도덕

  7월 6일 수요일 : 영어, 음악

  7월 7일 목요일 : 과학, 한문

  7월 8일 금요일 : 수학

방과 후 동완이네 집으로 가서 함께 공부했다. 시험 과목이 여덟 개나 되니 무엇부터 공부해야 할지 모르겠다. 동완이는 일단 국영수부터 잡고 나머지 암기 과목은 천천히 하라고 알려 주었다. 그래서 이번 주에는 수학에 집중하기로 했다.

국어와 영어가 불안하다.

6월 21일 화요일

오늘도 방과 후 동완이네 집으로 가서 함께 공부했다. 수학에 집중을 하려고 했는데 국어랑 영어 걱정에 진도가 많이 나가지 못했다.

암기 과목도 걱정이다.

6월 22일 수요일

정수 이모가 집으로 전화했다. 이번 주는 일단 수학만 공부하란
다. 우리 엄마랑 아빠는 내 기말고사에 아무런 관심도 없는데…….

6월 23일 목요일

아빠가 엄마에게 코맹맹이 소리로 유럽 항공권 한 장만 달라고
조르고 있다. 다음 달에 유럽으로 여행을 가고 싶다며 노래를 부른
다. 우리 아빠는 정말 간도 크다.

6월 24일 금요일

아빠가 이성을 잃은 것 같다. 아빠는 유럽 여행 책을 세 권이나
사 왔다. 아빠는 여행 책들이 엄마 눈에 잘 띄도록 식탁 위에 올려
두었다. 하지만 엄마는 식탁 위에 있는 책들을 보더니 "벽아, 책 좀
보고 나면 치워라!" 하고 내게 야단쳤다. 책 읽는 아빠의 모습을 본
지 너무 오래되어서 엄마는 내가 책을 어질렀다고 생각하는 것 같
았다. 내가 해명을 하려고 하자 아빠가 잽싸게 여행 책들을 치웠다.

6월 25일 토요일

정수 이모 집에 하루 종일 잡혀 있었다. 아침부터 수학 공부, 제

이미 아저씨랑 영어 프리 토킹, 점심으로 이모가 만들어 준 카레라이스를 먹고, 오후에는 다시 수학 공부.

"87점이다. 단, 실수를 하나도 하지 않아야 한다."

이모가 내 기말고사 수학 점수를 예언했다. 신탁을 받은 그리스의 영웅 같은 심정이 들었다. 87점이면 어딘가!

아빠가 나에게 은밀한 제안을 해 왔다. 올 여름방학 때 유럽에 가고 싶다고 엄마에게 조르라는 것이다. 그러면 아빠가 보호자로 따라가겠단다. 나는 아빠가 사 온 유럽 여행 책을 다시 식탁 위에 얌전히 올려 두었다.

6월 26일 일요일

엄마의 폭탄선언!

7월 말에 유럽으로 떠나는 할인 항공권을 아빠에게 선물로 내놓겠단다. 아빠는 지난 15년 동안 우리 가족을 위해서 열심히 일했으니 이 정도는 누릴 권리가 있다는 것이다. 아빠가 코맹맹이 소리로 "자기, 사랑해." 하고 말하자, 엄마는 "직항이 아니라서 미안해요." 하고 코맹맹이 소리로 대답했다. 나도 코맹맹이 소리로 "나는?" 하고 말하자, 아빠가 "넌 가서 기말고사 공부해야지." 하는 게 아닌가!

아빠는 배신자!

6월 27일 월요일

아빠가 엄마에게 안식년 계획표를 제출했다. 엄마는 서류 심사 중이다.

6월 28일 화요일

아빠의 안식년 계획표가 서류 심사에서 탈락했다. 금연에 대한 부분이 누락되었기 때문이다.

6월 29일 수요일

아빠의 안식년 계획표가 간신히 합격했다. 다행이다. 아빠는 내일까지만 출근하면 실업자 신세다. 그런데도 당당하다. 모두 엄마 덕이다.

• 아빠 허수정의 안식년 계획표

1. 담배를 끊는다.

2. 보험회사에 건강체 할인을 신청하고 반드시 통과한다.

3. 평소와 같이 일곱 시에 일어난다.

4. 일체의 집안일을 담당한다. (예 : 기본 반찬 만들기, 설거지, 음식물 쓰레기 처리, 장보기, 청소, 빨래 등)

5. 본가 어머니께 절대로 반찬을 해 달라고 부탁하지 않는다.

6. 낮에 집에서 텔레비전을 보지 않는다.

7. 커피를 많이 마시지 않는다. 하루에 한 잔만!

8. 팔굽혀펴기를 하루에 30개씩 한다.

9. 턱걸이를 10개 이상 할 수 있는 몸으로 만든다.

10. 밥을 천천히 먹는다.

11. 야식을 절대로 하지 않는다.

12. 과음하지 않는다.

13. 운전할 때 욕을 하지 않는다.

14. 발톱을 잘 자른다.

15. 아내 민정란에게 충성한다!

나에 대한 이야기는 하나도 없다니. 주워 온 자식도 아닌데…….

6월 30일 목요일

벌써 1년의 반이 지났다. 세월 참 빠르다.

방과 후에 동완이랑 함께 시험공부를 하기로 했다. 학교를 나서
는데 교문 앞에서 종구가 낯선 아저씨와 함께 있었다. 우리는 무슨
일인지 걱정되어 "종구야!" 하고 목청껏 불렀다. 종구와 낯선 아저
씨가 깜짝 놀라며 우리를 쳐다보았다.

"니들 시험공부 하러 가냐?"

종구가 우리를 보더니 손짓하며 물었다.

"응, 너도 같이 갈래?"

동완이가 말했다.

"우리 형이야. 니들 인사해라."

종구 형은 우리보다 다섯 살은 많은 것 같았다. 종구에게 형이 있다는 것을 오늘 처음 알았다. 나는 이제껏 한 번도 종구네 집에 놀러 간 적이 없었다. 아마 동완이도 없다고 했던 것 같다. 사실은 별로 가고 싶지도 않다. 걔네 아빠와 엄마는 너무 무섭다.

생각해 보니 나는 종구에 대해서 아는 게 별로 없다. 내가 먼저 연락해서 만나는 경우는 한 번도 없었다. 종구는 기분이 좋을 때는 에너지가 넘치고 활달하지만 그렇지 않을 때는 시무룩하고 조용하다.

"형은 이제 갈게. 잘 지내. 알았지? 다음에 또 올게." 하고 종구 형이 말했다. 그러자 종구가 형을 두 팔로 껴안았다. 종구 형이 종구의 등을 토닥거렸다.

우리 셋은 한동안 말없이 걸었다. 종구가 앞에 가고 나랑 동완이는 서너 발짝 뒤에서 걸어갔다. 종구는 우리에게 고개를 돌리더니 "우리 형은 같이 안 살아. 씨바." 하고 말했다. 나는 무슨 말을 해야 할지 알 수 없었다.

"형은 고2 때 집을 나갔어. 아빠가 졸라 때렸거든. 씨바."

종구는 그렇게 말하고 멀어져 갔다. 오늘따라 종구의 그림자가 유난히 길어 보였다.

7월

파리가 우리를 부를 때

7월 1일 금요일

영어 시간에 마일스 선생님이 7월이 'July'인 것은 로마의 정치가 율리우스 카이사르 때문이라고 했다. 카이사르가 죽자 후대 사람들이 7월에 그의 이름을 붙였단다. 그리고 카이사르의 양자이자 로마의 초대 황제인 아우구스투스에서 8월인 'August'가 유래했다고 알려 주었다. 불행히도 이 말뜻을 알아듣는 우리 반 얘들은 별로 없었다. 카이사르나 아우구스투스가 슈퍼맨이나 배트맨도 아니고, 걔들이 알 턱이 없지!

우리 아빠는 오늘부터 실업자다. 저렇게 행복한 실업자가 세상에 또 있을까? 아빠가 행복해하는 것 같아서 나도 좋다. 나중 일은 나중에 걱정하지, 뭐.

7월 2일 토요일

정수 이모가 지난주에 내주었던 수학 숙제를 검사하면서 "할 만하니?" 하고 물었다. 나는 "네. 그런데 이모, 시간이 모자라요. 시험 볼 때도 시간에 쫓겨요." 하고 대답했다. 그러자 이모는 "그건 네가 아직 기초가 부족해서 그래. 앞으로 숙제를 더 많이 내야겠구나." 하고 말하는 게 아닌가. 으윽!

오후에는 희정이 집에서 함께 시험공부를 했다. 희정이는 기억력이 좋다. 수업 시간에 한 번 들은 것들을 모두 잘 기억하고 있다. 왜 나는 기억이 나지 않을까?

하나뿐인 자식이 인생의 중차대한 기말고사를 앞두고 있는데 엄마와 아빠는 내일 둘이서 강화도로 드라이브를 간다고 한다. 나에게도 좀 신경을 써 달라고 하자 아빠는 이렇게 말했다.

"우리 집 교육 철학은 방목이다. 아빠도 그렇게 컸어."

할머니에게 확인해 보아야겠다.

7월 3일 일요일

할머니는 아빠를 방목해서 키운 적이 없다고 하신다. 오히려 너무 응석받이로 키워서 후회한다고 하셨다. 그럼 그렇지!

7월 4일 월요일

그리 길지 않은 나의 인생에서 처음으로 열심히 공부하고 시험을 치른다. 어른들이 쓰는 용어로 지금 나의 상태를 정리해 보았다.

진인사대천명(盡人事待天命).

7월 5일 화요일

시험 첫째 날.

국어 – 뿌린 대로 거두었다.

사회 – 빠가사리 과목이다. 무슨 이유가 필요하겠는가?

도덕 – 열심히 공부를 했는데 왜 시험을 망쳤을까? 혹시 나에게 도덕적으로 문제가 있는 건 아닐까?

7월 6일 수요일

시험 둘째 날.

영어 – 네가 나를 살렸다.

음악 – 도대체 음악은 왜 필기시험을 보아야 하는지 모르겠다!

7월 7일 목요일

시험 셋째 날.

과학 – 과학 과목까지 잘할 수는 없다. 형편대로 사는 법이라고 하지 않던가?

한문 – 시험이 쉬웠다. 선생님 덕이다.

7월 8일 금요일

시험 넷째 날.

수학 – 정수 이모의 예언이 틀렸다. 91점이다.

정수 이모에게 전화를 해서 수학이 91점이라고 자랑을 했다. 그러자 정수 이모는 진짜로 91점이면 벽이 네가 원하는 선물을 하나 사 주겠다고 했다.

7월 9일 토요일

오늘은 수학과 영어 모두 수업이 없다. 이모는 이모부랑 동해안으로 여행을 떠났고, 제이미 아저씨는 몸이 좋지 않다고 한다. 살다 보면 이런 날도 있어야지.

희정이가 우리 집에 놀러 왔다. 우리는 아빠가 여행 계획 세우는 걸 구경했다. 아빠는 처음에 엄마 눈치를 보며 보름 정도만 바람을 쐬고 오겠다고 했다. 그런데 옆에서 엄마가 "유럽은 나가기도 힘든데 한 달은 있어야지 않아요?" 하니까 아빠는 곧바로 계획을 한 달로 수정했다.

인천 – 런던 – 브뤼셀 – 하이델베르크 – 프랑크푸르트 – 프라하 – 빈 – 베네치아 – 로마 – 뮌헨 – 취리히 – 인터라켄 – 취리히 – 바르셀로나 – 마드리드 – 파리 – 인천

엄마가 아빠의 일정표를 보더니 "당신이 무슨 이십 대인 줄 알아요?" 하고 말했다. 아빠가 머쓱한 표정으로 웃는다.

"그러지 말고 한 도시나 두 도시 정도만 다녀와요. 한 달이나 두 달 정도요."

"두 달씩이나? 정말!" 아빠의 두 눈이 금방이라도 튀어나올 것 같다. "여행 경비는?"

"퇴직금으로 다녀오면 되잖아요."

"엄마, 나는?"

내가 코맹맹이 소리로 끼어들었다.

"넌 크면 네가 벌어서 가면 되잖아."

지난주에 강화도 여행을 다녀온 뒤 엄마가 변했다. 엄마가 아빠에게 지나치게 잘한다. 분명히 강화도에서 무슨 일이 있었나 보다.

아빠는 유럽 여행 일정을 원점에서 다시 검토하겠다고 한다. 큰일이다. 까딱하다가는 나 혼자 방학 내내 방바닥이나 긁게 생겼다. 아빠는 유럽으로, 엄마는 회사로, 나만 방콕이로구나!

7월 10일 일요일

유럽 여행에 따라갈 방법을 찾아보았지만 가능성이 너무 낮다.

방법 1. 단식 투쟁(성공 확률 15%. 열흘 정도 굶으면 성공 확률 70%)

방법 2. 나의 인맥(할아버지, 할머니, 정수 이모 등)을 총동원하여 엄마를 압박하기(성공 확률 10%)

방법 3. 아빠 여행 가방에 숨기(성공 확률 5%)

아무리 생각해도 적당한 방법이 떠오르지 않는다. 적색경보 상황이다!

오후에 희정이가 초코파이랑 우유를 가지고 오라고 전화했다. 자기 엄마에게 들키지 않게 가방에 몰래 넣어서 오라고 한다. 그리고 이유는 묻지 말란다. 나는 희정이가 시키는 대로 했다. 희정이가 원하는 건 무엇이든지 할 수 있다. 나의 사랑에 이유 따위는 없다.

희정이 집에 갔더니 희정이가 무기한 단식 투쟁 중이다! 여름방학 때 영어 캠프에 안 가겠다며 버티고 있었다. 희정이는 작년에도 영어 캠프에 갔지만 재미도 없고 영어 실력 향상에도 별 도움이 안 된다고 했다. 대신에 유럽 여행을 보내 달라며 조르고 있다. 와! 희정이는 정말 간도 크다.

내가 초코파이랑 우유를 가방에서 꺼내 주자 희정이가 배시시 웃는다. 난 숨이 멎는 줄 알았다.

희정이는 오늘 밤쯤 되면 아빠가 결국 허락할 것이라고 했다. 그러니 나도 엄마랑 아빠를 잘 설득해 보란다. 나는 우리 집에서는 그게 그렇게 쉬운 일이 아니라고 했다. 그랬더니 희정이가 이렇게 말했다.

"너, 나랑 파리에 가고 싶지 않구나?"

열흘을 굶더라도 희정이랑 파리에 가야겠다. 그래! 내일부터 단식 투쟁이다. 오늘 밤에는 특별히 많이 먹어 두어야겠다.

7월 11일 월요일

정수 이모의 예언이 맞았다. 수학이 87점이다. 주관식 문제에서 감점을 4점이나 받았다.

아직 단식 투쟁을 시작하지 않았다. 내가 단식을 해도 우리 집에는 그걸 알아차릴 사람이 아무도 없다. 이것이 문제로다.

7월 12일 화요일

결국 희정이가 이겼다. 이건 내 초코파이 덕분이다. 희정이 엄마가 우리 엄마 여행사로 전화를 했다. 8월 초에 희정이 아빠랑 희정이가 파리로 여행을 가려고 하는데 항공권이랑 호텔 좀 알아봐 달라는 것이다. 희정이 엄마는 비행공포증 때문에 함께 안 간단다. 세상에나! 그까짓 비행기가 뭐가 무섭다고.

동완이는 방학이 시작되면 몽골에 간다. 외갓집에서 2주 정도 지내다 돌아온다고 했다. 종구는 어느 대학에서 하는 영어 캠프에 가는데, 혜선이도 종구가 가는 영어 캠프에 함께 간단다. 물론 엄마에게 종구 이야기는 안 했다고 한다. 당연하지. 나라도 굳이 그런 이야기는 안 할 것 같다. 아무래도 좀 속이 없어 보이지 않겠는가?

종례 후 4반이랑 농구 시합을 했다. 오늘은 동완이와 종구가 정말 날아다녔다. 우리 반이 10점도 넘게 이겼다. 4반 여자들마저 동완이에게 반했다. 혜선이도 종구에게 푹 빠졌다.

나는 안다. 사랑에 빠진 이들의 눈빛을……

7월 13일 수요일

아빠의 유럽 여행 스케줄이 나왔다. 파리에서 꼬박 한 달을 지내고 로마로 이동한 뒤 거기서 다시 한 달을 지내다가 귀국하기로 했다. 엄마는 아빠에게 파리에서 로마로 가는 길에 밀라노와 피렌체에 들르면 좋겠다고 했다. 아빠가 "그런가?" 하고 묻자, 엄마가 여행 공부가 부족하다며 아빠를 타박했다. 왜 나는 안중에도 없는 것일까? 이러다가 정말 우리 아빠, 희정이 아빠, 희정이만 파리에 가게 생겼다.

사태가 파국으로 치닫고 있다.

7월 14일 목요일

여행 성수기라서 호텔과 비행기 표가 없다. 차라리 잘 되었다. 기름값도 연일 폭등이고 유럽도 경제 위기라고 하는데 유럽 여행은 무슨 유럽 여행인지 모르겠다. 그리고 희정이 아빠도 환자들은 어떻게 하고 열흘씩이나 병원을 비우는지 모르겠다. 책임 있는 의사라면 해서는 안 될 일이다.

7월 15일 금요일

희정이 아빠의 환자들은 이가 좀 아파도 열흘 정도 참는 게 좋을 것 같다. 의사도 사람인데 휴가를 다녀와야지 않겠는가? 엄마가 나도 아빠를 따라 파리에 다녀오라고 드디어 허락했다. 희정이는 좋아서 어쩔 줄 몰라 한다. 우리 아빠와 희정이 아빠, 희정이와 나 이렇게 네 명이 함께 파리로 간다!

비행기 표와 호텔 구하기가 하늘의 별 따기다. 큰일이다. 아빠마저 위기의식을 느끼고 있다. 기름값도 천정부지로 오르고 유럽연합도 위기인데 무슨 유럽 여행을 가는 사람이 이렇게 많은지 모르겠다. 이 사람들에게 제주도 여행을 권한다!

7월 16일 토요일

정수 이모 집에서 수학이랑 영어 공부를 마치고 희정이랑 이모가 만들어 준 칼국수를 먹었다. 이모부가 우리의 사정을 듣더니 "그럼 파리에 있는 스튜디오나 아파트를 빌려." 하고 말했다.

"아파트요?"

희정이랑 내가 동시에 물었다.

"그래. 아파트나 스튜디오. 뭐 그게 그거지만."

"이모부, 어떻게 빌리는데요?"

"프랑스는 6월부터 방학이라서 한국 유학생들이 스튜디오나 아파트를 세놓거든. 짧으면 한 달, 길면 두세 달이야. 너희들은 방 두 개짜리나 세 개짜리를 빌리면 되겠네. 아니면 스튜디오를 두 개 빌리든지."

"진짜요?"

내가 소리쳤다.

"야, 허벽! 진정해라 진정해."

이모가 웃었다.

이모부는 아빠에게 전화했고 아빠는 다시 희정이 아빠에게 전화해서 동의를 받았다. 모두가 오케이다. 아빠는 이모부가 알려 준 프랑스 유학생 커뮤니티 사이트를 이 잡듯이 뒤졌다. 이메일을 열

두 통이나 보내고 스무 통 넘게 전화를 했다. 아빠는 유학생들이 도통 전화를 받지 않는다며 투정이다. 수업 중인가? 간혹 상대편에서 전화를 받더라도 이상한 프랑스 여자가 "봉주르." 하며 프랑스 말로 말을 걸었다. 아빠가 내게도 들려주었기 때문에 이건 확실하다. 우리는 매번 한마디도 못하고 전화를 바로 끊어 버렸다. 결국 8월 한 달만 집을 빌려주겠다는 사람을 찾지 못했다. 아빠는 일단 기다려 보자고 한다. 도대체 무얼 기다린단 말인가!

엄마가 어렵게 비행기 표 네 장을 구했다. 8월 1일 파리로 출발하여 8월 12일 귀국하는 일정이다. 물론 직항이다. 그것도 최대 성수기다. 정말 엄마가 큰맘 먹었다.

내가 주워 온 자식은 아닌 것 같아서 마음이 놓인다.

7월 17일 일요일 (제헌절)

아빠가 파리로 보낸 메일 중에 아직 유력한 두 곳에서 답변이 오지 않고 있다. 우리는 모두 여기에 희망을 걸고 있다. 물론 우리 아빠는 빼고. 아빠는 만약 숙소를 구하지 못하면 비수기인 9월에 혼자 출발하겠다며 여유를 부리고 있다.

아빠가 내 친아빠인지 의심이 든다!

7월 18일 월요일

종구가 우울하다. 무슨 일일까? 동완이가 말을 걸어도 별 대답이 없다. 종구 눈이 빨갛다. 나는 머릿속에서 별별 생각이 다 들었다.

'혹시 종구 아빠는 경찰이 아니라 간첩일지 모른다. 경찰은 경찰인데 간첩이기도 한 경찰 말이다. 그러니까 영화 속에 자주 등장하는 고정간첩 같은 사람일지 모른다. 경찰에 잠입하여 우리나라의 고급 정보를 적국에 넘기고 있지 않을까? 그렇다면 종구 엄마는? 그래, 종구 엄마도 처음에는 간첩이었을 것이다. 간첩이 간첩도 아닌 여자와 결혼을 하지는 않을 테니 말이다. 부부 간첩단이로구나! 그런데 종구 엄마는 경찰서장의 많은 월급 때문에 간첩의 본분을 잊고 돈 쓰는 재미에 푹 빠졌을지 모른다. 그래서 종구 아빠와 종구 엄마의 갈등이 심해졌다. 이런 와중에 종구 아빠는 종구 형에게 화풀이를 했을 것이다. 왜냐하면 종구 아빠는 자신의 아내가 간첩 활동에 불성실하다고 어디에도 하소연할 수 없기 때문이다. 만약 상부에 보고를 하면 무능하다고 암살당할지 모르고, 경찰에 신고를 하면 만우절도 지났는데 무슨 농담이냐며 주위 사람들의 웃음거리가 될 게 뻔하다. 게다가 본인이 경찰인데 어디에 신고를 하겠는가? 종구 형은 아빠의 폭력과 간첩인 부모를 피해 도망간 것이다. 하지만 부모를 팔아넘길 수는 없기 때문에 신고는 하지 못하고 있다. 종구를 보고 싶은 형은 부모님의 눈을 피해 가끔 학교로 종구를 찾아오고 있었던 것이다. 그래서 요즘 종구는 마음이 심란하고 우울하다. 그렇다면 나는 간첩의 자식을 친구로 두고 있는 게 아닌가! 이걸 신고할까? 말까?'

나는 이런 상상을 하고 있었다.

"종구 너 왜 그래? 무슨 일 있지?"

동완이가 종구에게 다시 물었다.

"목이, 부어서, 말을 못하겠어."

종구가 간신히 대답했다.

7월 19일 화요일

할머니가 댄스 스쿨에 등록하셨다. 몸치인 할아버지도 함께 등록하셨다. 할아버지에게는 선택의 여지가 없었을 것이다. 할아버지는 할머니에게 꼼짝 못하신다. 뭐 이건 우리 집안 내력이긴 하다.

희정이는 우리 할아버지랑 할머니가 멋있다며 댄스홀에 구경 가자고 조른다. 나는 춤을 추지도 않는데 '댄스'라는 단어만 들어도 가슴이 울렁거린다. 할아버지가 불쌍하다. 하지만 운명이다.

파리에서는 아직도 연락이 없다.

7월 20일 수요일

방학이다. 드디어 파리 숙소 문제가 해결되었다. 결국 이모부가 나서서 해결해 주었다. 그동안 아빠는 파리에 전화를 잘못 걸었던 것이다. 국가 번호와 도시 번호 사이에 있던 0번을 뺐어야 했단다. 아빠는 그것도 모르고 유학생들이 전화를 안 받는다고 짜증만 냈다니. 또한 이모부는 '봉주르' 하고 말하던 그 프랑스 여자는 전화국 자동 응답 안내라고 알려 주었다. 자동 응답기 말이다! 이 말을 듣자 아빠랑 함께 파리에 가도 되는지 덜컥 겁이 났다.

우리에게 집을 빌려주기로 한 사람은 7년 차 유학생 부부로 어린 딸도 하나 있다. 이들은 8월 한 달 동안 한국에서 지내고 다시 파리로 돌아간다고 했다. 거긴 9월에 개학이라나? 부럽다, 부러워. 아무튼 7월 28일 서울에서 유학생 부부와 만나기로 했다. 이때 임대료와 보증금을 주고 숙소 열쇠를 받으면 된다.

유학생 부부는 아파트 사진을 이메일로 보내 주었다. 사진을 보니 숙소는 코딱지만 한 방 세 개, 코딱지만 한 주방 겸 거실 한 개, 코딱지만 한 욕실 한 개였다. 유학생 부부가 보낸 이메일에는 여러 가지 주의 사항이 적혀 있었다.

• 스튜디오 이용 시 주의 사항

＊ 주소 : 9 Rue Jacques Louvel Tessier 75010
　　　　이 건물의 101호입니다. (한국식으로는 2층)
– 지하철 공쿠르(Goncourt)역에서 도보 1~2분(11호선)
– 지하철 레퓨블리크(Republique)역에서 도보 5~6분(3, 5, 8, 9, 11호선)
– 드골 공항에서 내리면 루아시 버스를 타는 곳이 있습니다. 여기서 버스를 타고 오페라 극장에서 내리세요. 그리고 지하철을 타고 공쿠르역

2번 출구로 나오세요. 출구 앞에 핸드폰 가게가 있고, 거기서 아래 방향으로 내려오면 커피숍이 하나 보입니다. 커피숍에서 왼쪽으로 30미터쯤 걸어가면 커다란 빨간 대문이 있습니다.

1. 대문 패스워드 : 3464(현관 열쇠는 서울에서 드릴게요.)

2. 와이파이 : NEUF_4EBC

3. 와이파이 패스워드 : gabyuff5ufbubduobxxe(암호가 길어요. 빠짐없이 입력하세요.)

4. 샤워실 문을 열고 닫을 때 조심해 주세요. 유리가 깨질 수 있어요.

5. 샤워할 때 환풍기를 꼭 틀어 주세요. 곰팡이가 낄 수 있어요.

6. 샤워할 때 물이 벽에 닿지 않게 주의해 주세요. 만약 물이 벽에 닿으면 닦아 주세요.

7. 냉장고 문은 꽉 밀어서 닫아 주세요. 툭 밀면 닫히지 않고 살짝 열리게 됩니다.

8. 냉장고 문이 잘 닫혔는지 꼭 확인해 주세요.

9. 전기밥솥의 밥통은 스펀지 수세미로만 닦아 주세요.

10. 세탁기는 낮에만 이용해 주세요. 밤에 세탁기를 돌리면 이웃집에서 항의가 들어옵니다.

11. 밤늦게 소란하면 이웃집에서 항의가 들어옵니다.

12. 한국 식품점 럭키마트 : 오페라 극장에서 증권거래소 쪽으로 걸어가면 나옵니다. (주소 : 63 Rue Sainte-Anne)

13. 한국 식품점 오케이마트 : 럭키마트에서 오페라 쪽으로 5분 정도 걸

어가면 나옵니다.

14. 한국 식품점 물품 : 쌀, 김치, 족발, 회, 김밥, 각종 야채 등 판매.

15. 공쿠르역 근처는 프랑스인, 흑인, 중국인, 터키인, 아랍인 등 여러 인종이 모여 사는 곳입니다. 인종 편견이 있는 사람은 살 수 없습니다. 이 점 꼭 유념해 주세요. 물론 치안은 좋습니다. 행복한 여행 되세요.

나는 희정이에게 이메일을 전달하고 희정이네 집으로 서둘러 갔다. 희정이와 구글맵에서 숙소의 위치를 찾아보았다. 구글에 주소를 넣으니 메일에서 보았던 그 빨간 대문이 바로 나왔다. 구글 로드뷰로 지하철역 근처도 둘러보았다. 우리는 벌써 파리에 와 있는 기분이었다.

저녁때 집으로 돌아와 아빠의 유럽 여행 책을 보며 일정을 짰다. 그런데 파리에 대한 내용은 너무 부실했다. 필요도 없는 영국과 독일과 스페인에 대한 내용만 잔뜩 들어 있었다. 아빠는 이 책을 왜 샀는지 모르겠다. 그러고 보니 우리 집에 책이 왜 이렇게 많은지 알 것 같기도 하다.

나는 여행 책을 보면서 가고 싶은 곳에 대해서 하나씩 체크해 나갔다. 이것만으로도 마음이 몹시 설레었다. 하지만 이모가 전화를 걸어 수학 숙제를 잔뜩 내주는 바람에 이내 흥이 깨져 버렸다.

이모는 수학 숙제가 우선이란다. 으악!

7월 21일 목요일

희정이 아빠는 병원 입구에 7월 28일부터 8월 15일까지 유럽 치과 학회 참석 때문에 휴진한다는 내용의 안내문을 붙였다. 학회는 무슨 학회.

수학 숙제를 모두 마치고 희정이네 집으로 갔다. 동완이도 왔다. 동완이는 말은 안 하지만 몽골보다 파리에 더 가고 싶은 것 같았다. 세상에 어느 누가 에펠탑과 센강을 놔두고 사막 같은 몽골에 가고 싶겠는가?

우리는 파리에 대해 아는 게 너무 없었다. 그래서 우선 파리와 관련된 영화 세 편을 골랐다. 책 선정에는 이모부가 도움을 주었다. 아무래도 우리 아빠보다는 이모부가 더 많이 아는 것 같다.

• 영화

1. 〈파리가 당신을 부를 때〉(동완이네 집에서 내일 함께 보기로 했다.)

2. 〈프렌치 키스〉(이건 희정이가 선정한 것이다.)

3. 〈아멜리에〉(이미 본 영화지만 복습 차원에서 다시 한 번 보기로 했다.)

• 책

1. 《파리의 장소들》(이 책은 이모부가 아빠에게 빌려주기로 했단다.)

2. 《파리를 생각한다》(이 책도 이모부가 아빠에게 주라고 한다. 결국 이모부는 우리에게 빌려준 책은 한 권도 없다. 너희들은 도서관에서 수

준에 맞는 책을 직접 찾아보란다. 이모부!)

3. 각종 여행 서적들(이모부는 국회도서관에 가면 여행 책이 많다고 했
   다.)

아빠는 오늘부터 금연이다. 금연 실패는 곧 안식년 휴가의 반납
이라고 엄마가 엄포를 놓았다. 엄마는 아빠가 파리에서 담배를 피
우면 사진을 찍어 두란다. 엄마는 사진 한 장당 만 원의 파파라치
포상금을 걸었다.

파리에서 돌아오면 독립을 할 수 있는 목돈이 생길 것 같다.

7월 22일 금요일

동완이네 집에서 〈파리가 당신을 부를 때〉를 보았다. 영화 제목
만 파리고 실제 파리는 별로 나오지 않아서 실망했다. 영화가 끝나
자 우리는 이모부가 알려 준 대로 국회도서관에 갔다. 그런데 입장
불가란다. 학교장이나 사서 교사의 추천장이 있어야 들어갈 수 있
다고 한다. 아니, 우리도 엄연한 대한민국 국민이고 아직 세금은
안 내지만 앞으로 세금도 낼 건데 정말 너무한다. 그리고 우리는
모두 도서관 근처에 살고 있지 않은가!

희정이가 우리 엄마 여행사에 여행 책이 많지 않냐고 물었다. 나
는 그 책들은 사무실에서 보는 책이라서 빌릴 수 없다고 했다. 결
국 우리는 교보문고로 갔다. 세상의 모든 여행 책이 바로 거기에

있었다.

집에 돌아오니 아빠가 〈아멜리에〉를 보고 있었다. 나는 내일 희정이랑 보기로 했지만 예습 차원에서 미리 보아 두었다.

생마르탱 운하에 꼭 가고 싶다.

7월 23일 토요일

이모부에게 국회도서관에 못 들어가고 퇴짜 맞았다고 했더니 그럴 리가 없다고 한다. 그럴 리가 없기는요!

이모는 내 수학 실력이 조금씩 기초를 잡아 가고 있다고 칭찬해 주었다. 오늘은 특별히 영어 수업도 열심히 했다. 제이미 아저씨는 내가 파리에 간다고 하니 몹시 부러워했다. 아저씨도 언젠가 꼭 파리에 가 보고 싶다고 했다. '그래요, 아저씨도 꼭 파리에 가세요.' 하고 말해 주었다. 그러자 아저씨가 함박 웃으며 내 영어 실력이 갈수록 늘어 간다고 칭찬해 주었다. 오늘은 칭찬을 무려 두 번이나 받았다.

수업을 마치고 희정이 집에서 〈아멜리에〉를 보았다. 몇 번을 봐도 질리지 않는다. 볼 때마다 기분이 좋아지는 영화다. 희정이는 아멜리에가 물수제비를 뜨는 생마르탱 운하에 가 보고 싶다고 했다. 우리는 파리에서 꼭 가 보고 싶은 곳의 목록을 뽑았다.

• 파리에서 꼭 가 볼 곳

1. 에펠탑

2. 루브르 박물관

3. 오르세 미술관

4. 생마르탱 운하

5. 오랑주리 미술관

6. 노트르담 성당

7. 생투앙 벼룩시장

8. 로댕 미술관

9. 클뤼니 중세 박물관

10. 몽마르트 언덕

11. 시테 섬에서 생제르맹 거리까지 걷기

12. 퐁피두 센터

13. 개선문

14. 해양 박물관

15. 마레 지구 걷기

16. 튈르리 공원

아무래도 여행 일정이 너무 짧은 것 같다.

내일 희정이랑 〈프렌치 키스〉를 보기로 했다.

7월 24일 일요일

'프렌치 키스'라는 단어에 대해서 찾아보았다. 사자성어로 '설왕설래'라고 한다. 난 죽어도 이런 건 못하겠다. 아무리 희정이라도 이건 안 되겠다. 미안하다.

아침에 희정이가 〈프렌치 키스〉를 보러 오라고 전화를 했는데 독감이 걸렸다는 핑계를 대고 안 갔다.

코가 길어지려는지 간지럽다.

7월 25일 월요일

동완이가 몽골로 떠났다. 종구랑 혜선이는 영어 캠프에 갔다. 할아버지는 댄스 스쿨에서 몸짱으로 통한단다. 좋은 의미는 아니고 '몸치 짱'이라는 뜻이다. 할아버지, 어서 분발하세요.

희정이에게 오늘은 우리 집에서 여행 계획표를 점검하자고 했다. 왜냐하면 우리 집에는 〈프렌치 키스〉 DVD가 없기 때문이다. 우리 아빠는 여행 계획도 전혀 세우지 않고 있다. 아빠는 희정이랑 내가 여행 계획을 짜는 모습을 보더니 "너희들 참 귀엽게 논다." 하며 웃는다. 그러더니 "너희들은 파리에만 있을 건데 계획은 무슨 계획이냐? 그냥 아침에 일어나서 내키는 곳에 가면 되지." 하고 말하는 게 아닌가! 정말 아빠랑 함께 파리에 가야 하는지 걱정이다.

"어쩜, 우리 아빠랑 똑같아."

희정이가 말했다.

상관없다. 어차피 아빠들은 조연이다. 이번 파리 여행의 주연배우는 나랑 희정이니까.

7월 26일 화요일

엄마는 내가 희정이와 함께 짠 여행 계획표를 보더니 우리 아빠랑 희정이 아빠에게는 무리라고 한다. 이렇게 돌아다니다가는 이틀 만에 쓰러진단다. 희정이에게 이 이야기를 했더니 그럼 계획표를 아주 조금만 수정하자며 지금 바로 오라고 한다. 내가 희정이 집으로 갔더니 희정이는 〈프렌치 키스〉 DVD를 이미 준비해 두었다. 으악!

희정이 엄마가 요구르트를 만들어 주었다. 우리는 그걸 떠먹으면서 두 시간 동안 영화에 푹 빠졌다. 〈프렌치 키스〉는 공포 영화가 아니라 로맨틱 코미디였다. 다행히 '설왕설래' 하는 장면이 많이 나오지 않아서 마음이 놓였다. 괜히 쓸데없는 걱정을 했다.

파리가 배경인 영화를 세 편이나 보고 나니 이미 파리에 여러 번 다녀온 것 같았다. 굳이 힘들여 가지 않아도 될 것 같은 기분이었다. 돈도 절약되고 말이다.

집에 돌아오니 아빠가 《파리의 장소들》을 읽고 있다. 우리의 여행 계획표를 보고 심경의 변화가 생긴 게 분명하다.

7월 27일 수요일

비가 엄청나게 내리는데도 저녁때 희정이네 집에서 여행 계획표를 최종 점검했다. 희정이 아빠는 우리가 짠 여행 계획표를 대충 훑어보더니 "잘했네." 하고는, 우리 아빠에게 "소주 한잔 어때?" 이러는 게 아닌가. 그런데 엄마들까지 가세하여 희정이네 거실은 순식간에 술집으로 변신했다. 애당초 술이 목적이었던 게 틀림없다. 희정이 아빠의 병원은 내일부터 쉰다고 한다. 희정이 아빠도 인생에서 처음으로 이렇게 긴 휴가를 보낸다고 했다. 아빠들에게 짠한 마음이 들었다.

희정이와 나는 희정이 오빠의 인상파 화집을 보며 시간을 보냈다.

"인상파는 그림보다 화가가 더 좋아."

희정이가 말했다.

무슨 뜻일까? 나는 묻지 않았다. 내가 직접 답을 찾아보아야겠다.

엄마랑 아빠 모두 취했다. 자가용은 주차장에 세워 두고 택시를 타고 집으로 돌아왔다.

7월 28일 목요일

날씨가 좋지 않아서 걱정이다. 아빠가 유학생 부부에게 임대료와 보증금을 치르고 숙소 열쇠를 받아 왔다. 열쇠 하나는 희정이 아빠에게 주었고 나머지 하나는 우리 아빠가 보관하기로 했다. 불안하지만 일단 두 아빠를 믿기로 했다. 설마 두 분이 동시에 열쇠를 잃어버리지는 않겠지.

저녁때 짐을 쌌다. 엄마의 충고에 따라 아빠와 나는 최대한 가볍게 챙겼다. 아빠는 조그만 배낭에 옷가지 몇 개와 세면도구만 챙겼다. 《파리의 장소들》은 아빠가 쌌다. 아빠가 이 책을 마음에 들어하는 것 같다. 그리고 아빠는 장 그르니에의 《섬》이라는 책도 한 권 챙겼다. 혹시 바다에 가시려나?

희정이에게 전화를 했더니 자기네도 짐을 가볍게 챙길 거라고 한다. 오케이. 일단 시작이 좋다. 고추장부터 된장까지 바리바리 싸가는 사람들과는 함께 여행을 할 수 없지 않은가!

7월 29일 금요일

아침에 희정이 집에 놀러 갔다가 정말 얼떨결에 "오늘 이사하니?" 하고 물었다.

"거봐, 엄마! 벽이가 이사하냐고 묻잖아!"

희정이가 부엌을 향해 소리쳤다.

농담이 아니라 나는 희정이 아빠의 짐을 보고 이사라도 하는 줄 알았다. 항공모함 크기의 캐리어 한 개, 큰 배낭 한 개, 작은 손가방 한 개. 보기만 해도 아찔했다.

희정이 아빠는 프랑스에서 딴 집 살림이라도 차릴 기세다. 비상이다!

7월 30일 토요일

우리 엄마가 희정이 엄마에게 전화를 해서 희정이 아빠의 짐을 반으로 줄이도록 설득했다. 필요하면 현지에서 사서 쓰면 된다고 했다. 하지만 희정이 아빠에게 이 말은 통하지 않았다. 희정이 아빠는 열렬한 국산품 애호가다. 그렇다고 애국자라는 뜻은 아니다. 희정이 아빠는 세계의 공장이라는 중국의 '메이드 인 차이나'를 싫어한다.

"무거운 짐 들고 다니다 아이들 잃어버려요."

엄마의 마지막 카운터펀치였다.

희정이 아빠가 짐을 반의 반으로 줄였다. 천만다행이다. 희정이가 다시 단식 투쟁에 돌입할 뻔했다.

냉정한 정수 이모가 내준 수학 숙제를 모두 마쳤다. 내일 아침 희정이랑 함께 이모 집에서 숙제 검사를 받아야 한다. 이모는 우리가 2주일이나 수학 공부를 못 하기 때문에 봐줄 수 없단다. 제이미 아저씨는 잘 놀다 오라고 했다. 제이미 아저씨는 숙제 따위는 절대 안 내준다. 그때그때 하고 싶은 말만 하면 된다.

7월 31일 일요일

아침 일찍 할아버지와 할머니에게 인사드리고 왔다. 할아버지는 아빠에게 여행 경비에 보태라며 봉투 하나를 주셨다. 아빠는 내게는 보여 주지도 않고 입을 닦는다. 얼마일까? 하지만 괜찮다. 어차피 파리에서 담배 한 대 피울 때마다 사진을 찍으면 된다. 저 돈은 모두 내 것이 될 게 뻔하다.

할머니는 내게 아빠 말 잘 듣고 무사히 다녀오라고 하셨다. 난 잠시 안개에 휩싸였다. 왜냐하면 집에서 아빠는 만날 엄마에게 '내 말 듣지 마. 자기가 원하는 대로 해.' 하고 말하기 때문이다. 나는 공손하게 "네." 하고 대답했다. 선택의 여지가 없지 않은가? 지금은 떨어지는 빗방울도 조심할 때다.

오후에는 희정이 엄마에게 인사드리러 갔다. 희정이 엄마가 내게 "벽이가 우리 희정이를 잘 보살펴 주세요." 하고 말했다. 우하하하하하! 이 말은 나를 사윗감으로 인정하겠다는 것이 아닌가? 나는 "네, 그럼요." 하고 자신 있게 대답했다. 희정이가 웃는다. 나도 웃는다. 우리가 웃자 희정이 엄마도 웃는다.

이제 8월이다. 행복하다.

8월

다시, 몽고간장

8월 1일 월요일

파리 도착. 서울은 지금 8월 2일이겠지만 파리는 아직 8월 1일이다. 우리 아빠, 희정이 아빠, 희정이 그리고 나, 이렇게 네 명이 파리 숙소까지 도착한 것은 '신의 가호' 때문이다. 만약 다른 것이 있다면 그것은 '신의 무한한 사랑' 때문이라고 해 두고 싶다. 나의 자발적 신앙심이 더욱 깊어지고 있다.

06:00 그냥 눈이 떠짐. 밤새 비행기가 추락하는 꿈에 시달림. 다시 얼핏 잠이 듦.

07:00 아빠가 나를 흔들어 깨움. 화들짝 놀라며 벌떡 일어남. 아빠는 왜 침대에서 자지 않고 바닥에 내려와 자는지 물음. 멀미 때문이라고 말하지 못하고 "그냥이요." 하고 대답함.

07:05 날씨 확인. 비가 와서 비행기가 안 뜨면 어쩌나 걱정함. 엄마가 천둥번개가 쳐도 비행기는 뜬다고 함. 그렇지만 나는 천둥번개가 치면 비행기가 안 뜨는 게 좋겠다고 함.

07:20 희정이가 전화해서 우리가 일어났는지 확인함.

07:30 아침 식사를 든든히 함. 한국식으로 먹는 게 마지막일지 모르니까.

08:00 희정이 집으로 출발. 엄마가 데려다줌.

08:25 희정이 집에 도착. 희정이 아빠가 화장실에서 나와야지 출발할 수 있다는 것을 알기 때문에 우리 모두 느긋하게 기다림. 희정이 오빠가 우

리에게 잘 다녀오라고 인사하고 독서실로 감. 조금 미안함. 하지만 이내 잊어버림. 엄마가 희정이에게 '남자들' 잘 챙기라고 함. 나까지 도매금으로 넘어감!

08:30 엄마는 회사로 출근함.

08:45 희정이 엄마가 희정이 아빠에게 늦겠다며 화장실에서 나오라고 소리침.

08:48 내비게이션 세팅. 희정이 아빠가 손가방을 집에 두고 옴. 여권과 항공권이 거기에 들어 있기 때문에 희정이와 내가 올라가서 가져옴.

09:05 드디어 인천공항으로 출발. 희정이 엄마가 희정이 아빠에게 비행기 놓치겠다고 잔소리함.

09:20 희정이 엄마가 시속 60킬로미터로 달림. 오늘 파리로 출발할 수 있을지 걱정이 됨.

10:25 인천공항 도착. 성수기답게 공항은 사람들로 북적임.

10:55 탑승권을 받고 짐도 부침. 아빠는 《파리의 장소들》만 작은 가방에 넣어 챙김. 나는 스마트폰만 호주머니에 넣음. 희정이는 희정이 아빠를 챙김.

11:10 길고 긴 몸수색대 줄이 도무지 줄어들지 않음.

11:25 출국 심사대 통과. 아빠가 자동 출국 심사를 받도록 등록해 줌. 우리 모두 출국 심사대에서 긴 줄을 서지 않고 바로 통과함. 하지만 여권에 도장이 없어서 조금 아쉬움. 아빠가 파리 입국 시 도장을 받을 수 있다고 해서 금방 기분이 풀림. 우리 아빠가 평소의 아빠답지 않게 매우 노련해

보임.

11:30 희정이가 내 여권 사진을 보더니 잘생겼다고 함. 희정이가 기분이 좋은지 농담을 한 것 같음.

11:35 면세점 구경. 우리 아빠와 희정이 아빠는 주류 코너에서 넋을 잃음. 나는 살 수 있는 게 하나도 없음. 값이 너무 비쌈. 희정이 역시 아무것도 사지 않음.

11:55 아빠가 담배 앞에서 서성거림. 내가 스마트폰을 꺼내 찍으려 하자 결국 사지 않음. 다음부터는 몰래 찍어야겠음. 포상금이냐, 아빠의 건강이냐 이것이 문제로다!

12:00 탑승 게이트 앞에서 대기. 우리가 타는 비행기가 엄청나게 커서 놀람. 저게 하늘로 뜰 수 있을지 잠시 걱정을 함.

12:30 게이트 열림.

12:40 탑승 완료.

13:05 이륙 시간인데도 비행기가 이륙을 안 함. 하늘에 천둥번개가 침. 몸이 굳고 긴장이 됨.

13:25 기장이 중국 영공에 비행기가 많아서 이륙 대기 중이라고 안내함. 우리 아빠가 "그럼 인도 쪽으로 가면 되잖아." 하고 말함. 주위 사람들이 웃음. 나도 웃고 싶었으나 몸이 굳어서 웃음이 안 나옴.

13:35 희정이가 나에게 어디 아프냐고 물어봄. 아니라고 대답함.

13:50 기장이 15분 뒤에 이륙하겠다고 함.

13:55 희정이 아빠가 배고프다고 투덜거림. 나도 허기가 밀려옴.

14:05 이륙. 귀가 멍멍하고 침이 꼴깍 넘어감. 잡지로 얼굴을 덮음. 희정이가 내 손을 잡아 줌. 하지만 별 효과가 없음. 나에게도 비행공포증이 있다는 사실을 알게 됨.

14:20 안전벨트 사인 꺼짐. 라이트 형제에게 경배를!

15:00 기내식으로 비빔밥을 먹음. 희정이 아빠는 햇반을 하나 더 달라고 함. 승무원 누나가 하나 더 가져다주자, 우리 아빠도 햇반을 하나 더 달라고 함. 동면을 준비하는 곰 같아 보임.

16:45 난기류로 비행기가 몹시 흔들림.

19:30 희정이가 저녁밥 먹으라고 깨움.

20:00 스마트폰의 기준 시간을 파리로 조정함. 파리는 현재 오후 한 시. 서머타임 때문에 시차가 일곱 시간임.

15:00 파리는 지금 오후 세 시. 기장이 모스크바 상공이라고 안내 방송을 함. 잘 자다가 깸. 그걸 누가 알고 싶다고 했나?

15:40 희정이도 일어남. 세 시간만 더 가면 파리에 도착함. 아빠가 일어나서 세수하고 양치함. 아빠는 비행기를 많이 타 본 것 같음. 난 아빠가 출장 가는 걸 본 적이 없음. 설마 프로그래머로 위장한 스파이는 아니겠지?

16:00 희정이 아빠도 일어남. 화장실에 들어감.

16:15 승무원 누나가 희정이 아빠가 들어간 화장실에 노크함. 무슨 사고라도 난 줄 걱정하는 것 같음. 희정이가 승무원 누나에게 아빠의 직업병이라고 함. 승무원 누나가 웃음을 참지 못함. 희정이가 항공사에 클레임

을 걸겠다고 함.

17:00 아직 파리에 도착하려면 한 시간이나 남았는데 사람들이 모두 일어나 당장이라도 내릴 기세임. 정말 낙하산이라도 건네주면 뛰어내릴 것 같음.

18:05 기장이 착륙 안내 방송을 함. 승무원 누나가 사람들을 자리에 앉힘. 꼭 말 안 듣고 돌아다니는 사람이 있음.

18:25 착륙 성공. 두 발이 땅에 닿을 때 느끼는 심리적 안정이 무엇인지 알게 됨.

18:30 아빠랑 나는 짐을 챙기고 희정이는 희정이 아빠를 챙김.

18:45 입국 수속이랄 것도 없음. 그냥 여권에 도장만 찍어 주고 통과.

18:50 희정이 아빠가 사라짐. 우리 아빠가 남자 화장실에 찾으러 감.

18:55 희정이가 희정이 아빠에게 어디를 가게 되면 미리 말하라고 함. 희정이 아빠는 너무 급해서 그랬다고 함. 미안하다는 말은 끝까지 하지 않음.

19:05 아직도 우리 짐이 안 나옴.

19:15 드디어 짐을 찾음.

19:20 우리 아빠와 희정이 아빠가 숙소까지 어떻게 갈지 상의 중. 비행기 안에서 미리 상의할 것이지, 정말!

19:35 일단 루아시 버스를 타고 파리 오페라 극장에서 내리기로 함. 거기서 택시를 타고 숙소까지 가기로 함.

19:40 루아시 버스 정류장을 못 찾음. 아빠가 인포메이션 센터로 가서

한국말로 또렷하게 "루아시 버스 어디서 타나요?" 하고 물어봄. 희정이 와 나는 놀라서 입을 다물지 못함. 그런데 놀랍게도 금발의 프랑스 여자가 버스 정류장 방향을 손짓으로 알려 줌. 나는 한국말을 할 줄 아는 프랑스 여자를 만나서 다행이라고 생각함.

19:45 아빠가 정류장에서 청소하는 프랑스 아저씨에게 "여기서 루아시 버스 타나요?" 하고 한국말로 물어봄. 역시 놀랍게도 프랑스 아저씨가 "위. 위. 예스. 예스." 하고 대답함. 희정이도 웃고 나도 웃음. 아빠도 웃음. 희정이 아빠도 웃음. 우리 모두 웃음. 배꼽이 빠지도록 웃음. 능글능글한 우리 아빠! 대단해!

19:55 버스 오지 않음. 금발 아주머니들과 함께 버스를 기다림.

20:05 여전히 버스 오지 않음. 버스를 기다리는 사람이 열 명쯤으로 늘어남.

20:15 희정이 아빠가 너무 늦겠다며 택시를 타자고 함. 결국 우리 모두 동의함.

20:20 택시 정류장으로 걸어가는데 루아시 버스가 옴. 우리 모두 순간적으로 심하게 갈등함. 그런데 희정이 아빠가 그냥 택시를 타자고 함. 희정이 아빠는 "택시 타면 금방이야." 하고 말함. 이 말에 모두 속음. 희정이 아빠는 파리가 처음임. 우리 모두 왜 희정이 아빠의 말을 들었는지 곧바로 후회함.

20:21 택시를 기다리는 승객이 엄청나게 많음. 줄이 매우 길. 앞으로 희정이 아빠의 말을 들으면 안 되겠다고 생각함.

20:30 겨우 택시를 탐. 아빠가 기사에게 뭐라고 말함. 분명히 한국말은 아니었음. 아빠가 앞자리에 앉음.

20:35 파리에서는 승객이 세 명이더라도 앞자리에 앉을 수 없다고 아빠가 알려 줌. 앞자리에 앉으려면 택시 기사의 승낙을 받아야 한다고 함. 희정이가 놀람. 나도 놀람.

21:30 파리 시내가 눈에 들어옴. 희정이와 마주 보고 웃음. 이상하게도 해가 지지 않았는지 날이 밝음. 영화 〈아멜리에〉 속으로 들어온 것 같음.

21:55 숙소 앞 빨간 대문이 보임. 드디어 숙소 도착! 택시 기사는 두둑한 팁을 챙김.

22:00 지금 서울은 새벽 다섯 시.

짐을 모두 옮기고 천천히 집 안을 둘러보았다. 집은 작고 좁았지만 아늑했다. 제일 인상적인 것은 통나무로 된 기둥이었다. 천장의 나무 서까래도 모습을 그대로 드러내고 있었다. 수백 년은 된 것 같은 집이었다. 정말 서울의 콘크리트 아파트와는 느낌이 사뭇 달랐다.

나는 우리 아빠와 제일 넓은 방을 함께 쓰고, 희정이 아빠와 희정이는 각각 작은 방을 하나씩 쓰기로 했다. 그래 봤자 방 세 개 모두 코딱지만 하다.

파리에서 아무것도 안 했는데 첫날이 이렇게 저문다. 시간아, 멈추어 다오!

8월 2일 화요일

희정이랑 내가 짠 원래 일정표에 따르면 우리는 오늘 루브르 박물관에 가야 했다. 하지만 늦잠을 자는 바람에 루브르 박물관에 가지 못했다. 아침에 눈을 뜨니 10시 30분이었다. 우리 아빠만 아침에 일찍 일어났다. 아빠는 혼자서 숙소 근처를 둘러보고 왔다고 한다. 공쿠르역과 레퓌블리크역까지 다녀왔다고 한다. 희정이 아빠가 화장실에서 나오니 점심 먹기에 알맞은 시간이 되었다. 한 끼 밥값은 절약된 셈이다.

"선배님, 여기 집에서 5분 정도만 가면 괜찮은 식당이 있는데 거기서 식사하시죠."

"그래? 자네 파리는 이번이 두 번째라고 했나? 세 번째라고 했나?"

"두 번째요. 그런데 오래전이라서 기억이 가물가물하네요."

"아빠, 예전에 파리에 온 적이 있었어요? 왜 안 알려 줬어요?"

내가 놀라며 물었다.

"몰랐어? 아는 줄 알았지."

"우리는 몰랐어요."

희정이가 거들었다.

"너희들이 갓난애 때 왔었으니 파리에 대해 말할 기회가 없었어."

그리고 보니 아빠랑 대화다운 대화를 한 게 최근의 일이긴 하다.

아빠가 회사에 다니는 동안 나는 아빠 얼굴을 본 적이 별로 없는 것 같다.

"선배님, 저기예요. 오텔 뒤 노르라고 보이시죠?"

"오텔 뒤 노르? 혹시 저거 북호텔 아닌가?"

"맞아요. 책도 있고 영화도 있죠."

"그래, 나도 기억나네. 오래 전 명화극장에서 봤어." 희정이 아빠의 얼굴이 환하게 밝아졌다. "맞아, 북호텔이야. 이런 곳이 아직도 남아 있다니. 대단한데."

"저도 몰랐는데 벽이 이모부가 빌려준 책에 이곳 이야기가 있더라구요. 지금은 호텔 운영은 안 하고 식당만 연다고 하네요."

"놀랍군. 놀라워."

"오래전 생마르탱 운하를 산책할 때도 보았던 것 같은데 그때는 무심히 보았나 봐요. 그런데 오늘 아침에 일부러 찾아보니 북호텔이 바로 우리 숙소 뒤더라구요."

"아빠, 이게 생마르탱 운하예요?"

"응, 이게 생마르탱 운하야."

"우와!"

희정이랑 나랑 동시에 소리쳤다.

"설마 파나마 운하를 상상한 건 아니겠지?"

우리 아빠가 웃으며 말했다.

희정이와 나는 서로를 바라보았다. 입가에 미소가 번졌다. 찾았다! 생마르탱 운하!

느끼한 프랑스식 점심을 먹고 우리는 운하를 따라 산책했다. 생마르탱 운하는 정말 코딱지만 하게 작았다. 운하 이편에서 저편까지 건너는 데 30초도 걸리지 않는다. 아멜리에가 물수제비를 뜨던 곳이 어디인지 알 수 없었다. 다 거기가 거기 같았다. 하지만 상관없다. 우리는 생마르탱 운하를 걷고 있다. 우리 아빠와 희정이 아빠는 오랜 친구처럼 다정하다. 우리 아빠는 알다가도 모르겠다.

아빠가 오늘은 여행 첫날이니 너무 무리하지 말고 몇 군데만 둘러보자고 한다. 아빠는 박물관이나 미술관에 가려면 아침 일찍 움직여야 한다고 했다. 줄이 길기 때문에 지금 미술관에 가면 들어가지 못한다나. 그래서 우리는 에펠탑을 보러 갔다.

희정이랑 내가 짠 계획표에 따르면 에펠탑에서 가장 가까운 역은 비르 아켐역이었다. 그런데 아빠는 우리를 트로카데로역으로 안내했다. 희정이랑 나는 불안하게 아빠를 따라갔다. 지하철역 밖으로 나오니 에펠탑이 한눈에 들어왔다. 아빠 말이 맞았다. 정말 에펠탑이 손에 잡힐 듯 눈앞에 펼쳐졌다. 그런데 사람들이 너무 많았다. 희정이가 내 손을 잡았다. 나도 희정이 손을 꼭 쥐었다. 다른 뜻이 있었던 것은 아니고 희정이를 잃어버리지 않기 위해서였다. 희정이 엄마가 내게 간곡히 부탁을 하지 않았던가? '벽이가 우리 희정이를 잘 보살펴 주세요.' 하고 말이다.

"선배님, 배 좋아하세요? 여기 바로 옆이 해양 박물관이에요. 사람도 별로 없는 데다 꽤 볼 만해요."

"아빠, 거긴 내일 모레 일정인데……."

"그래? 그래도 온 김에 한번 보고 가지."

우리 계획표가 어그러지고 있다. 희정이와 나는 일단 우리 아빠를 믿어 보기로 했다.

해양 박물관은 정말 대단했다. 실물 크기의 배도 전시되어 있었다. 각종 범선을 비롯하여 잠수함, 항공모함, 군함 등이 모형으로 제작되어 있었다. 대부분의 모형이 내 키보다 컸다. 전시실 한 귀퉁이에 모형을 제작하는 방이 유리창으로 공개되어 있었다.

우리 아빠가 오벨리스크를 이집트에서 가져오는 모형에 대해서 설명해 주었다.

"그런데 오벨리스크는 이집트 정부가 선물로 주었다고 하지 않았나? 어디서 본 것 같은데……."

"프랑스의 샹폴리옹이 고대 이집트 상형문자를 해독했는데 그 기념으로 오벨리스크를 선물로 줬다는군요. 하지만 그건 프랑스 사람들 말이죠. 이집트 사람들에게 직접 이야기를 들어 보면 어떤 말을 할지 궁금하네요."

"맞아, 프랑스나 영국이나 약탈 문화재로 떼돈을 벌고 있으니 말이야."

우리의 파리 여행에 격조가 높아진 것 같았다. 이런 수준 높은 대화를 아빠들이 나누다니. 그건 그렇고 해양 박물관에는 사람들도 별로 없는데 희정이가 내 손을 놓지 않고 있다.

8월 3일 수요일

어제 오페라 극장 근처의 한국 식품점에서 산 쌀과 반찬으로 간단하게 아침밥을 차렸다. 희정이 아빠가 겨우 하루 만에 한국식으로 밥을 먹고 싶다고 노래를 불렀기 때문이다. 오늘은 족발을 사와서 먹겠다고 한다. 윽! 족발이라니. 여긴 파리예요. 파리요!

희정이 아빠가 화장실에 30분이나 들어가 있는 바람에 오늘도 루브르 박물관은 포기했다. 그런데 아빠가 매월 첫 번째 일요일은 무료입장이니 박물관은 8월 7일에 가자고 했다. 언제 아빠가 이렇게 여행 준비를 했는지 모르겠다.

비 때문에 도로가 젖어 있다. 바싹 말라 있던 개똥들이 빗물에 녹아 흐른다. 파리 시내 곳곳에 개똥 냄새가 진동한다. 간혹 사람 똥도 섞여 있다. 똥물이 흐르는 파리, 너무 인상적이다. 그런데 비가 내리는데도 노숙자들이 비를 피하지 않고 길거리에서 자고 있다. 희정이는 노숙자를 볼 때마다 동전을 하나씩 준다. 파리에는 노숙자가 백 미터 간격으로 한 명씩 있는 것 같다.

오늘은 몽마르트 언덕에 다녀왔다. 언덕 초입에 있는 아멜리에의 풍차카페에도 들렀다. 일본 여자들이 많았다. 영화랑 달리 담배를 파는 곳은 없었다.

몽마르트 언덕에서 파리 시내를 바라보았다. 파리에는 높은 건물이 없어서 시야가 확 트였다. 언덕을 내려오면서 〈벽을 통과하는 사나이〉라는 조각품을 보았다. 내가 보기에는 '벽에 낀 사나이' 같았다.

희정이 아빠가 몽마르트 묘지에 잠시 들르자고 했다. 그곳에 영화감독 프랑소와 트뤼포의 무덤이 있다나. 희정이랑 함께 짠 일정표는 계속 뒷전으로 밀리고 있다.

희정이 아빠는 프랑소와 트뤼포는 로미오와 줄리엣처럼 두 명이 아니라는 이 세상에서 가장 썰렁한 농담을 했다. 무더운 8월 파리에서 우리는 한기를 느꼈다. 희정이 아빠는 영화감독이 꿈이었다고 한다. 집안에서 반대가 심했다나. 프랑소와 트뤼포에 대해서 희정이 아빠와 우리 아빠가 많은 이야기를 나누었다. 하지만 나는 무슨 이야기인지 알아들을 수 없었다. 그래서 희정이와 나는 두 손을 꼭 잡고 묘지를 산책했다. 시내 한가운데에 묘지가 있다니 참 이상했다. 산 자와 죽은 자가 공존하는 느낌이 낯설기만 했다.

이 커다란 묘지에서 아는 사람을 한 명 발견했다. 음악가 베를리오즈.

물론 그의 음악을 들은 적은 없다. 그냥 이름만 알고 있다. 당연히 어디서 들었는지는 기억이 안 난다.

8월 4일 목요일

엄마가 아빠의 금연 사항을 체크하기 위해서 전화를 했다. 나는 아직 금연 중이라고 보고했다. 엄마가 아빠에게 여행이 끝나고 귀국하면 보험사에 건강체 검사를 신청하겠다고 했다. 만약 담배를 한 대라도 피우면 건강체에서 탈락이니 알아서 하라고 했다. 탈락은 곧 안식년 휴가의 끝이다. 아빠의 얼굴이 어둡다.

오늘은 비가 내리지 않았다. 하지만 하늘에 구름이 많다. 서울 하늘과 다르게 구름이 낮고 몽글몽글하다. 희정이가 이렇게 말했다.

"구름이 마그리트 그림 같아."

으윽! 마그리트는 누구야?

파리에서 4일째. 이제 파리지앵이 다 된 것 같다. 외국인들도 낯설지 않다. 오늘 아침에는 오르세 미술관에 다녀왔다. 맨 꼭대기 층에 있는 인상파 화가들의 그림을 보았다. 무슨 말이 필요하겠는가? 나는 드가라는 화가의 그림이 좋았다. 삐딱한 구도가 내 맘에 든다. 희정이는 고흐의 그림 앞에서 많은 시간을 보냈다. 특히 〈낮잠〉이라는 그림이 제일 좋다고 했다. 나도 드가보다 고흐가 더 좋아졌다. 특히 〈낮잠〉을 가장 좋아하기로 했다.

마네의 그림 속에 등장하는 눈썹 짙은 미인은 누구일까? 희정이랑 닮은 것 같다.

8월 5일 금요일

우리 아빠와 희정이 아빠가 오늘은 좀 걷자고 한다. 아니 매일 발이 부르트도록 걷고선 오늘 좀 걷자니, 이건 또 무슨 말인가? 어젯밤 족발에 포도주를 두 병이나 마실 때부터 알아봤다. 아빠들 수다에 시끄러워서 혼났다.

우리는 지상으로 달리는 지하철을 타고 코르비자르역에서 내렸다. 그리고 아빠를 따라 언덕을 오르고 놀이터를 지나고 이상한 판화들이 벽에 그려진 거리를 걸었다. 아빠는 희정이 아빠에게 파리코뮌이니 망명이니 피의 학살이니 하는 말을 계속했다. 희정이와 나는 어른들의 이야기가 무슨 뜻인지 몰랐다. 하지만 이 한적한 골목길을 걷는 것이 좋았다. 여기는 관광객들로 북적이지 않았다. 뷔트오카이라고 불리는 이곳은 마치 파리의 섬 같은 곳이었다. 어제 오후에 들렀던 시테섬이나 생루이섬은 섬 같지 않았다. 그곳은 사람들이 너무 북적여서 걷기도 힘들고 가는 곳마다 줄이 길어서 정작 아무것도 할 수가 없었다.

햇볕이 강해지자 우리 아빠와 희정이 아빠는 맥주를 한잔 마시겠다며 코딱지만 한 광장 모퉁이에 있는 르 디아망이라는 펍에 들어갔다. 희정이 아빠가 기네스 맥주를 주문했는데 그건 없다고 했다. 아빠들은 아쉬워하며 뚱보 주인장이 추천한 생맥주를 마셔야 했다.

한가로운 오후. 관광객들을 피해 이곳으로 오기를 잘했다.

그런데 개선문, 샹젤리제, 몽파르나스, 퐁피두 센터, 생투앙 벼룩시장, 오랑주리 미술관, 로댕 미술관 등은 언제 가지? 이제 며칠 안 남았는데.

비상이다!

8월 6일 토요일

희정이는 어제 뷔트오카이가 좋았는지 우리 아빠에게 오늘은 어디에 가냐고 물었다. 이럴 수가! 희정이마저 배신이라니!

아빠는 오늘 상테 감옥에 가자고 했다. 아니, 거기에 누가 잡혀있나? 아니면 누굴 탈옥시켜야 하나? 개선문과 샹젤리제 거리는 어떡하고요!

상테 감옥은 정말 인상적이었다. 도시 한가운데에 그렇게 높은 담장의 감옥이 있다니. 감옥 담벼락 근처에 간이 화장실도 여러 개있어서 다행이었다. 희정이 아빠가 시도 때도 없이 화장실을 찾기 때문이다. 프랑스 음식이 잘 안 맞나 보다. 내가 감옥을 스마트폰으로 찍고 있으니 길을 가던 한 아저씨가 사진을 찍지 말라고 손짓했다. 아마도 사진 촬영이 금지된 곳인가 보다.

우리는 상테 감옥에서 슬슬 걸어서 몽파르나스 묘지에도 갔다. 몽파르나스 타워에는 안 들어갔다. 아빠 말이 그런 건 서울에도 얼마든지 있다고 했다. 하지만 몽파르나스 묘지에는 사르트르가 있다고 했다.

몽파르나스 묘지에서 우리는 이미 오래전에 죽은 사람을 여러 명 만났다. 아빠가 자세히 설명해 주었지만 내가 모르는 사람이 대부분이었다. 철학자 사르트르와 보봐르. 이름이 보들보들한 시인 보들레르. 그런데 이 사람의 시는 이름과 달리 좀 무섭다고 한다. 서울에 가면 찾아서 읽어 보아야겠다. 가수 세르쥬 갱스부르와 영화 배우 진 세버그. 희정이 아빠는 진 세버그 묘비 앞에서 마치 옛 연인을 만난 사람처럼 보였다. 그리고 우리 아빠에게 이렇게 말했다.

"저녁에 한잔 어때?"

마치 어제는 술을 마시지 않은 사람처럼 말이다.

8월 7일 일요일

서울에 돌아가서 친구들이 파리에서 무엇을 봤냐고 물으면 '우리는 파리에서 감옥과 묘지와 언덕배기를 보았어.' 하고 대답해야 할 지경이다. 총체적 난국이다. 으악!

다행히 오늘은 루브르 박물관에 다녀왔다. 약탈 문화재라고 희정이 아빠가 아무리 말해도 멋진 건 멋진 거다.

06:00 기상. 우리 아빠가 희정이 아빠에게 화장실 먼저 다녀오라고 함.

06:30 희정이 아빠가 화장실에서 나오자 한 명씩 들어가서 샤워 시작.

07:25 식사 준비 완료. 삼 인분만 차림. 희정이 아빠는 아침 식사 금지.

07:45 식사 완료.

07:55 설거지 완료.

08:00 루브르로 출발.

08:35 루브르 도착. 아빠가 카루젤 개선문 입구에 줄을 서지 않고 이상한 곳으로 데려감. 여기는 줄이 매우 짧음. 카루젤 개선문 쪽은 벌써 인산

인해!

09:00 입장 시작. 카루젤 개선문 쪽은 줄이 수백 미터로 늘어남. 아빠가 오른손으로 승리의 브이를 그림. 희정이가 막 웃음. 물론 나도 따라 웃음.

09:10 희정이 아빠가 화장실 입장.

09:25 희정이 아빠가 화장실에서 나옴.

09:30 각자 알아서 구경하다가 12시 30분에 다시 모이자고 희정이가 강력하게 주장함. 모두 동의함. 나랑 희정이는 드농관으로, 희정이 아빠는 쉴리관으로, 우리 아빠는 리슐리외관으로 들어감.

09:35 희정이랑 헤어지지 않기 위해서 내가 먼저 희정이 손을 꼭 잡음. 희정이 엄마의 부탁도 있고 해서…….

10:15 경탄 또 경탄. 미켈란젤로의 반항하는 노예와 죽어 가는 노예를 보고 넋이 나감. 죽어 가는 노예는 옷 좀 입지 말이야. 희정이랑 보기에 좀 쑥스러움. 프시케와 큐피드의 키스도 함께 보기에 좀 쑥스러움. 손에 자꾸 땀이 참.

10:25 사모트라섬의 니케상을 보고 깜짝 놀람. 엄청나게 웅장함. 한 중국인 아저씨가 니케상을 만지며 사진을 찍는 바람에 몹시 당황함. 경비원이 "실부플레, 실부플레." 하고 외쳤으나 중국인 아저씨가 모른 척하고 계속 사진을 찍음.

10:27 결국 경비원이 목청껏 **"씰뿌플레! 씰뿌플레!"** 하고 소리쳐서 겨우 제지시킴. 그 바람에 경비원의 가발이 바닥에 떨어짐.

10:30 경비원이 가발을 고쳐 씀.

11:25 모나리자를 백 미터 후방에서 겨우 볼 수 있었음. 모나리자 옆에 레오나르도 다 빈치가 그린 다른 여자의 그림이 한 장 더 있었음. 그 여자는 웃지 않고 있어서인지 아무도 관심을 주지 않았음. 가까이서 보니 정말 기분 나쁜 인상이었음.

11:55 발바닥이 아픔. 그림이고 뭐고 그냥 의자에 앉고 싶음. 하지만 의자는 배 나온 아저씨들의 차지임. 희정이랑 나는 박물관 모퉁이 바닥에 앉아서 쉼. 희정이가 앉을 수 있도록 내가 손수건을 깔아 줌.

12:15 볼 수 있는 그림은 다 봄. 이제 그림도 지겨움.

12:30 만나기로 한 장소에 갔으나 아무도 없음. 우리 아빠랑 희정이 아빠가 길을 잃은 것으로 추정함. 아빠들을 찾기 위해서 사방을 둘러봄.

12:45 우리 아빠랑 희정이 아빠가 카페에 앉아 있음. 두 분이 우리에게 왜 이제 오냐고 함. 어휴!

13:00 박물관 내 카페에서 가볍게 식사함.

13:30 오후 관람을 위해서 희정이랑 둘이서 자리를 뜸. 아빠들은 천천히 볼 테니 너희들은 볼 만큼 보고 오라고 함. 여기 카페로 오면 된다고 함.

14:05 이집트 전시관 관람.

15:15 이집트 전시관을 보고 나니 미라가 될 것 같음. 다리에 감각이 없음.

15:55 길을 잃음. 프랑스 고전 회화만 계속 나옴. 프랑스식 풍경화에 질림.

16:05 박물관 곳곳에 반쯤 쓰러진 아저씨들 속출. 등을 기댈 만한 곳에는 어김없이 배 나온 아저씨들이 기대고 있음. 긴 나무의자는 아주머니들

이 점령.

16:30 막다른 방에 이름. 거기서 이상한 그림 한 점을 봄. 와토라는 화가가 그린 웃기지 않게 생긴 피에로 그림이었음. 희정이가 반쯤 넋이 나가서 그 그림을 봄. 물론 나도 함께 봄. 희정이가 그 그림을 스마트폰으로 찍음. 사랑스러운 그림이었음.

16:55 카페로 돌아옴. 우리 아빠와 희정이 아빠는 꼼작도 않고 바로 그 자리에 앉아 있음.

17:15 루브르 박물관 근처에 있는 한국 식품점에서 족발, 생선회 등을 잔뜩 삼.

17:20 아빠에게 택시 타고 가자고 말함. 아빠는 이 정도 가지고 무슨 택시냐고 함. 아빠들은 카페에 앉아서 쉬었으니까 다리가 안 아프지만 우리는 다리가 아프다고 함. 아빠가 안 된다고 함.

17:25 희정이가 우리 아빠에게 택시 타고 싶다고 함.

18:05 택시 타고 집에 도착.

저녁 식사를 마치고 내가 아빠에게 센강의 유람선은 언제 타냐고 물었다. 그랬더니 아빠는 이렇게 대답하는 게 아닌가!

"벽이 너, 서울 사람들이 한강 유람선 타디?"

"아뇨. 그건 왜요?"

"파리 사람들이 유람선 탈 것 같으냐?"

"우린 파리 사람이 아니잖아요."

"그러니까 내 말이. 촌놈들이나 타는 거라고."

일단 작전상 후퇴다. 나중에 희정이에게 부탁해야겠다. 우리 아빠는 희정이 말은 잘 들어준다.

8월 8일 월요일

희정이 아빠가 여독이 쌓였으니 오늘 하루는 쉬자고 한다. 헉! 어제 루브르 박물관에서 하루 종일 쉬어 놓고선 또 쉬겠다니. 오텔 뒤 노르에서 점심을 먹고 희정이 아빠는 집으로 돌아갔다. 우리 아빠랑 희정이랑 나는 산책을 했다. 희정이 아빠가 우리에게 해 지기 전에 들어오라고 했다. 그런데 파리의 여름 해는 정말 길다. 열 시가 넘어야지 겨우 어둑해진다. 그럼 도대체 집에 들어오라는 말인가, 들어오지 말라는 말인가?

우리는 생마르탱 운하를 걷다가 배 한 척이 운하를 통과하는 모습을 보았다. 그런데 배의 속도가 어찌나 느린지 운하를 다 통과하려면 며칠은 걸릴 것 같았다.

아빠를 따라 공쿠르역에서 차이나타운 쪽으로 산책을 했다. 정말 여기는 유학생 부부의 말처럼 인종 전시장 같았다. 아랍인부터 중국인까지 온갖 차림의 사람들이 모여 살고 있었다. 이곳 시장은 서울에 있는 재래시장과 비슷했다. 그런데 대낮에 남자들이 카페에 죽치고 있는 모습이 너무 흔했다. 다들 일이 없나? 아니면 부인들이 돈을 버나? 특이한 사람들이다.

아빠가 카페에 들어가서 커피 한 잔을 마시자고 했다.

8월 9일 화요일

비상이다. 내 발목이 녹슨 못에 긁혀서 세 바늘이나 꿰맸다. 오늘
은 클뤼니 중세 박물관에 갈 예정이었는데 이제 막 싸질러 놓은 엄
청난 양의 개똥을 밟는 바람에 쭉 미끄러졌다. 그런데 하필 미끄러
지면서 버려진 의자의 튀어나온 못에 발목이 찍혀 버린 것이다. 희
정이 아빠가 보더니 상처는 깊지 않은데 파상풍 주사를 맞는 게 좋
겠다고 했다.

우리는 친절한 아랍인 아저씨의 도움으로 생제르맹에서 노트르
담 성당 옆에 있는 오텔-디외 병원 응급실까지 바로 갈 수 있었다.
만약 이 아랍인 아저씨가 아니었다면 병원을 찾느라 엄청나게 헤
맸을지 모른다.

다행히 아랍인 아저씨는 내가 개똥에 미끄러져 못에 찍히는 장면
을 목격하였기 때문에 응급실 의사에게 자세히 설명해 주었다. 의
사는 내 상처를 보더니 별거 아니라며 일단 기다리라고 한다. 생명
이 왔다 갔다 하는 판국에 기다리라니! 이 의사 혹시 의사 면허는
있는지 모르겠다.

우리 아빠가 아랍인 아저씨에게 고맙다며 사례를 하려고 했는데
아저씨는 정중하게 거절했다. 내가 대기실에 있는 동안 희정이가
내 손을 꼭 잡아 주었다. 사실 나는 너무 놀라서 그때까지도 발목

이 아픈 줄 몰랐다. 드디어 의사가 나를 휠체어에 앉히더니 수술실로 데려갔다. 희정이 아빠가 함께 들어왔다.

파상풍 주사를 한 대 맞고 세 바늘이나 꿰맸다. 의사는 다행히 생명에는 아무런 지장이 없다고 했다. 우리는 소독약 처방전을 달랑 하나 받아 들고 병원에서 나왔다. 절뚝거리며 나오는 나를 보더니 아빠가 개똥이라고 부른다. 으윽! 내가 수술실에 들어가 있는 동안 희정이는 개똥 밟은 내 신발을 깨끗하게 닦아 주었는데.

발목이 시큰거려서 택시를 타야 한다고 했더니 아빠가 엄살 부리지 말란다. 희정이 아빠가 택시를 잡아 주어서 편하게 집까지 올 수 있었다. 집에서 희정이가 나의 시중을 들어 준다. 다치길 잘한 것 같기도 하다.

그런데 오늘 병원비를 안 내고 왔다. 혹시 공항에서 잡히는 것은 아닌지 걱정된다.

8월 10일 수요일

파리에 온 지 벌써 열흘째인데 우리는 이제껏 무서운 감옥과 우울한 묘지와 한적한 언덕과 알코올 냄새 진동하는 병원에 다녀왔다. 물론 루브르와 오르세를 보기는 했지만, 이건 뭔가 홀린 것 같은 여행이다. 거기에다가 다리까지 절뚝거리며 걸어야 한다. 모양새가 영 말이 아니다.

정말 오늘은 뭔가 뜻 깊고 여행다운 여행을 하고 싶었다. 예를 들어 에펠탑의 야경이나 센강의 유람선 같은 것 말이다. 이것도 아니라면 개선문의 위용을 감상한 후 샹젤리제 거리를 희정이와 둘이서 걷고 싶었다.

하지만 희정이 아빠의 설사가 심해서 집 밖에 나갈 수가 없었다. 비상약으로 가지고 온 지사제를 먹고 겨우 진정이 되었다.

희정이랑 생마르탱 운하를 산책했다. 생마르탱 운하, 이젠 지겹다.

8월 11일 목요일

파리에서 마지막 날이다. 희정이 아빠의 상태가 좋아져서 우리는 아침 일찍 개선문에 오르고 샹젤리제 거리를 걷고 센강에서 유람선을 탔다. 하지만 생각보다 모두 시시했다. 뷔트오카이의 한적한 골목이 그리울 지경이었다. 상테 감옥의 높은 담장 밑을 걷던 것이 더 좋았던 것 같다. 오후에는 오랑주리 미술관에서 모네의 커다란 그림을 보았다. 모네는 눈에 백태가 낀 사람인 것 같다. 그림이 왜 이렇게 흐리멍덩한지. 나폴레옹이 큰 것은 다 아름답다고 했던가? 아무튼 그림이 컸다.

에펠탑 야경을 보기 위해 집에서 저녁밥을 먹고 길을 나섰다. 술이 없는 첫 번째 저녁이었다. 그동안 왜 우리가 한 번도 파리의 야경을 보지 못했는지 그 해답을 드디어 찾아냈다.

우리는 트로카데로역에서 내려 에펠탑 야경을 보았다. 사람들로 미어터지는 그곳에서 겨우 기념사진을 한 장 찍을 수 있었다. 그리고 개선문에서 샹젤리제의 야경을 한 번 더 보았다. 하지만 이상하게 뷔트오카이의 한적한 골목길 생각만 났다.

"너무 붐벼서 싫다. 그치?"

희정이가 말했다.

"응. 난 뷔트오카이가 더 좋은 것 같아."

"나도. 상테 감옥 담장길이나 몽파르나스 묘지가 더 좋아."

"이상하다. 그치?"

"네 아빠가 뭘 아시는 분 같아."

집으로 가는 길에 희정이 아빠가 최고급 와인 두 병을 샀다. 파리의 마지막 밤에 술이 빠질 수 있겠는가?

8월 12일 금요일

숙취 때문에 머리가 아프다. 희정이 아빠가 미래의 사위에게 포도주 한 잔을 권했다. 나는 장인어른의 청을 거절하기 힘들어서 단숨에 들이켰다. 그 후로 아무것도 기억나질 않는다. 설마 주사를 부리지는 않았겠지! 그런데 같이 와인을 마신 희정이는 왜 멀쩡하지? 술이 나보다 센가 보다. 아마 집안 내력일 거다.

아빠는 우리를 공항까지 바래다주었다. 아빠랑 헤어지는데 딱히 할 말이 없어서 "담배 피우지 마세요." 하고 소리쳤다. 아빠가 겸연쩍게 웃었다. 아빠는 무슨 생각을 하고 있을까? 궁금하다. 나는 아빠를 잘 모르는 것 같다.

다행히 출국 심사대에서 오텔-디외 병원 치료비를 문제 삼는 사람은 아무도 없었다. 심사관 아저씨는 자신의 일에 도무지 흥미라고는 없는 사람처럼 보였다. 사실 하루 종일 남의 여권에 도장이나 찍고 있는데 무슨 재미가 있겠는가.

드골 공항 면세점에서 나는 볼펜 세트와 에펠탑 모양의 열쇠고리를 선물로 샀다. 희정이 아빠는 희정이에게 파리 여행 기념으로 가을에 입을 수 있는 하얀 스웨터를 사 주었다. 희정이는 스웨터를 가슴에 대더니 내게 예쁘냐고 묻는다. 그럼, 당연히 예쁘지!

우리의 파리 여행은 이렇게 끝나고 있었다. 그런데 설마 내일 정수 이모가 수학 수업을 하자고는 않겠지. 제발!

8월 13일 토요일

너무 피곤해서 아무것도 쓸 수가 없다. 시차 때문에 잠도 오지 않는다. 게다가 날씨마저 흐리니 온몸이 찌뿌둥하다.

8월 14일 일요일

엄마가 할아버지 댁에 인사드리러 가라고 했다. 할머니가 내 발목을 보더니 "내 강아지 고생했네." 하고 머리를 쓰다듬어 주셨다. 할아버지는 뭐가 제일 좋더냐고 물었다. 나는 뷔트오카이라는 언덕에서 보냈던 한가한 시간이 기억에 남는다고 했다. 따뜻한 햇살과 시간이 멈춘 것 같은 적막함. 관광객으로 북적이던 파리의 명소들보다 왠지 그곳이 나의 마음 한구석에 남아 있다.

내 방에서 파리의 지하철 표, 박물관 입장표 등을 정리하고 있는데 동완이에게서 전화가 왔다. 파리 여행이 어땠는지 내게 물었다. 나는 그냥 좋았다고만 말했다. 차마 파리의 감옥과 묘지와 언덕배기와 질펀한 개똥과 음울한 병원에 대해서 말할 수가 없었다. 그런 건 만나서 천천히 이야기하는 게 좋을 것 같았다.

정수 이모와 이모부에게 인사를 갔다가 오는 길에 희정이네 집에 들렀다. 희정이 엄마가 반갑게 나를 맞이해 주었다. 희정이 오빠는 공부하러 갔는지 집에 없었다. 희정이도 어제 하루는 시차 때문에 고생했다고 한다. 비만 내리지 않았다면 한강으로 자전거를 타러 갔을 텐데…….

희정이랑 인상파 화가들의 화집을 보며 시간을 보냈다. 실제로 보았던 그림을 화집으로 다시 보니 신기했다. 그런데 희정이는 오르세에서 보았던 그림들은 3차원이었는데 화집의 그림은 2차원이라고 말했다. 희정이 말을 듣고 보니 화집의 그림이 좀 밋밋한 것 같았다.

곧 개학이다. 으악!

8월 15일 월요일 (광복절)

만약 광복절이 아니었다면 오늘이 바로 개학날이었겠지. 1945년 8월 15일 대한 독립을 열렬히 환영한다. 광복절과 같이 뜻 깊고 중요한 날은 3일 연휴로 만들면 좋겠다. 너무 길면 이틀 정도만 쉬어도 될 것 같다.

동완이랑 종구가 우리 집에 놀러 왔다. 동완이는 몽고에서 2주 동안 지냈고, 종구는 영어 캠프에서 혜선이랑 재미있었단다. 나는 파리의 감옥과 묘지와 언덕과 개똥과 노숙자들과 병원에 대한 이야기를 들려주었다. 물론 루브르랑 오르세에 대한 이야기도 해 주었다. 하지만 이 녀석들은 나의 진지한 파리 감상기에는 관심도 없고, 내가 희정이랑 뽀뽀를 했는지만 계속 묻는다.

내 수준에 맞는 친구가 필요하다.

8월 16일 화요일

개학이다. 역시 나와 희정이의 파리 여행이 단연 화젯거리다. 나는 남자애들에게 희정이는 여자애들에게 둘러싸였다. 나는 우리 아빠와 희정이 아빠가 대학 선후배 사이여서 함께 여행을 가는데 공교롭게도 나랑 희정이가 동행을 하게 되었다고 점잖게 이야기해 주었다. 약간 어긋나기는 했지만 지어낸 말은 아니지 않는가? 하지만 이 녀석들은 내가 파리에서 희정이랑 뽀뽀를 했는지에만 관심이 있다. 녀석들도 참……. 그건 비밀이다. 숙녀의 자존심이 있지. 내가 그걸 너희들에게 떠벌리고 다닐 것 같으냐? 이놈들아!

방과 후 집에 오는 길에 종구가 동완이에게 반장 선거에 나가 보라고 부추겼다.

"동완이 너 이번에 한번 나가 봐. 반장 하면 잘할 것 같아."

종구 입에서 씨바와 졸라가 사라졌다.

"야, 이종구. 너 이제 욕 안 하네."

내가 물었다.

"응, 혜선이가 영어 캠프에서 계속 잔소리하는 바람에 그냥 안 하기로 했다."

"그래?"

"욕 안 해도 말이 잘 통하더라."

"잘했다. 이종구." 내가 말했다. "그건 그렇고 동완이 너, 정말 반장 선거에 나가 봐. 인기 좋잖아."

"그런데 난 별로 자신이 없는데."

"왜?"

종구가 물었다.

"난 반만 한국 사람이잖아."

동완이의 표정이 조금 어두워졌다.

"야, 그런 게 어딨냐? 이제 몽고간장이라고 놀리는 애들도 없는데. 괜찮아!"

종구가 동완이를 부추겼다.

동완이는 집에 가서 부모님께 상의를 해 보겠다고 한다.

나는 이제껏 동완이가 자신을 반만 한국 사람이라고 생각하고 있었는지 몰랐다. 나는 동완이를 잘 안다고 생각했는데 그게 아닌가 보다. 사람들은 마음속 생각을 잘 드러내지 않는 것 같다.

동완이가 반장이 되면 어떨지 희정이에게 물어보아야겠다.

8월 17일 수요일

희정이는 동완이가 반장을 하면 잘할 것 같다고 한다. 여자애들에게 인기도 많다나. 동완이만 모를 뿐이지.

희정이는 지난 학기에 부반장으로 뽑혀서 억지로 했지만 더 이상 그런 감투는 쓰고 싶지 않다고 했다. 그럴 시간이 있으면 나랑 함께 공부나 더 하자고 한다.

내 말이! 내가 왜 반장 선거에 안 나가는데!

8월 18일 목요일

종구 등에 떠밀려 동완이가 결국 반장 선거 후보로 나왔다. 종구와 희정이가 추천을 했다. 나는 동완이의 짝이라서 일부러 추천자로 나서지 않았다. 신보람과 유하늘도 후보로 나왔다. 막판에 성격 좋은 철욱이도 추천을 받아 후보로 나왔다. 내성적인 철욱이가 반장 후보로 나온 게 의외다. 철욱이는 공부를 그리 잘하는 편도 아니고, 그렇다고 운동을 잘하는 아이도 아니다. 그런데도 애들에게 인기가 많다. 희정이 말에 따르면 철욱이는 다른 아이들의 이야기를 잘 들어 준다고 한다. 그래서 여자애들이 철욱이를 좋아한다나.

아무튼 다음 주 수요일이 반장 선거다. 내가 보기에는 동완이가 압도적인 표차로 이길 것 같다. 하지만 철욱이가 변수라서 방심은 금물이다.

오랜만에 수학 공부를 했다. 그런데 수학 공식들이 왜 이렇게 낯선지 모르겠다. 마치 처음 본 것만 같다. 큰일이다. 정수 이모가 이번 주 토요일에 그동안 배웠던 것을 시험 본다고 했다.

8월 19일 금요일

아침부터 설사다. 특별히 잘못 먹은 음식도 없는데 배가 아파서 등교하자마자 화장실로 직행했다. 그런데 화장실에서 이상한 대화를 들었다.

"야, 3반에 몽고간장이 반장 선거에 나왔대."

"응, 졸라 웃기지 않냐?"

"그러게. 공부도 잘하고 운동도 잘하는 건 알겠는데, 씨바 아무리 그래도 그렇지 어떻게 몽고간장이 학급 반장이 될 수 있냐?"

"아! 씨바 졸라 웃기지도 않다니까."

"몽고간장이 반장이 되면 나중에는 1반 베트콩까지 학생회장 한다고 설치겠네."

"3반 애들도 한심하다. 씨바 그렇게 인물이 없냐?"

나는 지사제를 열 알 정도 먹은 것처럼 갑자기 설사가 싹 멎어 버렸다. 도대체 목소리의 주인공들이 누구인지 확인하기 위해서 화장실 문틈으로 보았는데 뒤통수밖에 보이지 않았다. 뒤를 정리하고 화장실 문을 열었는데 그새 녀석들이 보이지 않았다. 정말 기분 나쁜 녀석들이었다. 하지만 아무에게도 이 말을 하지 않았다. 우리 반에는 저렇게 못된 녀석들은 없기 때문이다.

8월 20일 토요일

어제 저녁 늦게까지 수학 공부를 한 덕에 정수 이모의 수학 시험을 턱걸이로 합격했다. 이모는 이제부터 좀 더 어려운 문제집으로 공부하자고 했다. 희정이가 나에게 잘했다고 칭찬해 주었다. 요즘 살맛이 좀 난다.

오랜만에 제이미 아저씨랑도 재미있는 시간을 보냈다. 내가 파리에서 있었던 괴상한 경험들을 이야기해 주었다. 아저씨는 남들이 다 가는 관광지보다 마음에 남는 나만의 장소를 찾는 것도 여행의 재미라고 했다. 그러고 보니 뷔트오카이가 바로 나만의 장소인 것 같다.

내가 아저씨에게 파리에서 휠체어를 타 보았다고 말했다. 정말 무서워서 혼났다고 했더니 아저씨는 다시는 그걸 타지 않도록 조심하라고 했다. 한 번으로 족하지 두 번 탈 물건은 절대 아니라고 했다. 그럼요, 아저씨.

다음 주부터 희정이도 제이미 아저씨랑 영어 공부를 하기로 했다. 내가 더듬거리지만 몇 마디씩 하는 걸 보고 희정이도 아저씨에게 배우겠단다. 잘됐다. 내가 수학 공부를 할 때 희정이는 영어 공부를 하고, 내가 영어 공부를 할 때 희정이는 수학 공부를 한다. 우리는 환상의 콤비다.

그런데 한국에 오니 희정이랑 손잡을 일이 없다!

8월 21일 일요일

아빠가 없으니 자잘한 집안일이 모두 내 담당이다. 아침 식사를 마치고 재활용 쓰레기를 정리하여 내다 버리는데 시시나 아저씨가 나를 보고 인사했다.

"벽이, 파리에 잘 다녀왔니?"

"안녕하세요? 아저씨." 내가 반갑게 인사를 했다. "그럼요. 재미있었어요."

"그래, 잘했구나. 파리에는 우리 스리랑카 사람도 많다고 들었는데, 나도 나중에 한번 가 보고 싶네."

"그래요. 꼭 가 보세요. 파리에는 흑인도 많고, 동양인도 많고, 아랍인도 많아요. 우리가 지냈던 숙소 근처에는 오히려 프랑스 사람이 별로 없었어요."

"프랑스 사람은 모두 바캉스를 갔나 보네?"

"아, 그런가요?"

"그건 나도 모르지."

아저씨가 환하게 웃는다.

시시나 아저씨는 항상 입가에 미소를 머금고 있다. 무엇이 아저씨를 즐겁게 만드는 것일까?

"벽아, 여기서 구로로 바로 가는 버스가 있니?"

"버스요? 그냥 지하철 타면 금방이에요."

"지하철 말고 버스는 몇 번 타는지 모르니?"

"네, 지하철을 타세요. 몇 정거장 안 돼요."

"응, 그런데 내가 지하철을 별로 좋아하지 않아서……."

아저씨 입가에서 미소가 사라졌다.

"왜요?"

"내가 지하철을 타면 내 주변에 있던 사람들이 자리를 피해. 그게
좀 그래."

아저씨 얼굴이 어둡다.

"미안해요, 아저씨."

나도 모르게 아저씨에게 사과했다.

"네가 뭘? 괜찮아."

아저씨 입가에 다시 미소가 번졌다.

"잠시만 기다리세요. 엄마에게 구로로 가는 버스 번호를 물어보
고 올게요."

"아냐, 아냐. 괜찮아. 그냥 지하철 타고 갈게." 아저씨가 나를 말
렸다. "다음에 또 보자."

아저씨는 서둘러 골목을 빠져나갔다. 나는 기분이 좋지 않았다.
며칠 전 화장실에서 동완이 욕을 하던 못된 녀석들이 떠올랐다. 그

리고 시시나 아저씨 얼굴에 잠시 드리워졌던 어두운 그림자가 내 마음에 남았다.

8월 22일 월요일

종구랑 혜선이는 날도 더운데 항상 손을 잡고 다닌다. 얘들은 덥지도 않나 보다. 부러우면 지는 거라고 동완이가 말했다. 부럽긴 내가 왜 부러워! 희정이에게 이번 주말에 도봉산은 너무 머니까 남산에라도 가자고 할까?

8월 23일 화요일

희정이가 수학 영재반 수업이 끝나고 여자애들과 다투었다고 한다. 몇몇 여자애들이 몽골 출신이 어떻게 반장이 될 수 있냐고 했단다. 희정이가 너무 어처구니없어서 그게 무슨 상관이냐고 따졌더니, 동완이는 공부도 잘하고 인기도 있지만 반장이 되기에는 좀 그렇다는 것이다. 희정이가 그게 무슨 말이냐고 다시 따지자, 몽고간장이 반장이 되는 것은 있을 수 없다고 했단다.

큰일이다. 동완이에게 괜히 반장 선거에 나오라고 한 것 같다.

8월 24일 수요일

철욱이가 우리 반 2학기 반장이 되었다. 동완이는 고작 여섯 표밖에 받지 못했다. 그러니까 우리 5인방 외에 단 한 명의 아이만 동완이에게 표를 준 것이다. 동완이 얼굴이 어둡다. 종구는 동완이에게 미안하다고 사과까지 했다. 하지만 동완이는 그건 너희들 잘못이 아니라고 했다. 그리고 너무 신경 쓰지 말라며 오히려 우리를 위로했다. 나는 동완이에게 무슨 말을 해야 할지 모르겠다. 아무런 길이 안 보인다. 어떡하지?

8월 25일 목요일

철욱이가 학급 회의를 진행했는데 참 잘한다. 공부도 별로고 내성적인 애라서 이제까지 잘 몰랐는데 왠지 달리 보인다. 물론 동완이가 반장이 되었어도 잘했을 것이다.

오늘 이런 생각을 했다. 만약 동완이가 커서 법관이 되면 어떨까? 그는 공명정대한 법관이 되려고 할 것이다. 그런데 혹시 주위 사람들은 동완이에게 몽골인의 피가 흐른다고 차별을 하지 않을까? 오히려 동완이가 이삿짐을 나르거나 공장에서 기계를 만지거나 평범한 회사원이라면 차별을 덜 받을지 모르겠다. 동완이가 자신의 능력을 펼칠수록 더 큰 차별을 받을 것만 같다.

왜 우리 반 아이들은 동완이를 인정하지 않았을까? 얼마 전까지 동완이에게 어려운 수학 문제를 풀어 달라고 부탁하고, 함께 농구하자고 조르던 아이들이 왜 변했을까? 철욱이가 착하고 좋은 건 알겠지만 그렇다고 동완이를 싫어할 이유는 없지 않은가? 만약 동완이가 반장 선거에 나오지 않았다면 아이들이 동완이를 이렇게 대하지 않았을지 모른다. 아무도 드러내 놓고 말하지 않지만 동완이를 대하는 게 예전 같지 않다. 나는 느낄 수 있다.

시시나 아저씨는 한국에서 얼마나 힘들까?

8월 26일 금요일

학교 수업이 끝나고 농구 시합이 있었다. 4반에서 지난번 시합에 대한 설욕전을 요청해 왔기 때문이다. 동완이는 뛰지 않았다. 아이들이 동완이에게 함께 뛰자고 말하지 않았고, 동완이도 그럴 맘이 없는 것처럼 보였다. 당연히 우리 반이 졌다.

8월 27일 토요일

아빠가 파리에서 전화를 했다. 아빠는 여전히 파리의 이상한 곳들을 찾아서 헤매고 있는 것 같다. 지난 일요일에는 파리의 경마장에 다녀왔다고 한다. 갑자기 말 달리는 것이 보고 싶었다나. 서울에서는 이제까지 경마장에 한 번도 간 적이 없었다. 아빠가 이상하다. 경마 도박으로 여행 경비를 모두 탕진한 것은 아니어야 할 텐데…….

밤에 자려는데 자꾸 동완이 생각이 나서 결국 동완이에게 전화를 걸었다.

"동완아, 내일 강변으로 자전거 타러 나갈까?"

"기운이 없어."

"그럼, 영화 보러 가자."

"극장은 붐벼서 싫은데."

"피자랑 햄버거는 어때?"

"난 괜찮아. 미안한데 혼자 가기 싫으면 나 말고 희정이랑 가."

도저히 안 되겠다. 적색경보다. 동완이에게 여자 친구라도 하나 만들어 주어야겠다.

8월 28일 일요일

엄마랑 단둘이 아침 식사를 하니 왠지 모르게 허전하다. 엄마는 아빠가 보고 싶지도 않은가 보다. 내가 엄마에게 아빠는 언제쯤 돌아오냐고 물었더니 엄마는 이렇게 대답했다.

"낸들 아니?"

혹시 엄마와 아빠의 결혼 생활에 문제가 있는 것은 아니겠지?

8월 29일 월요일

아침부터 재수가 없다. 철진이 녀석이 동완이를 몽고간장이라고 불러서 내가 혼내 주었다. 이번 주에는 동완이와 철진이가 주번인데 철진이 녀석이 동완이에게 "오늘은 몽고간장이 칠판을 닦아라. 내일은 내가 닦을게." 하고 말하는 게 아닌가. 나는 그 말을 듣자마자 철진이 녀석을 벽에 몰아세우고 한 번만 더 그렇게 부르면 두들겨 패 주겠다고 했다. 철진이 녀석은 겁을 집어먹고 내 눈을 피했다.

뭔가 잘못되었다. 걱정이다.

8월 30일 화요일

철진이 엄마가 학교에 찾아왔다. 담임선생님이 나를 교무실로 불러서 철진이에게 사과하라고 했다. 나는 사과를 할 수 없다고 버텼다. 오히려 사과는 철진이가 동완이에게 하는 게 맞다고 했다. 철진이 엄마가 "뭐 이런 녀석이 다 있어?" 하고 소리를 치자, 내가 "여기 있어요." 하고 대답했다. 교무실에 있던 선생님들이 놀라서 나를 쳐다보았다.

내가 철진이 녀석이 먼저 동완이를 몽고간장이라고 놀렸다는 이야기를 하자, 담임선생님은 그래도 친구를 때린 것은 잘못이라고 했다. 그래서 나는 철진이를 때리지 않았다고 했다. 하지만 철진이가 자꾸 거짓말을 하면 다음번에는 진짜 때려 주겠다고 했다. 그러자 철진이 엄마가 고래고래 소리를 지르며 나를 때리려고 했다. 정말 김수영 선생님이 나서지 않았다면 무슨 일이 일어났을지 모른다.

앞으로 김수영 선생님을 절대로 빠가사리라고 부르지 않겠다.

8월 31일 수요일

희정이는 나에게 철진이를 때리지 않은 것은 잘한 일이라고 했다. 내가 철진이를 때렸으면 사태가 더 악화되었을 것이라고 한다.

사실 철진이 엄마 때문에 우리 반 분위기는 급반전되었다. 철진이는 거짓말쟁이에 못난 놈이고 철진이 엄마는 쓸데없이 참견한 거라며 애들이 쑥덕거린다. 희정이 말에 따르면 우리 반 아이들이 친구를 위해서 끝까지 소신을 굽히지 않은 나를 칭찬한다고 했다.

우리가 빠가사리라고 놀리던 김수영 선생님이 나선 덕분에 철진이 엄마의 광란은 잠잠해졌고, 결국 철진이는 동완이에게 사과를 해야 했다. 우리 반에서는 이제 아무도 동완이를 몽고간장이라고 부르지 않는다.

하지만 나는 여전히 불안하다. 나랑 생각이 다른 사람들과 함께 살아간다는 것이 두렵다. 만약 철진이가 내 눈을 피하지 않고 주먹다짐을 했더라면 어떤 일이 일어났을까? 생각만 해도 무섭다. 우리 반 전체를, 아니 우리 학교 학생 전체를 적으로 두고 생활했을지 모른다.

갑자기 어른이 된 것 같다. 그런데 이 어둡고 우울한 기분은 뭘까? 동완이는 지금 무슨 생각을 하고 있을까? 동완이 엄마는 동완이에게 무슨 이야기를 해 주었을까? 그리고 동완이 아빠는 어떤 심정일까?

오늘 밤 아빠가 보고 싶다. 아빠는 지금 파리에서 밀라노로 가는 열차에 있겠지…….

9월

스웨터

9월 1일 목요일

9월은 뜻 깊은 달이다. 희정이 생일이 있는 달이기 때문이다. 지난 8월 22일은 희정이랑 사귄 지 딱 100일째 되는 날이었는데, 반장 선거 때문에 경황이 없어서 그만 놓치고 말았다. 다행히 희정이도 백일 기념 따위에는 별 관심이 없는 것 같다. 나는 이렇게 대범한 여자가 좋더라.

아무튼 이번 희정이 생일 때 만회해야겠다. 그런데 뭘 선물하지?

9월 2일 금요일

집에 가는 길에 희정이가 심각하게 자기를 좋아하냐고 물었다. 나는 물론 그렇다고 대답했다. 사실은 사랑한다고 말하고 싶었지만 희정이가 너무 부담스러워할까 봐 좋아한다고만 말했다. 그런데 희정이가 잠시 망설이더니 이렇게 말하는 게 아닌가!

"그럼, 왜 백일 기념은 그냥 넘겨 버렸어?"

비상!

비상!

비상!

9월 3일 토요일

가슴이 너무 아프다. 젖꼭지 부근에 뭔가 몽글몽글한 것이 잡히는 것 같다. 암 덩어리인가? 중국의 오자서는 하룻밤에 머리가 하얗게 세었다고 하던데, 나는 하룻밤에 몸속에 커다란 암 덩어리가 생긴 것 같다. 이렇게 죽는 건가? 미안해, 희정아! 그 염병할 반장 선거 때문에 우리의 소중한 백일 기념을 그만 잊고 말았어.

수업을 마치고 정수 이모가 점심으로 콩국수를 해 주었다. 내가 잘 먹지 않고 젓가락으로 깨작거리기만 하자 이모부가 왜 그러냐고 물었다. 나는 아무것도 아니라고 했다. 그런데 이모부는 누가 교열 기자 아니랄까 봐 집요하게 다시 물었다. 나는 결국 어젯밤부터 가슴이 아프다고 했다. 희정이가 야속하게 킥킥거리며 웃었다. 나는 밤새 암 덩어리를 몸속에서 키웠는데…….

이모부가 내 가슴을 한번 만져 보더니 "가슴이 크려고 그러네. 사춘기 때 남자들은 다 그래. 걱정 마." 하고 말하는 게 아닌가! 내가 "정말이요? 이거 암 덩어리 아니에요?" 하고 물었다. 이모부가 껄껄대며 웃었다. 정수 이모마저 입안에 들어 있던 국수를 튀기며 웃어 댔다. 희정이 눈에는 눈물까지 고였다. 모두 너무 웃어서 안면 마비가 온 것 같았다.

이모 집에서 나와 희정이를 바래다주는데 희정이가 살며시 내 손을 잡았다.

이번 희정이 생일에는 하늘의 별이라도 따다가 바쳐야겠다.

9월 4일 일요일

아빠는 지금 로마에 있다. 설마 로마의 일곱 언덕을 모두 오르고 있는 건 아니겠지? 아빠가 추석 전에 돌아오면 좋겠다.

아빠 서가에 《이중나선》이라는 책을 꺼내 왔다. 처음에 제목만 보고는 볼트나 너트를 만드는 기계공 이야기인 줄 알았다. 나선을 나사라고 잘못 읽었기 때문이다. 요즘 책을 너무 멀리해서 혹시 난독증이 생긴 걸까?

《이중나선》은 정말 재미있는 책이다. 사실 좀 부끄러운 이야기지만 나는 이런 뒷담화가 재밌더라. 그런데 DNA의 열쇠를 푼 장본인이 이렇게 어수룩한 사람들이었다니 놀랍다. 과학자도 별게 아닌가 보다.

9월 5일 월요일

개학한 지 얼마나 됐다고 벌써 중간고사란다. 오늘 중간고사 시간표가 발표되었다.

9월 21일 수요일 : 국어, 사회
9월 22일 목요일 : 영어, 과학
9월 23일 금요일 : 수학

지난 학기에는 과학 점수가 엉망이었다. 오늘부터 매일 한 시간씩 과학 공부를 하기로 마음먹었다. 왓슨과 크릭도 했는데 나라고 못할 게 무언가!

9월 6일 화요일

과학을 우습게 보다가 큰코다칠 것 같다.

9월 7일 수요일

희정이 집에서 함께 과학 공부를 했다. 희정이 덕에 과학의 기역 자 정도는 알게 되었다.

9월 8일 목요일

아침저녁으로 선선하다. 더위도 한풀 꺾였다. 이제 곧 희정이 생일인데 용돈 나올 구석이 없다. 돈이 많이 필요하지 않은 근사한 선물이 없을까?

9월 9일 금요일

내일부터 추석 연휴인데 아빠는 아직 로마에 있다. 아빠는 어제 아피아 가도라는 곳에 갔다. 모든 길은 로마로 통한다는 그 길 중에 하나라고 한다. 사진을 보니 아빠는 까맣게 탔다. 건강해 보였다. 그리고 행복해 보였다. 아빠가 행복하니 나도 좋다.

아빠는 무엇을 찾고 있을까? 아빠는 무엇을 보고 있을까? 궁금하다.

아빠 서가에서 제목이 마음에 드는 책 두 권을 가져왔다. 잠시 펼쳐 보고 무서워서 다시 제 위치에 꽂아 두었다. 한 권은 《장정일의 독서 일기》이고 다른 한 권은 《행복한 책읽기》이다. 뭐 하는 분들 이기에 책을 매일 한 권씩 꼬박꼬박 읽고 독후감까지 쓰시나?

아마도 무슨 큰 죄를 지어 이렇게 가혹한 형벌을 받았나 보다. 아무래도 이 책들을 멀리해야겠다.

9월 10일 토요일

새벽에 잠이 오지 않아서 무서운 책 두 권을 다시 꺼내 읽었다. 책의 내용이 어려워서 무슨 말인지 잘 모르겠다. 하지만 아래 두 구절은 나도 알 것 같다. 내 일기의 문학적 품격을 위해서 인용해 둔다.

작년에 가장 열심히 했던 것은 재즈 CD를 사 모으는 것이었다. 1여 년 간 250장 넘는 원판을 샀으니 서점에 갈 여유가 줄어들었다. 그래도 마음은 얼마나 기쁜가? 나는 평생 다 읽지도 못할 책을 사 모으고 그거나 읽으며 살게 될까 두려웠다. 그런데 이제 더 무서운 귀신이 나타났으니 책 따위는 저리 가라지. 부지런히 1000장을 모아 재즈 카페를 차리자!
– 《장정일의 독서 일기》, 장정일, 1994. 1. 1.

자기가 쓴 글들을 읽을 때마다, 문장과 문장 사이의 거리가 매우 멀다는 느낌을 받곤 한다. 문장들 사이의 침묵이 점점 더 무서워진다.

- 《행복한 책읽기》, 김현, 1986. 6. 16.

요즘 카페를 하면 다 망한다고 하던데 장정일 아저씨에게 어떻게 알려 드리지?

문장들 사이의 침묵이 무서우면 접속사를 사용하세요. 김현 아저씨가 아직 살아 있으면 알려 드릴 텐데…….

남의 일기를 내 일기에 옮겨 적으면서 소리 내어 읽어 보니 느낌이 좋다.

9월 11일 일요일

내일이 추석이라서 할아버지 댁에 가서 이런저런 심부름을 하느라 하루 종일 바빴다. 엄마도 추석 음식을 장만하느라 할머니랑 분주했다. 지금 엄마는 피곤하다며 누워 있다. 내가 어깨를 주물러 드리겠다고 하니 괜찮다고 한다. 엄마는 강철 체력이다. 엄살도 부리지 않는다. 회사 일에 집안일까지 엄마도 참 힘들겠다.

9월 12일 월요일 (추석)

추석에는 왜 세뱃돈이 없을까? 추석에도 세배를 하는 전통이 있으면 좋겠다. 우리 집 긴축재정의 여파로 내 연애 생활이 큰 난관에 봉착했다.

할아버지가 아침저녁으로 날씨가 선선하니 제주도에서 사 온 스웨터를 입고 다니라고 하신다. 아직 좀 더운데……

할머니 말씀에 따르면 할아버지는 댄스 스쿨에서 숨겨진 재능을 발견했다고 한다. 할머니들 사이에서 인기가 짱이라나. 늘그막의 춤바람이 무섭다고 하던데……. 걱정이다.

할아버지가 백구두 한 켤레를 장만하셨다!

9월 13일 화요일

이번 추석은 왜 이렇게 밋밋한지 모르겠다. 그건 아마 중간고사 때문인 것 같다. 아니, 아빠가 없어서 그런지도 모르겠다.

시험공부를 하느라 오전 내내 책상에 앉아 있었더니 엉덩이가 얼얼하다. 나는 침대에 기대어 오르세 미술관에서 사 온 엽서들을 보았다. 고흐의 〈낮잠〉이 가장 좋다. 이 엽서를 볼 때마다 마음이 풀린다. 희정이도 이 그림을 가장 좋아했다. 우리는 오르세 미술관에서 이 그림을 아주 오랫동안 보았다.

"많이 피곤한가 봐요?"

내가 그림 속 아저씨에게 물었다.

"쉬쉬." 아저씨가 모자를 치우며 나를 쳐다보더니 조용히 하라며 손가락을 입술에 갖다 댄다. "내 아내가 자잖아."

"쉬는데 죄송해요."

"그래, 오늘은 낮잠을 자기에 햇살이 적당하군." 아저씨는 자리에서 일어나 건초 더미에 등을 기대앉으며 소곤소곤 말했다. "그런데 희정이에게 줄 선물은 정했니?"

"아뇨, 아직요."

"이제 며칠 안 남았잖아. 어떡하려고?"

"그러게요, 용돈도 얼마 없는 데다 희정이가 뭘 좋아하는지도 잘
모르고요."

"아냐, 희정이랑 오르세 미술관까지 함께 갔잖아. 희정이가 뭘 좋
아하는지 잘 생각해 봐."

"으음……. 희정이는 책과 음악과 그림을 좋아해요. 학교 공부도
잘하는데 그걸 좋아하는 것 같지는 않아요."

"또?"

아저씨가 소곤소곤 내게 묻는다.

"또 뭐요?"

"널 좋아하잖아."

"네, 그런 것 같아요."

내가 배시시 웃는다.

"희정이에게 비싼 물건을 선물하려 들지 말고 네 마음을 표현해
봐."

"그게 뭔데요?"

"그건 네가 고민해야지." 아저씨가 누워 있는 부인을 한번 쳐다
본다. "여자는 말이야, 보석을 좋아하기도 하지만 남자의 마음을
더 좋아해. 만약 보석에 더 기쁨을 느끼는 여자라면 헤어지는 게

좋아."

"며칠 전에 책 읽는 걸 보니 목소리가 좋던데."

아주머니는 우리 대화 때문에 잠에서 깼는지 하품을 하며 말했다.

"죄송해요. 쉬는데 제가 방해했죠?"

"그럼, 방해했지. 하지만 괜찮아. 이제 그만 일어나야지." 아주머니가 말했다. "그래 책을 읽어 줘. 네가 좋아하는 책을 한 권 선물하고 그걸 읽어 줘."

"무슨 책이요?"

"그건 네가 고민해야지."

아주머니가 손가락으로 머리를 가리킨다.

"셜록 홈즈 어때요?"

"차라리 이솝 우화를 읽어 줘라. 이솝 우화!"

아저씨가 고개를 절레절레 흔들며 웃는다. 갑자기 바람이 분다. 아저씨의 모자가 바람에 날려 하늘에 붕 뜬다. 아저씨와 아주머니가 춤추는 모자를 찾아 이리저리 뛰어다닌다. 나는 웃음이 절로 난다.

"희정이 전화 받아라."

엄마가 나를 흔들어 깨운다.

"으응?"

"희정이 전화야."

엄마가 내게 전화기를 건넨다.

희정이는 9월 24일에 정수 이모 집에서 공부가 끝나면 함께 점심도 먹고 영화도 보며 놀자고 한다. 물론이지. 그날은 희정이 네 생일인데.

9월 14일 수요일

할머니가 댄스 스쿨에 그만 다닌다며 성화다. 할머니는 할아버지와 크게 다투셨다. 그놈의 백구두 때문이라고 한다. 어제 할아버지가 백구두를 신고 댄스 스쿨에 가셨는데 할머니들이 할아버지를 놓아주지 않았다나? 할아버지도 그걸 은근히 즐기자 할머니의 심사가 완전히 뒤틀린 것 같다. 할머니는 요즘 댄스 스쿨에 가도 할아버지랑 춤을 출 기회가 오지 않는다고 했다. 할아버지는 댄스 스쿨에 가려고 몸치장만 30분도 넘게 한단다. 그런데 이게 왜 문제인지 모르겠다. 나이를 먹어도 깨끗하게 하고 다니면 좋지 않은가? 그리고 밋밋한 검정 구두보다야 백구두가 훨씬 멋지지 않은가?

"할아버지가 멋있고 잘생기고 춤을 잘 추는 것은 할아버지 잘못이 아니잖아요. 댄스 스쿨에 가자고 먼저 말한 사람도 할머니고요."

내가 말하자, 엄마는 이렇게 대답했다.

"넌 어려서 아직 몰라."

어려서 모르긴요, 나도 알 건 다 알아요. 나이가 많다고 아는 것이 많은 것도 아닌데, 왜 어른들은 나이로만 따지는지 모르겠다.

할머니는 지금 우리 집에 와 계신다. 중간고사가 다음 주인데 만약 성적이 떨어지면 이건 전적으로 할아버지와 할머니 책임이라고 해 두고 싶다!

9월 15일 목요일

할아버지가 백기 투항하셨다. 그 망할 백구두는 내다 버리기로 했단다. 할아버지의 백기 투항은 사실 이미 예견된 것이었다. 할아버지는 할머니 없이 혼자서 지내면 며칠 만에 굶어 죽거나 더러워서 죽을 것이다. 할아버지는 할머니가 해 주신 밥이 아니면 거의 안 먹는다. 할아버지가 외식을 하는 것을 나는 한 번도 본 적이 없다. 아빠에 따르면 할아버지는 현역에 있을 때도 항상 도시락을 싸 가지고 다녔다고 한다. 그리고 할아버지는 하루에 속옷만 두세 번 갈아입는다. 이건 할머니에게 직접 들었기 때문에 신빙성이 더 높다. 할머니가 집으로 돌아오지 않으면 할아버지의 위생 상태에는 적색경보가 켜질 것이고, 할아버지는 비참하게 죽어갈지 모른다. 그러므로 할아버지는 백구두가 아니라 유리 구두라도 내다 버릴 수밖에 없다.

아무래도 내 결벽증은 유전 때문인 것 같다. 나는 제임스 왓슨의 《이중나선》을 읽었기 때문에 이건 확실하다고 말할 수 있다.

9월 16일 금요일

할아버지와 할머니는 탁구장에 등록하셨다. 핑퐁은 사랑을 싣고…….

댄스 스쿨의 할머니들만 가련하게 되었구나.

9월 17일 토요일

정수 이모가 내준 수학 문제에서 딱 하나밖에 안 틀렸다. 이모도 놀라고 희정이도 놀랐다. 나는 더 놀랐다! 이모는 "우리 벽이가 나를 닮아서 수학에 소질이 있네." 하고 말했다. 이모의 이 말은 유전학적으로 매우 타당하다. 나는 제임스 왓슨의 《이중나선》을 읽었기 때문에 확실히 알고 있다.

"다행이네, 네 엄마를 닮았으면 수학은 하나도 못했을 텐데."

이모부가 끼어들었다.

"네? 우리 엄마는 수학을 못했어요?"

"응, 네 엄마는 수포생이었어. 수학 포기 학생 말이야."

이모가 웃으며 말했다.

유전학이라는 것은 상당히 불투명한 학문임에 틀림없다.

9월 18일 일요일

가을비가 추적추적 내린다.

이 비가 그치면 날씨가 쌀쌀해지겠지.

할아버지와 할머니가 사 주신 스웨터를 꺼내 입어야겠다.

이제 거리에는 낙엽이 뒹굴겠지.

그러면 나의 마음 한구석도 허전할 것이다.

무더운 여름이 멀어지니 스산한 가을비만이

도로를 적시고, 대기를 적시고, 내 마음을 적신다.

9월 19일 월요일

염병할 가을비! 그만 좀 내려라!

9월 20일 화요일

수학과 과학 공부에 열중하느라 국어와 사회를 너무 소홀히 했다. 나름대로 고급 한국어를 구사하니 국어 점수는 어떻게든 되겠지. 사회야 수업 태도가 좋았으니 평균은 할 테고.

마음은 이렇게 먹었어도 좀 불안하다.

9월 21일 수요일

아침 기온이 12도까지 팍! 떨어졌다. 성적도 이렇게 팍! 떨어질 것 같다. 큰일이다.

시험 첫째 날.

국어 – 왜 점수가 안 나오는지 모르겠다. 한국말을 이렇게 유창하게 구사하는데 말이다.

사회 – 김수영 선생님에 대한 존경의 마음으로 학급 평균치는 넘긴 것 같다.

9월 22일 목요일

시험 둘째 날.

영어 – 제이미 아저씨랑 하는 영어 공부와 학교 시험은 아무런 상관이 없다는 것을 드디어 내가 증명해 냈다.

과학 – 만족할 만한 점수는 아니지만 그래도 성적이 조금 올랐다.

9월 23일 금요일

시험 셋째 날.

수학 – 이 무슨 해괴한 변고인고. 누군가 내게 가장 쉬운 과목이 무엇이냐고 물으면 나는 이제부터 수학이라고 대답해야 한다. 나중에 작가가 되어 누군가 나에게 '학창 시절에 국어를 가장 잘하고 좋아하셨죠?' 하고 물으면 나는 '아니요, 나는 가장 싫어하는 수학을 잘했어요.' 하고 대답해야 한다. 비극이다.

하지만 시험은 끝났다. 점수는 일단 대범하게 내버려 두자.

드디어 내일은 희정이 생일이다. 최선을 다하자!

9월 24일 토요일

우울하다. 희정이가 감기에 걸렸다. 희정이는 오늘 수학 공부와 영어 공부도 빠졌다. 나는 정수 이모 집에서 수업을 마치자마자 희정이에게 전화를 걸었다. 나는 정말로 처음에는 희정이 목소리를 알아들을 수 없었다. 희정이는 목이 많이 쉬어서 허스키한 남자 목소리로 말했다. 그런데 이상하게도 이 목소리가 참 매력적으로 들렸다.

희정이는 아무래도 오늘은 볼 수 없다고 한다. 나까지 독감에 걸리게 할 수는 없단다. 난 괜찮은데. 나는 전화로 생일을 축하해 주었다.

9월 25일 일요일

아침에 일어나자마자 희정이에게 전화를 걸었다. 다행히 희정이는 열도 많이 떨어지고 목의 통증도 조금 가셨다고 한다. 나는 아침밥을 대충 먹고 희정이에게 빛의 속도로 달려갔다. 날씨가 조금 쌀쌀하여 할아버지와 할머니가 사 주신 까만 스웨터를 입고 갔다.

희정이는 현관문을 열어 주며 감기가 옮으면 어쩌려고 여길 왔느냐고 한다. 하지만 희정이는 반가워하는 눈치다. 나는 알 수 있다.

희정이 엄마는 내 까만 스웨터를 보더니 정말 새까맣다고 했다.

희정이는 내 팔을 한번 쓸어 보더니 감촉이 보들보들한 게 참 좋다고 한다. 그리고 희정이는 방에 들어가 하얀 스웨터를 입고 나왔다. 파리에서 희정이 아빠가 여행 기념으로 사 준 그 새하얀 스웨터였다.

우리는 거실 소파에 앉아서 희정이 엄마가 타 준 따뜻한 코코아를 마셨다. 희정이 아빠가 방에서 나와 우리를 보더니 고양이 두 마리 같다고 한다. 나는 이 말이 좋았다. 고양이 두 마리. 얼마나 포근한가. 검은 고양이와 흰 고양이. 아늑한 기분이 들었다. 물론 희정이 아빠가 텔레비전을 켜고 퀴즈 프로그램을 보면서 연달아 틀린 답을 말하기 직전까지는 말이다. 희정이 엄마가 우리더러 방에 들어가서 놀라고 한다. 아마도 희정이 엄마는 남편이 단 한 문제도 맞히지 못하여 가장의 권위가 실추되는 것을 미연에 방지하고 싶었는지 모르겠다. 사실 나는 그런 모습에 꽤 익숙해서 괜찮은데.

나는 희정이 방에서 생일 선물로 가져간 책을 주었다. 파트리크 쥐스킨트의 《좀머 씨 이야기》였다. 아름다운 이야기와 산뜻한 수채화 그림이 책 속에 담겨 있다. 나와 희정이는 벽에 기대어 앉았다. 그리고 나는 첫 페이지부터 책을 작은 소리로 읽기 시작했다.

"오래전, 수년, 수십 년 전의 아주 오랜 옛날, 아직 나무 타기를 좋아하던 시절에 내 키는 겨우 1미터를 빠듯이 넘겼고, 내 신발은 28호였으며, 나는 훨훨 날아다닐 수 있을 만큼 몸이 가벼웠다. 정말 거짓말이 아니었다. 나는 그 무렵 정말로 날 수 있었다. 적어도 거의 그렇게까지 할 수 있을 것처럼 보였다. 아니 좀더 솔직하게 말하자면, 그 당시 내가 진짜로 그런 각오를 하고 제대로 실행에만 옮겼었더라면 실제로 몸을 날릴 수 있는 능력이 내게 있었던 것처럼 생각되었다……."

내가 작은 소리로 책을 읽어 나가자 희정이가 눈을 감는다. 나는 책에서 눈을 떼지 않고 있지만 그것을 알 수 있다. 희정이가 무릎을 세우고 머리를 내 어깨에 기댄다. 나는 계속하여 책을 읽는다. 희정이가 웃는다. 나는 여전히 책에서 눈을 떼지 않고 있지만 희정이가 웃는 것을 느낄 수 있다.

좀머 씨가 우박을 맞으며 걷는 장면을 읽고 있을 때, 희정이가 자기 스웨터의 하얀 털실이 내 까만 스웨터에 묻었다고 한다. 그리고 내 까만 스웨터에 묻은 하얀 털실을 하나씩 골라낸다. 희정이가 하얀 털실을 모두 골라내자 나는 다시 책을 읽는다.

희정이가 기댄다. 그러자 하얀 털실이 다시 까만 스웨터에 붙는다. 희정이가 웃는다. 그리고 내 까만 스웨터에 묻은 하얀 털실을 다시 골라낸다. 우리 때문에 좀머 씨는 아직도 우박을 맞고 서 있다.

희정이가 내 스웨터에 묻은 하얀 털실을 모두 골라내자 나는 차분히 책을 읽는다. 희정이가 살며시 내게 팔짱을 낀다. 내 까만 왼팔에 희정이의 하얀 털실이 달라붙는다. 나는 웃는다. 희정이도 웃는다.

나는 나지막이 책을 읽는다.

9월 26일 월요일

독감에 걸렸다. 한 줄도 못 쓰겠다. 희정이랑, 동완이랑, 종구랑, 혜선이가 문병을 오겠다는 것을 말렸다. 나는 죽음의 전도사가 되고 싶지 않다.

오한이 나고 목이 아파서 정말 죽을 것 같다.

9월 27일 화요일

이틀째 결석이다.

내가 왜 독감에 걸렸는지 알 수가 없다.

엄마에게 내가 죽으면 까만 스웨터를 입힌 채 묻어 달라고 해야 겠다.

9월 28일 수요일

프랑스에서 편지가 왔다. 엄마가 그러는데 파리 오텔-디외 병원에서 보낸 것이라고 한다. 지난번 응급실에서 치료받은 진료비를 청구한 것이다. 그럼 그렇지, 이 사람들이 공짜로 치료해 줄 리가 있나! 주사 한 방과 겨우 세 바늘 꿰매고 83.46유로나 청구했다. 누구를 봉으로 아나 보다.

그런데 8월 11일에 보낸 우편물이 왜 이제야 도착했는지 모르겠다. 엄마가 우편 봉투를 보더니 우리 집 주소가 이상하다고 한다.

주소를 자세히 보니 국가명이 'RépDémPopCorée'라고 되어 있다. 엄마가 깔깔 웃으며 나보고 파리에서 북한 사람 행세를 했냐고 한다. 으악! 국가정보원에서 나를 이적행위로 잡아갈지 모른다.

아무래도 국가정보원에 끌려가면 희정이 아빠에게 모두 뒤집어 씌워야겠다.

9월 29일 목요일

파리 오텔-디외 병원에서 청구한 진료비는 모두 여행자 보험에서 지불하기로 했다. 하지만 너무 괘씸하다. 나의 주소를 자기들 마음대로 북한으로 바꾸다니 말이다. 희정이 아빠는 그날 병원에서 우리 집 주소를 적을 때 분명히 'REPUBLIC OF KOREA'라고 썼단다. 그리고 'RépDémPopCorée' 단어 자체는 이제껏 본 적이 한 번도 없다고 했다. 정말 파리 오텔-디외 병원에 소송이라도 걸고 싶다.

이번 중간고사에서 동완이 성적이 많이 떨어졌다. 종구가 1등이고 희정이가 2등이다. 나도 성적이 올랐지만 아직 갈 길이 멀다. 희정이 정도의 실력이 되려면 더 열심히 공부해야 한다. 희정이를 위해서 이 정도도 못하겠는가?

동완이는 지난번 반장 선거에 대해서 마음을 쓰지 않는다고 했지만 내가 보기에는 그렇지 않은 것 같다. 마음속에 앙금이 남아 있는 것 같다. 당연하다. 나도 뒷맛이 개운치 않으니 말이다. 내가 요즘 희정이랑 사귀느라 동완이에게 너무 소홀히 했다. 미안하다, 친구야.

그래도 그나마 다행이라면 동완이가 요즘 우리 반 민아를 사귀고 있다는 것이다. 민아는 조용하고 얌전한 아이인데, 지난번 반장 선거 때 동완이에게 한 표를 던졌다고 한다. 공식적으로 사귀는 것은 아닌 것 같고, 아마 탐색전인 것 같다. 잘해 봐라!

내일모레 아빠가 드디어 돌아온다.

9월 30일 금요일

동완이 이 녀석, 알고 보니 완전히 대왕 호박씨다. 왜 이렇게 성적이 떨어졌나 했더니, 민아에게 수학이랑 영어랑 과학 공부를 가르쳐 주느라 자기 공부를 많이 못했다고 한다. 어쩐지 이번 중간고사 기간에는 나에게 함께 공부하자는 말을 한 번도 건넨 적이 없었다.

그리고 민아랑 사귄 게 반장 선거 이후가 아니라 이전이라고 한다. 그럼 여름방학 전부터 사귀고 있었다는 건데, 이거 안 되겠다. 호박씨도 이런 대왕 호박씨가 없다. 동완이 이 녀석, 여자 친구가 생기더니 나에게 이렇게 소홀하다니. 이런 푸대접이 없구나!

아니, 설마 여름방학 때 민아랑 함께 말 타러 몽골에 간 것은 아니겠지?

청문회를 열어야겠다!

10월

시시나 아저씨

10월 1일 토요일

아빠가 돌아왔다. 아빠는 얼굴이 까맣게 타고 수염도 덥수룩해졌다. 건강해 보인다. 아빠의 얼굴은 구김살 없는 소년 같다. 표정이 살아 있다. 예전에 회사를 다닐 때와는 전혀 다르다. 좋다, 아빠의 행복한 얼굴이.

내일 저녁에 우리 집 마당에서 아빠의 귀국 파티를 조촐하게 열기로 했다. 아빠는 개천절에 파티를 하자고 했는데, 엄마가 다음 날 출근하고 학교에 가야 하는데 개천절에 파티를 하면 어떡하느냐며 다른 사람들 생각 좀 하라고 했다. 아무래도 아빠는 평일과 휴일에 대한 개념을 잃어버린 것 같다.

아빠는 희정이네와 동완이네를 초대했다. 할아버지와 할머니도 오시기로 했다. 물론 정수 이모와 이모부도 온다. 아빠에게 시시나 아저씨도 초대하고 싶다고 했더니 좋다고 한다. 붕어빵 형은 연락처를 알면 초대할 텐데 아쉽다. 마당이 좁아서 큰일이다. 화단의 나무라도 모두 베어 내야 할 것 같다.

10월 2일 일요일

아침 일찍 일어나서 하늘부터 보았다. 다행히 쾌청하다.

이모가 내준 수학 숙제부터 마쳤다. 오늘과 내일 마음 편하게 놀기 위해서다. 내가 이렇게 변하다니 참 놀랍다. 나는 이걸 사랑의 힘이라고 해 두고 싶다.

아빠는 시차 때문인지 늦잠을 잤다. 엄마까지 함께 늦잠이다. 엄마랑 아빠는 밤새 뭘 하는지 시끄러워서 혼났다. 나는 2층 내 방에서 딥 퍼플의 음악을 들으며 희정이가 빌려준 《반 고흐, 영혼의 편지》를 읽었다. 이 책을 읽다 보니 희정이가 "인상파는 그림보다 화가가 더 좋아." 하고 말했던 의미를 어렴풋이 알 것 같다. 내 일기의 문학적 품격에 관계없이 나를 감동시킨 편지 한 편을 적어 둔다.

테오에게

화가의 의무는 자연에 몰두하고 온 힘을 다해서 자신의 감정을 작품 속에 쏟아붓는 것이다. 그래야 다른 사람도 이해할 수 있는 그림이 된다. 만일 팔기 위해 그림을 그린다면 그런 목적에 도달할 수 없다. 그건 예술을 사랑하는 사람들의 눈을 속이는 행위일 뿐이다. 진정한 예술가는 결코 그런 짓을 하지 않는다. 진지하게 작업을 해 나가면 언젠가는 사람들의 공감을 얻게 된다.

1882년 7월

왜 고흐가 살아생전 단 한 점의 그림도 팔지 못했는지 이제야 알 것 같다.

엄마, 아빠, 할아버지, 할머니, 정수 이모, 이모부, 희정이, 희정이 엄마, 희정이 아빠, 호박씨 동완이, 동완이 아빠, 동완이 엄마,

시시나 아저씨 그리고 나까지 이렇게 열네 명이 우리 집 마당에서 파티를 했다. 많이 비좁았지만 그렇다고 나무를 배어 낼 정도는 아니었다.

희정이는 하얀 스웨터를 입고 왔다. 물론 나도 까만 스웨터를 입었다. 정수 이모가 우리를 보더니 고양이 두 마리 같다고 했다. 왠지 기분이 좋다. 스웨터에 고기 냄새가 밸까 봐 고기 굽는 쪽으로는 가지 않았다. 호박씨 동완이는 시시나 아저씨랑 금방 친해졌다. 시시나 아저씨는 알고 보니 스리랑카에서 대학을 다니다가 가정 형편 때문에 그만두었다고 한다. 결혼해서 애도 한 명 있다고 했다. 우리에게 딸 사진을 보여 주었는데 정말 귀엽게 생긴 아이였다. 아저씨는 내년까지만 한국에서 돈을 벌면 스리랑카로 돌아가서 근사한 식당을 차릴 거라고 했다. 아저씨가 바라는 꿈이 꼭 이루어지면 좋겠다.

할아버지와 할머니도 다정하다. 원수 같은 백구두를 버리자 다시 평화가 찾아온 것 같았다. 엄마들은 모여서 언제나 그렇듯이 아이들 공부에 대한 이야기를 한다. 우리 엄마가 내 공부에 대하여 유일하게 한마디 거드는 시간이다. 이런 분위기에서는 항상 정수 이모가 대장이다. 물론 이런 분위기가 아니어도 정수 이모는 늘 대장이다. 아무래도 타잔 출신이기 때문인 것 같다. 아빠들은 모여서 플래시걸과 트루컬러스 이야기로 말싸움을 시작하여 결국 정치 이야기로 논쟁을 마무리했다. 오늘도 자정쯤 술 취한 아빠들을 엄마들이 한 명씩 챙겨 떠났다.

모두가 떠나니 허전하다. 내 왼팔에 희정이의 하얀 스웨터 털실이 묻어 있다. 나는 그것을 떼어내지 않고 그냥 그대로 두었다.

10월 3일 월요일 (개천절)

간밤에 이상한 꿈을 꾸었다. 나는 하얀 방에 있었다. 책상 위에는 상자가 있었다. 천장에서 물방울이 또옥, 또옥, 또옥 떨어지고 있었다. 방에서는 녹이 슨 쇠 냄새 같은 게 났다. 상자에 뭐가 들어 있는지 보려고 자리에서 일어나니 의자가 쓰러졌다. 의자를 보니 다리 하나가 부러져 있었다. 나는 부러진 의자 다리를 의자에 대고 하얀 붕대로 세 번 감았다. 그러고 나서 책상 위에 있는 상자를 들여다보았다. 거기에는 많은 봉투가 들어 있었다. 봉투에는 모두 이렇게 쓰여 있었다. RépDémPopCorée.

아빠가 내 꿈 이야기를 듣더니 "넌 정말 거의 매일 개꿈을 꾸는구나." 하고 말했다. 이번에도 개꿈이라서 다행이라고 생각하고 있는데, 아빠가 갑자기 이렇게 말을 툭 내던졌다. "다음에는 가계에 보탬이 되게 돼지꿈 좀 꾸렴."

그런데 다시 생각해 보니 아빠는 계속 놀고먹을 심산인가? 만약 내가 돼지꿈을 꾸게 되면 그 꿈은 엄마에게 팔아야겠다. 아무래도 아빠보다는 엄마가 더 안전할 것 같다.

10월 4일 화요일

연휴가 끝나고 모두 일상으로 돌아간다.

엄마는 회사로

나는 학교로

아빠는 집에 그대로.

10월 5일 수요일

아빠는 무슨 바람이 불었는지 지하실을 대청소하고 있다. 쓸데없는 잡동사니는 모두 버린다고 한다. 엄마가 그렇게 버리라고 할 때는 안 된다고 하더니 말이다. 아빠는 벽에 핀 곰팡이를 깨끗이 제거하고 물에 푼 세제로 벽을 닦아 냈다. 천장에 매달린 전구까지 새것으로 교체하고 나니 제법 그럴싸하다. 아빠는 낡은 탁자와 오래된 1인용 소파만 지하실에 남겨 두었다.

아빠는 창고에서 오래된 오디오를 가져왔다. 시디도 못 트는 고물이라서 안 쓴 지 꽤 된 오디오였다. 아빠가 스피커를 연결하고 주파수를 맞췄다. 지하실이라서 그런지 신호가 잘 안 잡혔다. 아빠가 안테나선을 지하실 창문 밖으로 빼자 겨우 신호가 잡혔다. FM 93.1 클래식 음악 방송이다. 피아노 선율이 잔잔하게 흐른다.

"어때?"

"검은 고양이가 나올 것 같아요."

"야옹."

아빠가 고양이 울음소리를 흉내 냈다.

"우리 집에는 마당도 있는데 왜 개를 안 길러요?"

"응, 그건 아빠가 개를 무서워해서 그래."

"네?"

나는 내 귀를 의심했다.

"아빠는 개를 무서워해. 어렸을 때 개에게 한 번 물린 후 세상의 모든 개가 무서워."

"작고 귀여운 강아지는요?"

"안 돼. 그것도 무서워."

할머니께서 가끔 나를 '내 강아지' 하고 부르는데 혹시 아빠가 나를 무서워하지는 않겠지?

10월 6일 목요일

종구가 아빠에게 혼났다고 한다. 어린놈이 무슨 여자 친구냐며 혜선이랑 사귀는 것을 반대한단다. 이 무슨 4차원 세계인가?

나는 종구에게 설정 모드를 비공개로 바꾸라고 충고해 주었다. 그랬더니 종구는 이미 비공개 모드였다고 한다. 이거참, 리셋할 수도 없고! 그러게 아무 데서나 손잡고 다닐 때부터 불안했다.

10월 7일 금요일

희정이는 생일 이후로 항상 내 손을 잡고 다닌다. 나는 요즘 날씨가 쌀쌀해서 희정이 손을 차마 뿌리칠 수 없다. 이런 건 신사의 매너에 속한다. 체면보다야 매너가 우선이지 않겠는가!

방과 후에 할아버지 댁에 갔는데 아파트 앞에서 붕어빵 형이 장사를 하고 있었다. 형은 지난 4개월 동안 게임 회사에서 계약직으로 근무했다고 한다. 원래는 3개월 계약이었는데 프로젝트가 늦어지는 바람에 한 달 더 일하게 되었단다. 이번 주부터 다시 붕어빵 장사를 시작했는데 날이 쌀쌀해 게임 회사에서 받는 월급보다 지금이 더 낫다고 한다.

형이 다시 붕어빵 장사를 시작한 걸 보니 형의 음악이 아직 뜨지 못했나 보다. 이건 불행이다.

10월 8일 토요일

제이미 아저씨가 나에게 영어가 많이 늘었다고 칭찬해 주었다. 아저씨는 요즘 그림을 그린다. 영어 수업이 없는 시간에 뭘 할까 고민하다가 그냥 노트에 집 안 물건들을 하나씩 그리기 시작했다고 한다. 아직 몇 장 그리지 않았지만 매일 꾸준히 그리고 있단다.

아저씨는 내게 펜과 색연필로 그린 그림을 보여 주었다. 아저씨가 노트를 한 장씩 넘기자 커피 그라인더, 만년필, 잉크병, 열쇠고리, 연필깎이, 라이터와 재떨이 등이 나타났다. 내가 정말 잘 그렸다고 하자 아저씨는 쑥스러운지 웃었다. 내가 라이터와 재떨이 그림을 보고 담배를 피우냐고 물었더니 교통사고 후 담배를 피우다가 지금은 끊었다고 했다. 내가 참 잘했다고 아저씨를 격려해 주었다.

우리 아빠도 확실하게 담배를 끊으면 좋겠다. 조만간 엄마의 검사가 있을 텐데 깔끔하게 통과했으면 좋겠다. 우리 집안의 평화를 위해서 말이다. 그리고 아빠의 안식년 휴가를 위해서……

10월 9일 일요일 (한글날)

아빠가 개를 무서워한다는 말은 새빨간 거짓말이었다. 요즘 아빠 코가 조금씩 길어지고 있는지 자세히 들여다보아야겠다. 내가 할머니에게 전화하여 아빠가 어릴 적 개에게 물려서 개를 싫어하게 되었냐고 물었더니 할머니는 금시초문이란다.

내가 아빠에게 따지려고 거실로 내려왔더니 아빠는 그 특유의 코맹맹이 소리로 엄마에게 강아지를 한 마리 기르자고 조르고 있었다. 그러자 엄마는 개를 기르는 것은 단순한 흥밋거리가 아니라 큰 책임감이 따르는 일이라며 걱정스럽게 아빠를 바라보았다. 나는 아빠를 거들어 강아지가 있으면 도둑이 안 든다고 엄마를 설득했다. 그러자 엄마는 똥개는 먹이만 주면 순순히 길을 터 준다고 했다. 그럼 똥개 말고 진돗개를 기르자고 했다. 아빠는 순종 진돗개는 구하기 힘들다며 만약 입양을 하려면 진돗개 피가 섞인 잡종을 사는 게 낫다고 했다. 그러자 엄마는 그럼 개똥은 누가 치우냐고 물었다. 그러자 아빠는 당연히 벽이가 치울 것이라고 했다. 우리는 신사협정을 맺고 강아지 한 마리를 키우는 데 합의했다.

- 강아지를 키우기 위한 신사협정

1. 강아지는 마당에서 키운다. 큰비가 오거나 몹시 추울 때만 현관 입구에서 잘 수 있다. 거실이나 방으로 강아지를 데리고 들어오지 않는다.

2. 강아지 집은 벽이가 정기적으로 청소한다. 당연히 개똥은 벽이가 치운다. 벽이가 없을 때는 아빠가 개똥을 치운다.

3. 강아지에게 자주 목욕을 시킨다.

4. 강아지를 집 밖으로 데리고 나갈 때는 반드시 목에 줄을 건다.

5. 강아지로 사람을 절대 위협하지 않는다.

엄마랑 아빠 그리고 나는 강아지를 사기 위해서 애견 숍으로 갔다. 나는 가급적 똥을 많이 싸지 않을 것 같은 깔끔하게 생긴 개를 집중적으로 골랐다. 아빠는 개가 너무 크면 길들이기 힘드니 태어난 지 얼마 안 된 새끼를 사서 훈련을 시키자고 했다. 아빠는 마치 개 전문가같이 말했다.

우리는 여러 강아지 중에서 서로 마음이 통하는 녀석을 겨우 한 마리 찾아냈다. 머리가 동글동글한 게 진돗개의 피라고는 전혀 섞이지 않은 것 같았다. 순해 보이는 게 우리랑 잘 어울릴 수 있을 것 같았다. 하지만 아무리 봐도 전형적인 똥개였다. 물론 애견 숍 주인은 이 강아지가 이래 봬도 진돗개의 먼 친척뻘이라고 했다.

일단 우리는 애견 숍 주인의 말을 믿고 값을 치렀다. 이 조그만 녀석은 우리 차에 타자 안도의 한숨을 내쉬었다. 나는 기분이 좋았다. 우리는 벌써 서로 마음이 통하고 있는 것 같았다.

우리는 새 식구의 이름을 바둑이라고 지어 주었다. 엄마가 "아지는 어때?" 하자 아빠는 "성은 강씨요?" 하며 낄낄 웃었다. 아빠는 너무 정신없이 웃다가 하마터면 사고를 낼 뻔했다. 그때 엄마 눈에서는 광선이 뿜어져 나오고 있었다.

아빠의 웃는 모습을 보니 바둑이랑 조금 닮은 것 같다.

10월 10일 월요일

희정이랑 동완이가 바둑이를 보러 우리 집에 왔다. 바둑이가 귀여운 인형 같다며 희정이가 안아 준다. 아! 내가 바둑이였으면 얼마나 좋을까?

동완이도 집에서 강아지를 기르고 싶은데 아파트라서 안 된다며 아쉬워한다. 몽골에서도 집집마다 개를 키우는데 거기 개는 무척 사납다고 한다. 그래서 "개 묶었어요?" 하는 게 몽골식 인사라나.

나는 희정이랑 동완이에게 아빠의 작업실도 보여 주었다. 아빠는 작업실 벽을 푸른 바다색 페인트로 칠했다. 며칠 동안 환기를 해서 그런지 이제 페인트 냄새도 거의 나지 않는다. 동완이는 아빠의 작업실을 보더니 참 근사하다고 했다.

"그런데 여기서 어떤 작업을 하시는데?"

희정이가 호기심에 찬 눈으로 물었다.

226

"작업? 그건 나도 몰라."

"작업실이라며? 그런데 무슨 작업을 하는지 몰라?"

동완이가 의아해하며 물었다.

"응. 그리고 보니 무슨 작업실인지는 안 물어봤네."

희정이랑 동완이가 낄낄대며 웃고 있는데 아빠가 집으로 돌아왔다. 아빠는 상자를 하나 들고 있었다. 아빠는 조심스럽게 상자를 풀더니 낡은 기계를 꺼냈다.

"그건 뭐 하는 거예요?"

희정이가 궁금한지 먼저 물었다.

"응, 이거? 턴테이블이야. CD나 MP3로 음악을 듣기 전에는 이걸로 들었어. 잠깐만 기다려 봐."

아빠는 낡은 턴테이블을 고물 오디오에 연결했다. 그리고 2층 창고에서 박스 하나를 가져왔다. 엄마가 버리든지 아니면 내다 팔라고 하던 그 박스다. 하지만 아빠는 박스 안에 무슨 소중한 물건이라도 들어 있는 듯 항상 창고의 가장 좋은 위치에 모셔두었다. 한 번도 개봉한 적이 없는 박스였다. 이런 박스가 창고에는 다섯 개나 더 있다. 아빠가 박스를 열더니 거기서 커다란 그림책같이 생긴 것을 꺼냈다. 네모로 된 얇은 종이에 멋진 그림이 그려져 있었다.

"우와!"

우리가 소리쳤다.

"그게 뭐예요?"

동완이가 물었다.

"이건 LP판이야. 이 판을 턴테이블에 올리면 음악이 나와. 한번 들어 볼래?"

"네!"

우리 모두 말했다.

아빠는 턴테이블에 LP판을 올렸다. 하모니카로 연주하는 경쾌하고 시원한 음악이 흘러나왔다. 음악이 끝나자 희정이가 "어머, 비 오나 보다?" 하고 말했다. 동완이가 지하실 창밖을 내다보며 "이상하네? 비는 안 오는데." 하고 말하자, 아빠가 껄껄 하고 웃었다.

"이 곡의 제목이 〈비포 더 레인〉이야. 그래서 음악이 끝나고 비가 내리는 거야." 하며 LP판 표지를 우리에게 보여 주었다. 표지에는 영어로 'Lee Oskar, Before The Rain'이라고 쓰여 있었다.

우리는 아빠의 작업실에서 음악 몇 곡을 더 들었다. 산뜻한 느낌의 곡들이었다. 아빠는 우리들에게 LP판 트는 법도 알려 주었다. 아빠는 희정이랑 동완이에게 작업실에 자주 놀러 오라고 했다. 행복한 시간이었다.

그런데 아빠는 작업실에서 어떤 작업을 할까? 그걸 물어보지 않았네.

10월 11일 화요일

'똥개 훈련시키냐?' 이 말이 왜 생겼는지 이제야 알겠다.

10월 12일 수요일

'똥오줌도 못 가린다.' 이 말의 참뜻을 오늘에야 알았다.

10월 13일 목요일

똥오줌을 못 가리는 것만 빼면 우리 집 바둑이는 상당히 귀엽고 영리한 편이다. 아직 철이 없어서 그렇지 열심히 훈련만 시키면 진 돗개의 먼 친척뻘은 될 것 같다. 오늘 택배 아저씨가 초인종을 눌렀을 때 바둑이가 멍멍 하고 짖었다. 벌써 우리 집 식구와 다른 사람을 구분한다는 뜻이 아니겠는가?

10월 14일 금요일

저녁때 바둑이를 데리고 산책을 나갔다. 붕어빵 형이 바둑이를 보더니 '그로밋'을 닮았다고 한다. 설마요? 그로밋이야 집안일도 하고 유리창도 닦지만 우리 바둑이는 아직 똥오줌도 못 가리는걸요.

산책을 마치고 집에 돌아오니 엄마가 아빠에게 요리 강습 중이다. 안식년 휴가 동안 아빠가 집안일을 맡기로 했으니 당연히 반찬 만드는 것도 아빠 몫이다. 멸치 볶음, 콩자반, 황태채 무침, 콩나물 무침, 시금치 무침 등 아빠는 엄마가 하는 말을 노트에 하나씩 받아 적고 있다. 엄마와 아빠 둘이서 아주 깨가 쏟아진다. 물론 아빠가 고급 접시를 하나 깨기 전까지는 말이다.

엄마는 아빠 용돈에서 그릇값을 빼겠다고 한다.

10월 15일 토요일

희정이 오빠가 미대에 1차 합격했다. 이제 수능과 면접을 통과하면 형은 대학생이 된다. 우와! 신나겠다. 만날 공부만 하고 화실에서 열심히 그림을 그리더니 당당히 합격을 한 것이다. 히지만 방심은 금물이란다. 요즘은 면접이 가장 까다롭다나. 그런데 수능 시험에 대해서는 별로 걱정을 안 하는 것 같다. 형은 공부를 잘해서 좋겠다.

정수 이모 집에서 수학과 영어 수업을 마치고 희정이랑 함께 우리 집으로 왔다. 아빠의 낡은 오디오로 음악을 듣기 위해서다. 아빠가 창고에서 꺼낸 LP판은 오백 장도 넘었다. 록 음악도 있고 재즈도 있고 클래식도 있다. 장르가 다양하다. 우리 집 바둑이의 식성처럼 아빠의 음악적 취향에는 아무런 편견이 없는 것 같다. 한때 클래시컬의 광팬이기도 했으니 말이다.

"여기서 어떤 작업 하세요?"

희정이가 우리 아빠에게 물었다.

"작업? 음, 책도 읽고 음악도 듣지. 앞으로는 영화도 보려고 하는데. 왜?"

"아뇨, 그냥 궁금해서요." 희정이가 말했다. "그럼 돈은 안 벌어요?"

"응, 안 벌어. 벽이 엄마가 버니까 괜찮아. 천천히 벌지, 뭐."

"그럼 아빠는 뭐 해요?"

내가 말했다.

"아빠는 집도 지키고 음악도 듣고 책도 읽으며 지낸다니까. 왜?"

"보통의 아빠들은 돈 벌러 나가잖아요?"

"그건 그렇지. 너도 크면 알게 되니까 한꺼번에 다 알려고 하지 마라, 아들아."

나중에 크면 무엇을 알게 된다는 걸까? 나는 궁금하다. 하지만 상관없다. 아빠는 지금 행복하다. 그리고 아빠는 지금 나랑 함께 시간을 보낸다. 지난 몇 년 동안 아빠랑 지낸 시간보다 최근 몇 달 동안 함께 보낸 시간이 훨씬 더 많다. 아빠는 더 이상 피곤하다는 말이나 힘들다는 말도 하지 않는다. 소파에서 빈둥거리지도 않는다. 아빠의 안식년 휴가가 너무 좋다.

저녁 식사 때 엄마가 보험사에 아빠의 건강체 검사를 신청했다고 한다. 다음 주에 간호사가 우리 집으로 온다고 했다.

10월 16일 일요일

아빠의 작업실 꾸미는 일을 도왔다. 지하실에 습기가 차지 않도록 숯을 조그만 바구니에 담아서 지하실 곳곳에 놓아두었다. 겨울에 추울까 봐 작은 난로도 미리 하나 사 왔다. 벽에 사진도 몇 장 걸었다. 사진 한 장은 고래성운이라는 별 사진이었다. 아빠는 이

사진을 미국 나사 홈페이지에서 구했다고 한다. 아빠는 마일스 데이비스라는 트럼펫 주자의 LP판 껍데기도 벽에 걸었다. 아빠의 작업실은 드라마에 나오는 분위기 좋은 카페 같다. 점심때 엄마가 지하실에 내려오더니 "잘 꾸몄네." 하고 칭찬해 주었다. 엄마는 1인용 소파에 몸을 묻으며 아빠에게 한 곡 부탁한다고 했다. 아빠는 LP판을 한참 동안 뒤적이더니 말러라는 작곡가의 〈교향곡 9번〉을 틀었다. 스피커에서 이상한 음악이 흘러나왔다.

"네 아빠가 대학생 때 클래식 음악이랑 재즈를 그렇게 좋아했는데……."

"정말요? 플래시걸은요?"

"연애할 때 네 아빠는 음악이랑 책 이야기만 했어. 상당히 유식하고 폼이 났지."

"진짜요?"

"그럼. 여학생들에게 인기도 많았는데 결국 네 엄마가 차지했지. 정말 엄마가 이 아빠를 졸졸 따라다녔거든."

아빠가 하지 말아야 할 말까지 꺼내는 것 같다.

"아무튼 건강체 검사에서 금연 테스트를 통과 못 하면 안식년 휴가는 끝인 줄 알아요."

엄마가 지하실 밖으로 나가며 한마디 던졌다.

아빠는 흡연 욕구에 시달리는 사람처럼 불안해 보인다.

10월 17일 월요일

시시나 아저씨가 우리 동네 불량배에게 폭행을 당했다. 아저씨가 길을 가는데 개가 달려들어서 개 주인에게 개 조심 좀 하라고 이야기했는데, 개 주인이 아저씨에게 검둥이 새끼라고 욕하며 다짜고짜 때렸다는 것이다. 다행히 이 광경을 붕어빵 형이 목격했다고 한다. 경찰들이 와서 이것저것 질문을 하고 나서는 원만히 잘 합의하라고 했단다. 시시나 아저씨를 때린 불량배는 아직 스무 살도 안 된 새파랗게 젊은 사람이었다. 그런데 경찰도 정말 웃긴다. 폭행범을 체포는 안 하고 합의나 잘하라니? 만약 시시나 아저씨가 미국 사람이나 프랑스 사람이었어도 이렇게 대했을까 싶다.

지금 시시나 아저씨는 심한 충격에 빠져 있다. 아저씨는 너무 억울하고 분해서 눈물까지 흘렸다. 나는 속이 상하고 미안했다. 아빠가 차로 시시나 아저씨를 병원으로 데리고 갔다. 우선 응급실에 가서 눈가의 상처를 치료했다. 아저씨가 턱이 많이 아프다고 하니 의사가 나무 막대기를 입으로 물어 보라고 했다. 그런데 아저씨가 잘 물지 못하자 의사는 턱뼈에 금이 간 것 같다고 했다. 그래서 엑스레이를 찍었는데 다행히 턱뼈에 금이 간 것은 아니었다.

아빠는 일단 시시나 아저씨의 안정을 위해서 병원에 입원을 시켰다. 우리 아빠가 희정이 아빠에게 연락하여 입원실이 있는 병원을 소개받았다. 희정이 아빠의 친구가 의사로 있는 병원이었다. 저녁때 희정이 아빠와 희정이가 문병을 왔다. 동완이 아빠와 동완이도 소식을 듣고 문병을 왔다. 시시나 아저씨는 마음에 큰 상처를 입은 것 같았다. 그리고 한편으로는 우리 모두에게 고맙다며 눈물을 흘렸다.

동완이 아빠는 마치 동완이가 폭행을 당한 것처럼 몹시 화를 냈다. 동완이 아빠는 여기저기 전화를 했다. 잠시 뒤 변호사 한 명이 병원으로 찾아왔다. 동완이 아빠 회사의 법률 자문을 해 주는 변호사라고 했다. 말쑥한 정장을 입은 변호사 아저씨는 시시나 아저씨에게 사건 경위를 물었다. 그리고 붕어빵 형에게도 전화를 걸어 이것저것 확인했다. 변호사 아저씨는 폭행이 일어난 곳에 CCTV가 있을 것 같다며 사건 현장으로 달려갔다. 다행히 붕어빵 형의 포장마차 옆에 있는 빵집 CCTV에서 폭행 장면이 담긴 동영상을 확보했다. 동영상을 보니 모두 시시나 아저씨와 붕어빵 형이 말한 대로였다고 한다. 동영상이 확보되었다는 말을 듣자 시시나 아저씨는 또다시 눈물을 뚝뚝 흘렸다.

변호사 아저씨는 곧바로 고소장을 작성하여 법원에 제출하겠단다. 증거로 확보한 동영상도 함께 법원에 제출한다고 했다. 병원에서 진단서를 3주밖에 끊어 주지 않았다. 아무리 의사와 친분이 있어도 4주는 무리라며 안 된다고 했다. 동완이 아빠가 4주는 되어야 하는데 아쉽다고 했다. 하지만 희정이 아빠는 안 되는 것은 안 된다고 했다.

일단 변호사 아저씨에게 모든 일 처리를 일임하기로 했다. 증거까지 신속하게 확보한 것을 보니 능력은 있어 보였다. 게다가 옷도 멋있게 입고 있어서 진짜 변호사처럼 보였다.

오늘 우리 아빠, 희정이 아빠, 동완이 아빠 모두 최고였다.

10월 18일 화요일

시시나 아저씨를 폭행한 불량배의 부모가 시시나 아저씨가 입원해 있는 병원으로 찾아왔다. 그 불량배의 부모는 큰 증권회사 회장의 비서실장이라고 했다. 병실로 들어오더니 그 막돼먹은 인간이 다짜고짜 얼마면 되겠냐고 했단다. 우리 아빠가 그 말을 듣자 당장 병실에서 나가라고 소리쳤다고 한다.

변호사 아저씨가 형사와 민사로 모두 소송을 걸었다는 연락을 해 왔다. 시시나 아저씨에게 아무 걱정 말고 몸이나 잘 추스르라고 했다.

10월 19일 수요일

동완이 아빠가 법원에 진정서를 내겠다고 한다. 동완이 아빠는 시시나 아저씨를 한 번밖에 본 적이 없는데도 마치 제일 친한 친구처럼 발 벗고 나서서 도와주고 있다. 우리 아빠도 질세라 진정서를 써서 동완이 아빠에게 주었다. 동완이 아빠가 내일 법원에 함께 제출하겠다고 한다.

우리 아빠가 쓴 진정서를 읽어 보았는데 내용이 무척 감동적이었

다. 엄마도 아빠의 진정서를 읽더니 대학 때 실력이 나온다고 했
다. 우리 아빠는 정말 미스터리한 인물이다.

10월 20일 목요일

형사가 시시나 아저씨의 병실로 찾아와서 진술을 받아 갔다. 하
지만 아직 재판은 시작되지 않았다. 왜 이렇게 시간이 오래 걸리는
지 모르겠다. 동완이 아빠가 언론사에 근무하는 친구들에게 연락
을 하고 있다. 본때를 보여 주겠다며 벼르고 있다. 우리 아빠도 질
세라 이모부에게 전화를 했다. 이모부는 교열 기자라서 취재를 안
한다고 했다. 아빠가 사회부 기자라도 소개해 달라고 했더니, 이모
부는 바빠서 일일이 그런 제보에 응할 수 없다고 했다. 이모부 말
로는 전치 3주는 좀 약하다는 것이다. 그러자 아빠가 얼마나 얻어
터져야 취재를 나오겠냐고 소리쳤다.

아빠가 좀 오버한 것 같다.

10월 21일 금요일

시시나 아저씨가 퇴원을 했다. 조금 안정이 되기는 했지만 정신
적으로 많이 힘들어하고 있다. 아저씨를 때린 불량배는 초범이라서
실형은 안 받을 것 같단다. 콩밥을 먹여야 하는데 너무 안타깝다.

동완이가 아빠에게 들었는데 검사가 약식기소를 했기 때문에 정
식 재판이 안 열린다고 한다. 대신 법원에 제출된 서류만 검토하고

판사가 판결을 내린단다. 그러면 늦어도 다음 주쯤 판결이 나는데 고작해야 벌금형이라고 했다. 아, 법은 멀고 주먹은 가깝다더니!

동완이 아빠는 민사소송도 준비 중인데 변호사에게 백억 원쯤 받아 내라며 소리쳤다고 한다. 백억 원이면 시시나 아저씨가 당장 스리랑카로 돌아갈 수 있겠다. 그런데 우리 아빠는 그렇게 큰돈을 받는 건 힘들단다. 고작해야 병원비와 위자료 몇 푼이라나.

시시나 아저씨의 병원비는 의료보험이 하나도 적용 안 된단다. 왜냐하면 폭행을 당해 입원했기 때문에 가해자에게 돈을 받아서 충당해야 한단다. 우선 급한 대로 동완이 아빠가 병원비를 모두 내 주었다.

10월 22일 토요일

아침에 정수 이모 집에서 수학이랑 영어를 공부하고 시시나 아저씨에게 들렀다. 그런데 아저씨는 오늘부터 다시 출근을 했는지 집에 없었다. 아저씨가 빨리 마음을 추스르고 일상생활로 돌아오면 좋겠다.

시시나 아저씨의 사건 때문에 뒷전으로 밀리기는 했지만 좋은 뉴스가 하나 있다. 아빠가 지난 수요일 건강체 검사에서 금연 테스트를 단번에 통과했다. 그런데 엉뚱하게도 혈압이 너무 높아서 두 번이나 쟀다고 한다. 평소에는 혈압이 정상인데 그날만 혈압이 매우 높게 나왔다나. 아마도 금연 테스트에 대한 압박 때문에 아빠가 긴

장을 한 것 같다. 엄마도 아빠가 금연 테스트를 무사히 통과하여 기분이 좋다. 부부간에 신뢰가 깨지지 않았다나. 다음 주 중에 아빠의 건강체 여부가 최종적으로 결정된다고 한다. 도대체 이게 뭐가 그리 중요한지는 모르겠지만 엄마가 바라는 대로 아빠가 통과하면 좋겠다. 엄마가 언제 틀린 말을 한 적이 있던가?

내 경험상 아빠는 가끔 옳지만 엄마는 항상 옳다.

10월 23일 일요일

아빠 작업실에서 혼자 음악을 들었다. 아빠가 애지중지하는 LP판을 하나씩 꺼내어 조심스럽게 구경했다. 가장 마음에 들었던 곡은 리 오스카의 〈마이 로드〉였다. 하모니카로 연주하는 곡인데 아무리 들어도 질리지 않았다.

아무도 없는 지하실에서 혼자 음악을 틀어 놓고 아빠 서가에서 가져온 《세계 미스터리 걸작선》을 읽으니 좀 으스스했다. 로알드 달의 〈남쪽에서 온 사나이〉는 화사한 분위기에서 갑자기 끔찍한 반전이 튀어나와 깜짝 놀랐다. 동화책 쓰는 작가인 줄 알았는데 마음속에 이렇게 어두운 포스가 있었다니.

10월 24일 월요일

예상대로 시시나 아저씨를 폭행한 불량배는 초범이라는 이유로 벌금 300만 원만 선고를 받았다. 지나가는 개도 웃을 판결이라고 동완이 아빠가 버럭 화를 냈다고 한다. 점잖은 동완이 아빠가 하루 종일 펄쩍 뛰며 화를 내고 있단다. 하지만 담당 검사가 항소를 안 하겠다고 하니 어쩔 수 없단다.

나는 지난번 우리 반 반장 선거 생각이 나서 기분이 우울해졌다.

10월 25일 화요일

희정이랑 함께 겨울방학에 참여할 봉사 활동을 신청했다. 요즘처럼 우울한 날에는 희정이만이 삶의 유일한 즐거움이다.

10월 26일 수요일

저녁때 아빠가 희정이 아빠와 동완이 아빠를 만나러 나갔다. 시시나 아저씨 사건이 잘 해결되어서 한잔 쏜다나. 술에 취한 아빠가 밤늦게 돌아왔다. 다른 건 다 괜찮은데 내일 희정이 아빠에게 치과 진료를 받게 될 사람들이 좀 걱정이다. 혹시 희정이 아빠가 실수로 생니를 뽑지 말아야 할 텐데…….

10월 27일 목요일

희정이가 그러는데 자기 아빠는 어제 맥주를 한 잔도 안 마셨다고 한다. 희정이 아빠는 치과 일 때문에 주중에는 절대로 술을 안 마신단다. 괜한 걱정을 했다.

아빠는 보험회사의 건강체 테스트를 최종 패스했다. 그래서 매달

보험료에서 3만 원 정도 할인을 받게 되었다. 게다가 그동안 냈던 보험료 중에서 60만 원을 환급받았다. 엄마는 그 돈을 아빠 용돈으로 주었다. 아빠는 로또라도 맞은 것처럼 좋아한다.

정수 이모가 내준 수학 문제가 갈수록 어렵다. 꼬박 세 시간 동안 풀었는데도 다 풀 수가 없다. 이모는 나를 수학 박사로 만들려고 하나 보다. 소금물 문제나 풀던 시절이 그립다.

10월 28일 금요일

오늘 할아버지와 많은 이야기를 나누었다. 할아버지는 사람이 사람을 차별하는 게 처음부터 인간의 본성은 아니었다고 한다. 원시인은 서로를 죽이거나 차별하지 않았단다. 인간이 사악해지기 시작한 건 인류 최초의 문명이 발생한 기원전 6천 년경부터인데, 메소포타미아 지역에 도시가 생겨나면서 인간이 인간을 지배하고 차별하게 되었다는 것이다. 할아버지는 인간의 악성이 한번 뿌리를 내리자 순식간에 온 지구를 덮어 버렸다고 했다.

일제시대에 일본인은 조선인을 심하게 차별했고 지금도 여전히 재일 교포를 차별한다고 했다. 그런데 우리나라 사람도 다른 아시아계 사람들을 차별한다고 했다. 미국도 인종차별이 심하다고 했다. 다만 겉으로 그것을 표현하면 처벌을 받기 때문에 잘 보이지 않게 숨어서 차별한단다. 물론 유럽 쪽도 인종차별이 심하다고 했다. 다만 우리가 거기서 살지 않기 때문에 잘 모를 뿐이지 세상 모든 곳은 마찬가지라고 했다.

할아버지는 자신이 전라도 출신이어서 많은 차별을 받았다고 했다. 지금은 옛날처럼 대놓고 지역 차별을 하지는 않지만 은연중에 그런 차별이 우리 사회 곳곳에 뿌리박혀 있다고 하셨다.

할아버지는 우리 증조할아버지께서 징용으로 끌려갔을 때 일본 사람들에게 "자네는 참 조선 사람답지 않아." 하는 말을 자주 들었다고 했다. 그리고 할아버지 본인은 "자네는 참 전라도 사람답지 않네." 하는 말을 많이 들었다고 했다. 할아버지는 타지 사람들에게 이 말을 들을 때마다 도대체 칭찬인지 욕인지 혼란스러웠다고 하셨다. 할아버지는 편견으로 똘똘 뭉친 사람들 사이에서 많이 힘들었단다.

할아버지는 다른 사람들이 차별을 하건 안 하건 상관없이 내게 타인을 차별하는 사람이 되지 말라고 하셨다. 그래서 나는 절대로 다른 사람을 차별하지 않겠다고 약속했다. 할아버지는 나와 다른 사람도 사람이고, 그 사람도 마땅히 인간으로서 존중을 받아야 한다고 했다. 사회적으로 큰일을 하는 것도 중요하겠지만 이런 작은 일이 세상을 더 좋게 만든다고 했다.

나는 할아버지의 이 말씀이 무슨 내용인지 잘 알지 못한다. 하지만 이것 하나만은 확실히 알고 있다. 동완이의 엄마가 몽골 사람이라고 해서 동완이가 차별을 받아서는 안 되고, 시시나 아저씨가 스리랑카 출신이어서 차별을 받아서는 안 된다.

10월 29일 토요일

아빠가 클래식 콘서트 표 네 장을 예매했다. 아빠, 엄마, 나, 바둑이 이렇게 네 명이 가는 것은 아니고 바둑이 대신 희정이가 간다. 아빠가 엄마 생일선물로 콘서트 표를 샀단다. 연주곡은 지난번에 우리 집의 불화를 만들 뻔했던 말러의 〈교향곡 9번〉이다. 우리 아빠가 희정이 아빠와 엄마에게 함께 콘서트에 가자고 했더니 절대 안 간다고 했단다. 희정이 아빠는 트루컬러스나 플래시걸 콘서트면 몰라도 말러는 안 땡긴다나. 희정이 엄마도 클래식 음악에는 별 관심 없단다. 희정이 오빠와 희정이의 예술적 감수성은 부모님에게 물려받은 게 아닌가 보다.

아빠는 예술의 전당 콘서트홀 C석으로 네 장을 예매했다고 하는데 아무래도 맨 앞줄은 아닌 것 같다. 앞에서 세 번째 줄인가?

10월 30일 일요일

희정이랑 아빠 작업실에서 말러 〈교향곡 9번〉을 들었다. 그런데 1악장이 끝나기도 전에 좀이 쑤셔서 죽을 뻔했다. 희정이도 이건 좀 아니다 싶었는지 "무슨 음악이 이래?" 하고 말하는 게 아닌가! 나는 말러 대신에 리 오스카의 〈마이 로드〉를 틀었다. 불안하던 마음이 그제야 조금 진정되었다. 희정이도 이게 훨씬 더 낫다고 한다.

하마터면 황금 같은 일요일 오후를 말러 때문에 망칠 뻔했다.

242

10월 31일 월요일

예술의 전당 콘서트홀 C석은 앞에서 세 번째 줄이 아니라 VIP석, R석, S석, A석 그리고 B석 다음으로 가장 싼 좌석이었다. 예술의 전당 콘서트홀 3층 꼭대기에서 음악을 들어야 한단다. 으악! 게다가 C석은 단돈 만 원이다.

"내가 무슨 대기업 총수인 줄 알아?"

아빠가 당당하게 말했다. 그리고 나에게 가기 싫으면 가지 말란다.

말러의 이상한 음악을 들으러 굳이 멀고 먼 예술의 전당까지 갈 필요가 있는지 고민이다.

하루 종일 라디오에서 이용의 〈잊혀진 계절〉이 흘러나온다.

11월

작업실

11월 1일 화요일

11월 첫날부터 안 좋은 소식이다. 시시나 아저씨의 민사소송에서 가해자에게 겨우 400만 원만 배상하라는 판결이 났다. 시시나 아저씨 병원 치료비와 5일치 일당 그리고 약간의 위자료가 포함된 금액이다. 동완이가 그 돈은 변호사 수임료도 안 될 거라고 한다. 다행히 동완이 아빠가 시시나 아저씨에게 변호사 비용은 걱정하지 말라고 했단다.

아빠는 작업실에서 노트북으로 무엇인가를 계속 쓰고 있다. 시시나 아저씨를 위한 진정서는 아닌 것 같은데 무엇일까?

11월 2일 수요일

종구 형이 교문 앞에서 종구를 기다리고 있었다. 하지만 종구는 오늘 몸살감기에 걸려서 결석했다. 동완이가 종구 휴대폰으로 전화를 하려고 하자 형은 그건 좋은 방법이 아니라고 했다. 종구 형은 우리에게 종구와 친하게 잘 지내라고 하고 돌아갔다. 아쉬워하며 떠나는 종구 형의 뒷모습이 쓸쓸하다. 세상에는 행복하지 않은 사람이 너무 많은 것 같다. 왜 그럴까?

11월 3일 목요일

아빠는 작업실에서 계속 말러의 〈교향곡 9번〉을 틀어 놓고 지낸다. 나는 아무리 들어도 귀에 익숙해지지 않는다. 멜로디도 없는 이런 음악을 왜 듣는지 도무지 모르겠다. 아빠가 소파에 앉아 음악을 듣는 동안 나는 아빠 테이블에서 수학 공부를 했다. 말러의 음악은 귀에 감기는 맛이 없어서 그런지 공부에 전혀 방해가 되지 않는다. 참 특이한 음악이다.

밤에 엄마가 지하실로 내려오더니 우리 집 지하실에 너구리 두 마리가 산다며 웃는다. 늘 그렇듯이 아빠는 엄마에게 소파를 양보했다. 다행히 아빠는 대학 때 이야기는 꺼내지도 않았다.

11월 4일 금요일

오늘 기적이 일어났다. 희정이가 풀지 못한 수학 문제를 내가 푼 것이다. 희정이가 얼마나 놀라고 기뻐했는지 아무 말도 안 하련다.

정수 이모에게 고맙다는 말을 꼭 해야겠다. 정수 이모가 지난주에 가르쳐 준 문제 덕분에 희정이에게 칭찬받았다.

11월 5일 토요일

오전에 수학과 영어 공부를 마치고 동완이 집에 놀러 갔다. 이제는 우리가 모이면 기본이 여섯 명이다. 나, 희정이, 동완이, 민아, 종구, 혜선이 이렇게 말이다. 동완이 엄마는 우리 때문에 엥겔지수가 높아진다고 했다. 엥겔지수는 인구밀도를 말하는 것인가?

11월 6일 일요일

엄마 생일 기념으로 부모님이 2박 3일 동안 속초로 여행을 떠났다. 나는 오늘부터 이틀 동안 할아버지 댁에서 지내야 한다. 엄마랑 아빠는 새벽부터 일어나서 짐을 싼다며 난리다. 나 같으면 어젯밤에 미리 싸 두었을 텐데. 이렇게 중요한 기념일에 왜 나만 소외되어야 하는지 모르겠다.

설마 둘째 아이를 만들려는 것은 아니겠지!

11월 7일 월요일

아침에 집에 들러 바둑이에게 아침밥을 주고 등교했다. 어제 할아버지 댁에 데리고 오지 못해서 마음이 쓰였는데 바둑이는 그걸 아는지 모르는지 밥그릇에 머리만 박고 있다. 점심밥도 미리 넉넉하게 퍼 주고 학교에 갔다.

방과 후에도 집에 들러 바둑이에게 저녁밥을 주었다. 그리고 아빠 서가에서 로맹 롤랑의 《베토벤의 생애》를 가지고 할아버지 댁으로 갔다. 12월 9일 클래식 콘서트 때문에 요즘 클래식 음악에 대해서 관심이 많아졌다.

저녁 식사를 마치고 《베토벤의 생애》를 읽었는데 흥미진진했다. 로맹 롤랑이 엄청나게 흥분한 상태에서 글을 쓴 것 같은 느낌이다. 악성 베토벤이라는 말은 많이 들었지만 그가 이 정도로 고귀한 사람인지는 몰랐다.

나는 베토벤의 하일리겐슈타트 유서를 읽고 큰 감동을 받았다. 귀가 들리지 않는 음악가라니 정말 상상할 수도 없다. 인상적인 구절이 하나 있어서 인용해 둔다.

나는 작곡이 일단 끝난 다음에는 그것을 수정한다든가 하는 습관이 없다. 지금까지 나는 수정이라는 것을 한 일이 없는데, 그 따위 변화는 작품 전체의 성격을 망쳐 버릴 것임을 확신하기 때문이다.

작곡과 수학은 비슷한 것 같다. 나도 한 번 푼 문제를 다시 풀어 답을 고쳐 쓰면 꼭 틀리더라!

11월 8일 화요일

오늘은 엄마 생일이다. 엄마랑 아빠 둘이서만 속초로 여행을 갔다 왔기 때문에 조금 서운하다. 아침에 집에 들러 바둑이에게 아침밥을 주었는데 녀석은 서운한 게 하나도 없나 보다. 애견 숍 아저씨가 진돗개의 먼 친척뻘이라고 했던 말은 아무래도 거짓말인 것 같다.

엄마 생일선물로 꽃을 샀다. 엄마는 기분이 좋은지 내 볼에 뽀뽀를 했다. 나는 이제 다 커서 엄마의 뽀뽀는 필요 없는데. 희정이의 뽀뽀라면 모를까.

엄마랑 아빠는 속초에서 오징어를 여러 축 사 왔다. 최상등품이라고 했다. 그리고 명란젓도 여러 통 사 가지고 왔다. 그것들을 희정이 집과 동완이 집에 선물로 주었다. 정수 이모 집에는 특별히 오징어젓, 창란젓, 아가미젓, 꼴뚜기젓까지 한 통씩 주었다. 할아버지 댁에는 오징어 대신 쥐포와 명란젓을 드렸다. 시시나 아저씨는 집에 없어서 쥐포 한 봉지를 옥탑방 입구에 메모지와 함께 두고 왔다. 저녁때 시시나 아저씨가 우리 집에 고맙다고 인사를 왔다.

아빠는 반찬 만들기에서 해방이라도 된 듯 콧노래를 부르며 냉장고를 정리하고 있다. 당분간 우리 집 밑반찬은 명란젓, 오징어젓, 창란젓, 아가미젓, 꼴뚜기젓과 계란 프라이가 되겠구나! 으악!

11월 9일 수요일

철진이 녀석이 수업 시간에 게임을 하다가 담임선생님에게 스마트폰을 압수당했다. 며칠 전 과학 시간에도 압수당한 적이 있었다. 수업이 끝나고 교무실로 찾아가서 겨우 돌려받았는데 오늘 또 걸린 것이다. 철진이 녀석은 선생님이 아무리 주의를 주어도 도통 먹히지가 않는다. 담임선생님이 한 번만 더 수업 시간에 게임을 하면 부모님이 학교로 찾아와야지 스마트폰을 돌려주겠다고 했다. 나는 이게 아주 현명한 처사라고 생각한다.

아빠가 작업실에서 무엇인가를 계속 쓰고 있다. 도대체 뭘까?

11월 10일 목요일

아빠 작업실 테이블 앞에 이런 메모가 붙어 있다.

1. 엄지동자
2. 소실점
3. 소심한 황만덕 씨의 대범한 하루
4. 음치들
5. 시간강사 이무기 씨의 007가방
6. 아홉 권의 명함첩으로 남은 사내
7. 미스터 리의 미스터리

도대체 이것들은 무엇일까?

11월 11일 금요일

엄마가 회사 일 때문에 많이 늦는다고 연락이 왔다. 아빠랑 나는 할아버지 댁에 가서 저녁 식사를 했다. 바둑이도 데리고 갔는데 아빠가 바둑이를 현관 앞에 묶어 두었다. 바둑이는 아파트가 처음인지 상당히 낯설어했다. 그런데 바둑이가 현관에 있는 신발들 냄새를 하나씩 맡는 게 아닌가? 누가 똥개 아니랄까 봐! 그리고 보니 양말을 벗어서 꼭 한 번 냄새를 맡아 보는 우리 아빠랑 많이 닮은 것 같다.

저녁 식사를 마치고 할아버지, 아빠, 바둑이까지 모두 산책을 나갔다. 아빠는 바둑이랑 걷고 나는 할아버지랑 함께 걸었다.

"벽이가 수학 공부도 열심히 하고 학교 성적이 많이 올라서 할아버지는 기분이 좋아."

할아버지가 내 머리를 쓰다듬으며 말씀하셨다.

"네, 그냥 어떻게 하다 보니 그렇게 되었어요. 꼭 그러려고 그랬던 것은 아닌데요."

"희정이 때문이지?"

"아, 네……."

나는 갑작스런 질문에 당황하며 대답을 얼버무렸다.

"그런데 할아버지, 우리 아빠는 효자예요?"

나는 화살을 아빠 쪽으로 돌렸다.

"효자? 그럼, 효자지."

"아빠는 일도 안 하고 돈도 안 벌고 할아버지랑 할머니에게 용돈도 많이 못 드리잖아요?"

"아니야, 그건 벽이 네가 잘 몰라서 그래." 할아버지가 웃으며 말씀하셨다. "네 아빠는 지금 글을 쓴다고 하던데. 옛날부터 글을 쓰고 싶어 했거든. 먹고사느라 이제까지 회사 생활을 했으니 이제 자신이 원하는 것을 한다더라. 네 아빠가 멋있지 않니?"

"그래요?"

"그럼, 네 아빠는 어릴 때 이 할아버지에게 효도를 다 했어. 우리가 키우면서 정말 행복했거든. 그것으로 충분해. 할아버지는 이제 더 바라는 게 없어."

할아버지 입가에 온화한 미소가 내 얼굴까지 번진다.

무엇일까? 이 충만한 기분은.

11월 12일 토요일

제이미 아저씨가 요즘 나의 일상생활에 대해서 물었다. 나는 바둑이가 우리 집 새 식구가 되었다는 이야기와 다음 달에 클래식 콘서트에 가게 되어 말러의 음악을 가끔 듣고 있다고 했다. 사실 말러를 듣는다고 할 정도는 아니고 아빠 작업실에 내려갈 때마다 몇 소절 얻어듣는 게 전부라고 했다. 내 엉터리 영어를 제이미 아저씨가 알아들은 것 같았다. 나는 제이미 아저씨랑 대화할 때 입보다 손과 눈을 더 많이 사용한다. 가끔은 몸도 심하게 쓴다.

아저씨도 휠체어를 타기 전에는 가끔 콘서트에 갔다고 한다. 하지만 지금은 혼자서 공원 산책 나가기도 쉽지 않단다.

'왜 안 그렇겠어요? 아저씨. 파리 응급실에서 휠체어에 앉았을 때 제이미 아저씨 생각이 제일 먼저 났는데요.'

나는 속으로 이렇게 이야기해 주었다. 이것은 손짓과 몸짓으로도 의미 전달이 안 될 것 같았기 때문이다.

아저씨는 이번 겨울이 오기 전에 부인과 함께 보스턴으로 여행을 가려고 준비 중이라고 한다. 길게는 아니고 3박 4일 정도 다녀올 거라고 했다. 뉴욕에서 멀지 않아서 처음 시도해 보기로 했단다.

　정수 이모 집에서 공부를 마치고 희정이네 집으로 놀러 갔다. 희정이 오빠가 수능 시험을 잘 보아서 그런지 집안 분위기가 좋았다. 분위기로 보아서는 미대에 합격한 것 같았다. 잘됐다. 형이 내년에 프라도 미술관에 가면 희정이랑 따라가야지!

11월 13일 일요일

아침에 일어나니 날씨가 무척 쌀쌀하다.

가을이 깊어 간다.

낙엽은 거리에서 뒹굴고

아빠는 작업실에서 뒹굴고

바둑이는 개집에서 뒹굴고

나는 수학 숙제를 하느라 책상에서 뒹군다.

　오후에 서점에 나가서 희정이에게 읽어 줄 책을 한 권 샀다. 이 책 저 책 뒤적이다가 결국 파트리크 쥐스킨트의 책을 하나 골랐다. 《비둘기》라는 책이다. 얇아서 좋다.

11월 14일 월요일

이번 주 금요일에 우리 학교 가을 축제인 밤섬제가 열린다. 춤 연습, 노래 연습으로 방과 후에 아이들이 너도나도 바쁘다. 나는 특별한 장기가 없어서 아무것도 하지 않는다. 타고난 음치에 몸치라서 가만히 있는 게 행사 진행을 도와주는 거다.

희정이는 그림 한 점을 전시하기로 했다. 미술 선생님이 희정이에게 특별히 부탁했단다. 나에게 시를 부탁한 사람은 아무도 없었다. 어차피 난 시인이 될 생각도 없으니 상관없다.

11월 15일 화요일
파트리크 쥐스킨트의 《비둘기》는 서글픈 이야기다. 파리의 센강이나 몽파르나스 묘지 같은 익숙한 장소들이 나와서 반갑기는 했지만, 주인공이 비둘기 한 마리 때문에 자살 직전까지 가는 끔찍한 내용이다. 주인공이 죽지 않으면 좋겠는데…….

11월 16일 수요일
비둘기 떼에 허겁지겁 쫓기다가 꿈에서 깨어났다. 필시 안 좋은 일이 일어날 조짐이다.

11월 17일 목요일

내 이럴 줄 알았다. 오늘 기말고사 시간표가 발표되었다. 그놈의 비둘기는 아무래도 시험을 상징하는 것 같다. 비둘기가 평화를 상징한다는 것은 순 엉터리다.

12월 6일 화요일 : 국어, 사회, 도덕

12월 7일 수요일 : 영어, 음악

12월 8일 목요일 : 과학, 한문

12월 9일 금요일 : 수학

희정이가 밤섬제에 전시할 그림을 보여 주었다. 환상적이고 몽환적인 그림이었다. 화면 좌측과 우측에 사람들이 모여 있는데 모두 고깔모자 같은 이상한 것을 쓰고 있었다. 화면 중앙에서는 연기가 피어오르며 구름처럼 퍼져 나가고 있었다. 화면 아래에는 커다란 칼에 찔린 뱀의 머리가 있는데 칼의 주인인 듯한 사람이 매우 고통스러워하고 있었다. 희정이는 색을 거의 쓰지 않고 펜과 검정색 물감으로만 그림을 그렸다. 무섭고 이상한 그림이었다. 희정이 머릿속에는 도대체 무엇이 들어 있을까? 이런 그림을 그릴 생각을 하다니…….

《비둘기》의 주인공인 조나단 아저씨가 비둘기가 떠난 자신의 아파트로 돌아갔다. 다행이다. 내 마음마저 놓인다. 이제 시험공부에 매진할 수 있게 되었다. 당분간 책 좀 그만 읽어야겠다.

11월 18일 금요일

비 때문에 밤섬제가 학교 강당에서 열렸다. 희정이의 그림은 한쪽 구석으로 밀려 겨우 전시되었다. 교장 선생님과 교감 선생님이 이게 무슨 그림이냐며 화들짝 놀랐다. 미술 선생님이 잘 설명했지만 구석으로 치우는 것까지는 막지 못했다. 어른들은 아이들이 연예인 흉내나 내며 춤추고 노래하는 것을 건전하다고 생각하는 것 같다.

오늘 밤 침대에 누워 있는데 문득 교장 선생님과 교감 선생님이 희정이의 그림을 치우라고 한 것이 바로 희정이가 표현하려고 했던 그것이라는 생각이 들었다. 희정이는 바로 사람들의 편견을 그린 것이었다. 고깔모자를 쓰고 있는 사람들은 세상의 많은 보통 사람들이고, 뱀은 시시나 아저씨나 동완이고, 칼의 주인은 못된 사람을 가리키고 있는 것이다. 희정이는 이것을 펜과 검은 물감으로만 어둡게 그려 낸 것이다.

내일 희정이에게 물어봐야겠다.

11월 19일 토요일

희정이가 나의 감상평을 듣더니 낄낄대며 웃었다. 꿈보다 해몽이란다. 희정이는 그냥 며칠 전 꾸었던 꿈을 그림으로 표현한 것뿐이란다.

아냐, 아냐! 희정이의 무의식 속에는 내가 말한 그런 생각이 깔려 있을 것이다. 내가 생각을 더 해 봤는데 고깔모자는 KKK단을 상징하고 뱀은 강한 힘을 나타내는 것 같다. 해리 포터에서도 볼드모트와 해리는 모두 뱀의 말을 하고 신비한 힘을 가지고 있지 않은가?

그리고 으음…….

희정이 말처럼 아무래도 꿈보다 해몽인가?

11월 20일 일요일

가을이 끝나 간다. 서울 기온이 영하로 떨어졌다.

희정이랑 우리 집에서 함께 기말고사 시험공부를 했다. 지난번에 성적이 별로 안 나왔던 국어 과목을 매일 조금씩 보기로 했다. 그리고 잘 안 외워지는 한자도 틈틈이 공부하기로 했다. 과학도 어려우니 짬짬이 보기로 했다. 음악도 만만치 않다. 미리미리 봐 두어야 한다. 사회도 소홀할 수 없다. 머리가 열 개라도 부족하겠다. 가장 만만한 과목이 수학과 영어다. 뭐가 좀 잘못된 것 같다.

오후에 희정이에게 《비둘기》를 조금 읽어 주었다. 처음 몇 페이지는 조금 곤혹스러웠다. 왜냐하면 이야기 초반에 주인공인 조나단 아저씨의 마누라가 결혼 4개월 만에 사내아이를 낳고 과일 장수와 눈이 맞아 줄행랑을 치기 때문이다.

이 책은 소리 내어 읽을 때마다 몸이 옥죄어 오는 것 같다. 《비둘기》는 《좀머 씨 이야기》와 분위기가 사뭇 달라서 그런 것 같다. 하지만 이상하게도 《비둘기》가 더 끌린다.

11월 21일 월요일

종구 엄마와 아빠가 이혼 소송 중이다. 종구 아빠는 절대 이혼을 안 해 주려고 하고, 종구 엄마는 더 이상 한집에 살지 못하겠다며 짐을 싸서 나갔다. 종구 엄마와 아빠는 위자료 문제와 종구 양육권 문제로 오늘도 한바탕했다고 한다.

종구는 엄마나 아빠 아무도 안 따라가겠다고 한다. 종구가 불쌍하다.

11월 22일 화요일

오늘은 할머니 생신이다. 할머니께 장미꽃 한 송이를 사서 카드와 함께 선물로 드렸다. 할머니 고맙습니다. 항상 건강하세요!

11월 23일 수요일

종구가 가출을 했다. 무슨 일일까? 동완이가 종구 휴대폰으로 전화를 했는데 꺼져 있었다. 혜선이는 하루 종일 울먹이고 있다.

11월 24일 목요일

종구가 집으로 돌아왔다. 어제 종구가 형에게 찾아갔는데 형이 종구를 집으로 돌려보냈다고 한다. 아직 종구 형은 종구를 먹여 살릴 만한 처지가 아닌가 보다. 함께 살면 좋을 텐데……. 그런데 종구의 얼굴이 전보다 많이 밝아졌다. 종구 형이 종구에게 무슨 약속을 했을까?

11월 25일 금요일

동완이가 그러는데 종구 엄마와 아빠가 이혼을 하면 종구는 엄마를 따라가기로 했단다. 그러면 종구는 형과 함께 살 수 있다. 알고 보니 종구 형은 아빠 몰래 엄마를 가끔 만나고 있었다. 종구 엄마는 아무도 모르게 종구 형의 생활비도 도와주고 있었다. 이번에 종구가 가출하여 형과 하룻밤을 지내며 이런 이야기를 모두 들었다고 한다. 종구 형은 종구에게 잠시 동안만 참으라고 하면서 엄마와 아빠가 이혼을 하면 무조건 엄마를 따라가라고 했다. 만약 종구가 엄마를 따라가게 되면 엄마랑 형과 한집에서 살 수 있다며 말이다.

이게 종구의 얼굴을 밝아지게 했나 보다. 마음이 아프다.

11월 26일 토요일

정수 이모 집에서 수학과 영어 공부를 마치고 희정이랑 함께 우리 집으로 왔다. 아빠는 작업실에서 계속 뭔가를 쓰고 있다. 말러의 〈교향곡 9번〉이 지겹지도 않는가 보다. 아빠 작업실에 들어갈 때마다 똑같은 음악이 흐르고 있다. 불과 얼마 전까지만 해도 소파에 기대어 무심하게 플래시걸이나 보고 있었는데 믿기지 않는다.

"매일 똑같은 음악만 들으면 지겹지 않아요?"

희정이도 궁금한지 우리 아빠에게 물었다.

"응? 무슨 음악?"

"이 음악이요. 만날 말러의 〈교향곡 9번〉만 듣잖아요?"

내가 거들었다.

"아니, 안 들어. 그냥 틀어 놓은 거야."

"예?"

희정이랑 나랑 동시에 소리쳤다.

"말러 음악은 귀에 들어오지 않아서 일하는 데 방해가 되지 않아. 멜로디가 좋은 음악은 작업을 방해하거든."

아빠의 작업이 수학 문제 푸는 것도 아닌데 나랑 비슷하다. 희정이가 아빠 테이블 앞에 붙어 있는 메모지를 보며 물었다.

"저건 뭐예요? 엄지동자, 소실점 그리고 소심한……."

"아, 그거 내가 지금 쓰고 있는 이야기야. 지난여름 로마에서 들은 이야기가 하나 있어. 들어 볼래?"

아빠의 눈이 번쩍였다.

"네!"

우리가 대답했다.

"그러니까 이런 일이 있었대. 내가 로마에서 만난 사람 중에 시칠리아 팔레르모 출신이 있었어. 시칠리아는 우리나라로 치면 제주도쯤 되는 곳이야. 아무튼 그 사람 이름은 토토였는데 언제나 큰 우산을 쓰고 다니는 거야. 파라솔처럼 큰 우산 말이야. 한번은 내가 물었지. 그렇게 큰 우산을 들고 다니면 너무 무겁지 않냐고? 그랬더니 토토가 자기도 어쩔 수 없다는 거야. 자기는 몇 년 전 사하라 사막으로 여행을 갔다가 너무 뜨거운 햇볕에 그림자가 타서

증발해 버렸대. 그 뒤로 그림자를 찾아서 여기저기 헤매었지만 찾을 수 없었대. 결국 이렇게 사람들이 눈치채지 못하도록 항상 우산을 쓰고 다닌대. 그러던 어느 날 그림자가 사라진 사람이 또 있다는 걸 알게 되었다는 거야. 파리 생제르맹에 가면, 아 너희들도 가 봤지, 벽이가 개똥 밟고 미끄러진 그곳 말이야, 아무튼 거기에 가면 벨드주르라는 클럽이 있대. 에펠탑에 보름달이 걸리면 그곳으로 그림자를 잃어버린 사람들이 모인다는 거야. 토토의 말에 따르면 어떤 사람은 남극에 탐험을 갔는데 거기서 그림자가 꽁꽁 얼어 버렸대. 그래서 결국 남극에 그림자를 두고 돌아올 수밖에 없었대. 어떤 사람은 프랑스 몽펠리에 해변에서 낮잠을 자다가 그림자를 도둑맞았대. 그리고 가장 이상한 경우는 벤자민이라는 사람인데 그 사람은 바람이 몹시 불던 날 그림자가 하늘로 날아갔대. 안됐지, 정말. 그런데 얼마 전에 그림자를 열 개도 넘게 가지고 있는 사람이 나타났대. 올리비에 백작이라는 사람인데 토토는 그가 그림자 도둑이라고 믿고 있더라. 조만간 올리비에 백작을 잡기 위해서 추적대가 만들어진다고 하는 거야. 나도 추적대에 들어가고 싶었지만 그림자가 있기 때문에 추적대 멤버가 될 수 없다고 했어. 그래서 결국 이렇게 귀국한 거지.”

비상!
아빠가 이상하다!

11월 27일 일요일

엄마가 그러는데 아빠는 지극히 정상이라고 한다. 아빠가 희정이랑 나에게 해 준 이야기는 지금 쓰고 있는 소설 내용이란다. 아빠는 밤마다 엄마에게 소설 내용을 이야기해 준다고 한다. 엄마는 지겨워 죽겠단다. 하지만 그건 엄마 사정이고 일단 천만다행이다. 정신병원으로 우리 아빠 면회를 갈 뻔했다.

아빠는 책이 나와서 인세를 받으면 부자가 될 것이라고 했단다. 엄마는 소설보다 이 말이 훨씬 더 믿기지 않는다나.

11월 28일 월요일

동완이 아빠가 우리 아빠와 희정이 아빠에게 전화를 했다. 연말에 세 가족이 함께 여행을 떠나자고 했다. 아빠들은 모두 좋다고 했단다. 그런데 아직 어디로 갈지 정하지 않았다. 물론 아빠들은 엄마들에게 허락도 안 받았다.

아빠들 맘대로 이렇게 막 결정해도 되는지 모르겠다.

11월 29일 화요일

아직 방학도 안 했는데 엄마랑 아빠는 어디로 여행을 떠날지 이야기하고 있다. 하나밖에 없는 귀한 아들이 인생의 중차대한 기말고사를 목전에 두고 있는데 엄마와 아빠는 도통 관심을 보이지 않는다. 나는 방목되고 있다.

264

나는 속초가 좋은데. 거기서 희정이랑 새해 해돋이를 보면 얼마나 좋을까? 우리의 사랑도 깊어지고……

11월 30일 수요일

시험이 일주일밖에 안 남았다. 동완이는 민아랑 거의 매일 함께 공부한다. 동완이는 사랑과 우정 사이에서 별 고민 없이 사랑을 선택했다! 희정이는 오빠가 시험공부를 도와준다고 해 곧바로 집으로 돌아갔다. 종구와 혜선이는 종구 아빠의 눈을 피해 독서실에서 함께 공부 중이다.

만약 시험이 없다면 공부를 안 해도 되는 걸까? 잘 모르겠다. 공부는 싫지 않지만 시험은 정말 싫다. 시험 없는 세상에서 살고 싶다.

12월

박수는 언제 치나요?

12월 1일 목요일

올해도 벌써 마지막 달이다. 올 한 해 뜻깊은 일이 참 많았지만 그것들에 대해서는 기말고사 이후에 생각하기로 했다. 일단 시험을 잘 봐야 한다. 공부 못하는 아이를 희정이가 좋아할 리 없다. 혹시라도 누가 희정이에게 '네 남자 친구는 반에서 10등도 못한다며?' 하고 놀리면 희정이 마음이 어떻겠는가? 안 될 말이다.

한문과 과학을 빼고는 성적이 그럭저럭 나올 것 같다. 그래도 요즘 우리 반 면학 분위기를 보면 어떻게 될지 모르겠다. 우리 반 아이들 인생에서 학교, 학원, 게임을 빼면 아무것도 안 남을 것 같다. 나는 학원에 다니지 않고 게임도 싫어하니 인생이 훨씬 더 다이내믹한 것 같다. 다행히 나랑 친한 아이들은 모두 학원에 다니지 않고 게임도 별로 좋아하지 않는다. 아니, 그게 아니라 학원에 다니지 않고 게임도 좋아하지 않은 아이들만 모여서 어쩔 수 없이 친구로 지내는 것은 아닐까?

12월 2일 금요일

가을에는 낙엽이 뒹굴더니
겨울비가 낙엽을 적신다.
서울과 파리의 수많은 노숙자들이 떠오른다.
올 겨울은 춥지 않으면 좋겠다.
세상에 넘치는 것이 돈과 음식인데 무료 급식소가 곳곳에 있으면 얼마나 좋을까? 그러면 가난한 할아버지와 할머니가 종이 박스를 주우러 새벽부터 돌아다니지 않아도 될 텐데…….

12월 3일 토요일

정수 이모 집에 올라가려고 아파트 엘리베이터를 탔는데 고등학생으로 보이는 여학생이 엘리베이터 바닥에 침을 뱉었다. 강호에 도가 떨어졌다더니 빈말이 아니었구나.

이모가 내준 수학 문제를 모두 풀었다. 이모는 내가 영재반 아이들보다 백배 낫다고 한다. 빈말이 아니라는 것을 나는 잘 안다. 얼마 전에 희정이가 못 푼 문제를 내가 풀어 주지 않는가.

제이미 아저씨는 아직 보스턴 여행을 다녀오지 못했다. 차일피일 미루다 겨울이 되어 결국 내년 봄에 여행을 갈 계획이라고 한다. 휠체어를 타고 여행을 간다는 게 생각보다 쉬운 일은 아닌가 보다. 나는 "아저씨 기운 내세요. 따뜻한 봄에 가면 더 즐거울 거예요." 하고 응원해 주었다.

12월 4일 일요일

정수 이모의 호출로 아침부터 이모 집에 수학 공부를 하러 갔다. 어제 엘리베이터에서 침을 뱉던 그 여고생의 식구와 함께 엘리베이터에 탔다. 여고생 엄마가 버튼을 몸으로 가리고 있어서 나는 겨우 7층 버튼을 누를 수 있었다. 버튼을 누른 후 나는 얼른 한쪽 구석으로 몸을 옮겼다.

"안 누르고 뭐 해!"

여고생 아빠가 소리쳤다.

"뭘?"

여고생 엄마가 말했다.

"이 아줌마는 정신을 어디다 놓고 있어!"

여고생이 소리쳤다.

"그러게 말이다. 네 엄마 요즘 왜 저러니?"

"어머, 내 정신 좀 봐?"

그제서야 여고생 엄마가 12층 버튼을 눌렀다.

나는 두 다리가 후들거려서 쓰러지는 줄 알았다. 정수 이모에게 엘리베이터에서 있었던 일을 이야기했더니 요즘 못된 애들이 많다고 한다. 이모부가 옆에서 모두 부모 탓이라고 거든다. 이모가 홍삼 주스 한 잔을 주어 그걸 마시고 겨우 정신을 차릴 수 있었다. 이모네는 우리 집보다 훨씬 부자다. 홍삼 주스를 박스째 두고 마신다. 감기에 안 걸린다나…….

이모가 이번 기말고사에서 수학 100점을 맞으면 내가 원하는 선물을 사 주겠다고 한다.

무조건 수학에 올인이다.

12월 5일 월요일

드디어 내일이 결전의 날이다.

수학아, 기다려라!

내가 간다!

말러가 기다리는 주말이여, 어서 오라!

12월 6일 화요일

시험 첫째 날.

국어 - 확실히 공부한 보람이 있다. 국어 성적이 많이 오를 것 같다.

사회 - 김수영 선생님에 대한 예우 차원에서 열심히 공부했다. 좋은 점수가 나올 것 같다.

도덕 - 너무 쉽게 출제되었다. 이렇게 변별력이 없어도 되는지 모르겠다.

혹시 이러다가 우리 반에서 1등이라도 하면 어쩌지? 걱정이다. 일단 비밀로 해 두어야겠다.

12월 7일 수요일

시험 둘째 날.

영어 - 영어 시험이 너무 어렵게 출제되었다. 설마 나만 어려웠던 것은 아니겠지?

음악 – 차라리 노래로 시험을 보자!

우리 반에서 1등 할 걱정은 덜었다. 사실 처음부터 그런 걱정을 할 필요가 전혀 없었다.

12월 8일 목요일

시험 셋째 날.

과학 – 오늘 시험이 좀 쉬웠나? 아무튼 공부한 보람이 있다.

한문 – 아무래도 선생님이 한문 과목의 퇴출을 걱정하여 시험문제를 쉽게 낸 것 같다. 다른 이유가 있을 수 없다!

어제 버렸던 희망이 다시 꿈틀댄다. 꼭 1등은 아니더라도 순위권이라는 게 있지 않은가? 내일은 제일 만만한 수학이다. 아니, 수학이 만만하다니! 혹시 내가 미친 것 아닐까?

12월 9일 금요일

시험 넷째 날.

수학 마지막 문제는 분명히 선생님이 잘못 출제한 것 같다. 도대체 왜 이런 문제를 냈는지 모르겠다. 선생님이 3학년에게 출제할 문제랑 혼동한 것이 아니라면, 난 망했다!

오늘 저녁 아빠랑 희정이와 함께 말러의 〈교향곡 9번〉 콘서트에 다녀왔다. 물론 엄마는 바빠서 못 왔다. 난생처음 예술의 전당이라는 곳에 가 보았다. 우리는 주차장에 주차를 하고 한참 동안 걸어서 올라갔다. 나중에 알게 된 사실이지만 아빠가 콘서트홀 쪽 주차장에 주차를 안 하고 오페라 극장 쪽 주차장에 주차를 했던 것이다. 아빠 덕택에 오들오들 떨면서 20분 넘게 콘서트홀을 찾아 헤맸다. 엄마가 안 오길 정말 잘했다.

아빠는 말쑥한 정장에 코트까지 잘 차려입었다. 희정이는 하얀 스웨터에 더플코트를 입었고 머리에 털모자를 썼다. 나는 까만 스웨터에 모직 코트를 입고 머리에 하얀 빵모자를 썼다. 이 정도면 우리 모두 괜찮았다. 사실 희정이는 괜찮은 정도가 아니라 꼭 천사 같았다. 예술의 전당에 모인 수백 명 중에서 희정이가 가장 돋보였다. 내 가슴에 '김희정의 남자 친구'라는 명찰을 달고 다니고 싶을 정도였다.

우리는 티켓을 받으러 매표소에 갔다. 매표소 직원이 아빠에게 이름을 물었다.

"허수정입니다."

매표소 직원이 상자에서 표를 찾았다. 그런데 표가 없다.

"허수정 님이 맞으시죠?"

매표소 직원이 아빠 이름을 다시 확인했다.

"네, 맞아요. 그런데 C석이거든요."

"아, 네. 죄송합니다."

매표소 직원이 미리 출력하여 봉투에 담아 둔 VIP석과 R석의 티켓 상자를 테이블 위에 올려 두고 나서, 컴퓨터로 즉석에서 C석의 좌석표를 출력하여 건네주었다.

희정이가 재미있는지 키득거렸다. 나는 좀 부끄러웠지만 내색하지 않으려고 애썼다.

"괜찮아. 예술의 전당 콘서트홀은 C석이 제일 좋아. 아빠가 옛날에 많이 와 봐서 잘 알아."

아빠는 우리 좌석이 C석이라는 것에 대해서 전혀 개의치 않고 말했다.

"그런데 왜 주차는 엉뚱한 곳에 했어요?"

내가 물었다.

"대학생이 무슨 차가 있냐? 차로는 처음 와서 그렇지."

듣고 보니 아빠 말이 맞는 것 같다. 정말 C석이 제일 좋은지는 곧 증명되리라!

3층으로 올라가는 계단은 가파르고 높았다. 아빠는 계단을 오르며 우리에게 이런 말을 했다.

"VIP석이나 R석 초대권보다 C석이지만 내 돈으로 티켓을 사서 보는 게 더 재미있어. 진짜야!"

이 말 역시 곧 증명되리라.

3층으로 올라가는 계단 옆 발코니에 은행 VIP 고객을 위한 라운지가 마련되어 있었다. 먹을 것과 마실 것이 준비되어 있었고, 옷을 잘 차려입은 사람들이 삼삼오오 모여서 이야기를 나누고 있었다. 초대권으로 온 사람들이었다. 나는 한눈에 알 수 있었다. 그러고 보니 아빠 말이 맞는 것 같다. 초가삼간이라도 내 집이 최고라고 하지 않던가? 단돈 만 원짜리 C석이지만 돈 내고 보는 것이 더 좋다. 우리는 순수하게 음악을 찾아서 온 게 아닌가! 지난 한 달 동안 질리도록 말러를 듣고 또 들으며 말이다.

우리 좌석은 맨 오른쪽 구석이었다. 좌석이 좁아서 외투를 벗어 무릎 위에 올려 두어야 했다. 연주자들이 한 명씩 올라오더니 악기를 조율하기 시작했다. 수십 명이 동시에 악기를 조율하니 세상에 이런 소음이 없다. 그런데 무대 한쪽에 사다리가 있었다. 공연이 곧 시작할 텐데 아직도 사다리를 치우지 않고 그대로 두다니 너무하다는 생각이 들었다.

지휘자가 무대 위로 올라왔다. 내 자리에서는 지휘자가 손톱보다 작게 보였다. 게다가 뒤통수만 보였다! 그런데 놀랍게도 그가 지휘봉을 들어 올리자 오케스트라의 소리가 3층 이 먼 곳까지 또렷하게 들렸다. 아빠의 낡은 오디오나 내 방의 고물 스테레오에서 흘러나오는 그런 소리가 아니었다. 동완이 아빠의 서재에서 듣던 웅장한 사운드와도 비교가 안 되는 진짜 음악이 콘서트홀을 가득 메웠다.

그런데 1악장 중간에 오케스트라 단원 한 명이 막대기를 들고 사다리에 올라가는 게 아닌가. 그러더니 긴 쇳덩어리를 때리기 시작했다. 딩딩 하고 낮은 소리가 울려 퍼졌다. 재미있는 광경이었다. 음악보다 더 깊은 여운을 준 장면이었다.

1악장이 끝나고 휴식 시간에 지각생들이 들어와 좌석을 찾았다.

좀 일찍 오면 안 되나? 일부 사람들은 말러의 2악장이 두려운지 외투를 들고 아예 콘서트홀 밖으로 도망갔다. 휴식 시간에 아빠는 사다리에 올라가 연주한 악기의 이름이 베이스 차임이라고 알려 주었다.

2악장이 시작되었다. 아빠의 작업실에서 듣던 음악보다 더 경쾌한 소리가 울려 퍼졌다. 현악기 소리가 이렇게 부드럽고 날아갈 듯이 가볍다니. 관악기 소리도 전혀 찌그러지지 않고 선명하게 들렸다. 이건 지난 몇 주 동안 들었던 그 음악이 아니었다. 전혀 다른 음악, 즉 진짜 '쌩음악'이었다.

3악장이 시작되자 몸이 근질근질했다. 음악도 이제 좀 덜 신선하고 흥분도 많이 가라앉은 것 같았다. 난 솔직히 그랬다. 그래서 오케스트라 단원의 수를 세면서 음악에 집중하려고 했다. 그런데 첼로 파트는 내 자리에서 보이지 않았다. 그래서 단원 수를 정확히 셀수가 없었다. 눈대중으로 짐작해 보니 백 명 정도 되는 것 같았다.

4악장이 끝날 무렵에는 오줌이 마려워서 혼났다. 역시 말러는 말러다. 80분 넘게 꼼짝하지 않고 듣는 게 쉽지는 않았다. 타악기 주자가 사다리에 올라가 베이스 차임이나 한 번 더 때려 주길 기대했지만 아쉽게도 그런 일은 일어나지 않았다. 앞으로 작곡가들에게 교향곡은 60분 이내로 작곡하라고 권하고 싶다.

드디어 4악장이 끝났다. 박수 칠 시간이다. 나는 다니엘 호프의 《박수는 언제 치나요?》를 읽었기 때문에 확실히 알고 있다. 힘껏 박수를 쳤다. 박수를 세게 치고 있으니 스트레스가 확 풀리는 것 같았다. 지난 몇 주 동안 기말고사 때문에 받았던 스트레스가 박수 속에서 녹아내리는 것 같았다. 이제는 자리에서 일어나 박수를 쳤다. 1층과 2층 사람들도 모두 자리에서 일어나 박수를 쳤다. 지휘 자가 몇 번 왔다 갔다 할 때까지 모두 힘껏 박수를 쳤다. 사람들 모 두 박수로 스트레스를 풀고 있는 것 같았다. 말러의 정신없는 음악 이 끝나서 안도의 박수를 치는 사람도 꽤 많이 있는 것 같았다. 박 수 소리에서 안도의 한숨이 느껴졌다. 나는 알 수 있다. 사실 이 길 고 지루한 음악이 끝나지 않았다면 어쩔 뻔했는가!

손바닥이 퉁퉁 부을 때까지 박수를 치고 나니 허기가 밀려왔다.

12월 10일 토요일

아침에 아빠가 일어나자마자 말러의 〈교향곡 9번〉을 틀었다. 낡 은 오디오에서 흘러나오는 소리는 어젯밤 흥분에 비하면 상당히 심심했다. 하지만 왠지 이 곡을 잘 알고 있는 느낌이 들었다. 카랑 카랑하던 관악기의 소리도 포근하기까지 했다. 말러의 음악이 친 숙해졌다.

아침에 정수 이모 집에서 수학 공부를 하는데 이모가 이번 수학 시험의 마지막 문제는 내가 이미 배웠던 것이라고 한다. 그리고 문 제집을 펼치더니 바로 이 문제가 아니냐며 가리키는 것이 아닌가? 할 말이 없었다. 선물이 허공으로 사라졌다. 이모에게 하나밖에 안 틀렸는데 조그만 선물이라도 좀 어떻게 안 되겠냐고 했더니 이모는 안 된단다. 이모는 이런 것에 있어서는 언제나 칼이다. 양보도 없고 기준을 바꾸지도 않는다. 대신 해 주기로 한 것은 무조건 해 준다. 결국 이모의 말처럼 내년을 기약하기로 했다.

12월 11일 일요일

이제 2주만 지나면 겨울방학이다. 우와! 희정이랑 다시 파리에 가고 싶지만 그건 불가능하다. 다행히 겨울방학이 되면 희정이네와 동완이네랑 함께 속초로 여행을 가기로 했다. 지난봄 수학여행으로 속초에 가긴 했지만 그건 무효다. 12월 30일에 출발하여 1월 1일 해돋이를 보고 서울로 돌아오기로 했다. 엄마랑 아빠는 속초에 다녀온 지 얼마 안 되어 싫다지만 희정이네와 동완이네가 속초로 가자고 강력히 주장했다. 물론 나는 부모님 편을 들지 않았다. 나만 빼고 속초 여행을 다녀온 대가다.

희정이네 차에 탈까? 아니면 아빠 차에 탈까? 사실 이런 고민은 전혀 할 필요가 없다. 희정이가 타는 차에 내가 탄다.

12월 12일 월요일

겨울방학까지 너무 멀다. 기말고사도 끝났는데 교장 선생님이 화끈하게 방학을 선포해 주길 바란다.

12월 13일 화요일

교장 선생님이 심한 독감으로 결근 중이다. 그렇다면 교감 선생님이 화끈하게 겨울방학을 선포해 주길 바란다.

12월 14일 수요일

아침밥을 먹다가 아빠가 머지않아 우주의 비밀이 풀릴 것 같다고 했다. 보통 때 같으면 엄마가 어서 밥이나 먹으라고 했을 텐데 그게 무슨 말이냐고 아빠에게 물었다. 그러자 아빠는 유럽입자물리연구소 선(CERN)에서 신의 입자라고 불리는 힉스 입자도 찾았으니 머지않아 암흑물질과 암흑에너지를 찾는 건 시간문제라고 했다.

내가 아빠에게 힉스 입자가 뭐냐고 물었더니 아빠는 힉스 입자란 힉스라는 과학자가 내세운 가상의 입자인데 이게 2012년에 발견되었단다. 아빠는 만약 힉스 입자가 없으면 우주가 붕괴할 것이라고 했다. 우주에서 암흑물질은 27프로를 차지하고 암흑에너지는 68프로를 차지하지만 아직 베일에 싸여 있단다. 만약 이 베일이 벗겨지면 우리가 사는 우주의 기원이 밝혀진다는 것이다.

나로서는 정말 이해할 수가 없다. 암흑물질이나 암흑에너지 없이도 이렇게 잘 사는데 왜 굳이 그걸 찾으려 하는지 모르겠다. 만약 그런 게 없으면 도대체 어떡하려고 그러시나?

잠자리에 들었다가 다시 일어났다. 그놈의 암흑물질과 암흑에너지 때문에 잠을 잘 수가 없다. 그게 없으면 우주가 붕괴하고 그렇게 되면 희정이와도 끝장이다. 도저히 안 되겠다. 나도 함께 이 물질들을 찾아봐야겠다.

그런데 어디서 찾지?

12월 15일 목요일

아빠가 아침밥을 먹다가 아무래도 암흑물질과 암흑에너지는 당분간 찾기 어려울 것 같다고 했다. 그래서 나도 당분간 이것들은 그냥 내버려 두기로 했다. 그런데 아빠가 갑자기 이런 말을 했다.

"우주는 11차원이라는데 이건 도대체 어떻게 증명하려나?"

아빠가 다시 회사에 다녔으면 좋겠다.

12월 16일 금요일

과학 시간에 종구가 김난주 선생님에게 우주가 계속 커진다고 하는데 그게 사실이냐고 물었다. 선생님은 "종구가 얼마 전에 뉴스를 보았군요? 노벨물리학상을 받은 과학자들이 우주가 더 빨리 팽창하고 있다는 것을 밝혀냈어요. 그런데 우주가 왜 더 빨리 커지고 있는지는 아직 아무도 몰라요. 과학자들이 암흑물질과 암흑에너지에 대한 비밀을 밝혀내면 많은 의문이 풀릴 것으로 기대하고 있어요. 여러분 중에서 누가 이걸 찾으면 노벨상을 받을 수 있을 거예요." 하고 말했다.

나는 암흑물질과 암흑에너지라는 단어가 무척 친근하게 들렸다.

사실 이 녀석들을 발견하려고 며칠 동안 고민도 하지 않았는가. 그래서 나도 모르게 손을 들고 하지 말았어야 할 질문을 해 버렸다.

"그런데 선생님 우주가 11차원이라는 건 언제 증명이 되나요?"

우리 반 아이들이 모두 깔깔거리며 웃었다. 선생님은 얼굴에 미소를 머금고 그건 다음에 공부하자고 했다. 종소리가 쳤기 때문이다.

우리 반 애들이 나를 '11차원'이라고 부른다.

12월 17일 토요일

희정이는 내게 우주가 11차원이라는 걸 어디서 들었냐고 물었다. 그래서 그저께 아침밥 먹다가 아빠가 해 준 이야기를 들려주었다. 그러자 희정이가 이러는 거다.

"우리 아빠도 우주가 11차원이라고 믿고 있어. 우리가 살고 있는 우주 말고 다른 우주가 얼마든지 있을 수 있대. 다른 우주에는 우리랑 똑같은 사람들이 살고 있을 수 있는데, 거기에 있는 우리는 어쩌면 학생이 아니라 선생님일 수 있다는 거야. 그리고 우리는 손이 두 개가 아니라 가슴에 손이 하나 더 있어서 손이 세 개일 수도 있다고 해. 우주는 모두 입자로 구성되어 있는데 입자의 조합은 결국 확률의 문제라는 거야. 우주가 11차원인 것은 우리가 아는 4차원에 아주 작아서 보이지 않는 차원 여섯 개와 커다란 막으로 된 1차원이 있기 때문이래. 그래서 우주는 11차원인데 우리 눈으로는 그걸 볼 수 없대."

물론 이건 모두 희정이 아빠 이야기다. 희정이는 아빠에게 이 이야기를 너무 많이 들어서 이제는 이렇게 달달 외운다고 했다. 나는 희정이가 이 말을 할 때 숨도 쉬지 않아서 숨이 막혀 죽는 줄 알았다.

도대체 우주가 몇 차원인 게 뭐 그리 중요한가? 희정이랑 나의 사랑이 더 중요하지. 셜록 홈즈는 지구가 태양 주위를 돈다는 것을 몰랐을 뿐만 아니라 둥글다는 것조차도 몰랐다. 그래도 얼마나 많은 사건을 해결했는가. 이제 그만 우주의 차원에 대해서는 내려놓아야겠다.

12월 18일 일요일

종구가 아침부터 전화를 했다.

"11차원 씨 부탁합니다."

스마트폰에서 배터리를 확 빼 버렸다.

12월 19일 월요일

학교 앞 횡단보도에서 교통사고가 났다. 등교하던 1학년 학생 두 명이 차에 치여 119가 출동했다. 다행히 목숨에는 지장이 없지만 한동안 목발을 짚고 다녀야 한다. 사고가 난 원인은 어이없게도 운전자가 스마트폰으로 문자메시지를 확인하느라 운전에 집중을 안 했기 때문이란다. 멍청한 운전자는 빨간 신호등으로 바뀐 줄도 모르고 브레이크를 밟지 않았다고 한다.

담임선생님이 조회시간에 요즘 운전 중에 스마트폰을 보는 사람이 너무 많아져서 걱정이라며 우리들에게 더욱 조심하라고 신신당부를 했다.

스마트폰의 저주인가? 사람들은 무언가를 할 때 꼭 스마트폰으로 다른 것을 함께 한다. 극장에서 영화를 볼 때도 스마트폰을 하고, 운전할 때도 스마트폰을 하고, 길을 걸을 때도 스마트폰을 한다. 스티브 잡스는 사람이 이렇게 변하리라는 것을 알았을까?

그나저나 며칠만 지나면 신나는 겨울방학인데 교통사고를 당한 애들은 놀지도 못하고 안됐다.

12월 20일 화요일

새벽부터 함박눈이 내렸다. 마당에 눈이 무릎까지 쌓여 대문을 열 수도 없었다. 오늘 하루 임시 휴교를 했다면 얼마나 좋았을까. 버스가 오지 않아서 20분 넘게 정류장에서 덜덜덜 떨어야 했다. 결국 지각했다. 하지만 지각생 대부분이 구길동에서 등교하는 학생들이었기 때문에 야단을 맞지는 않았다.

12월 21일 수요일

올해 크리스마스 선물 목록이다. 이걸 다 사려면 복면을 하고 은행이라도 털어야 할 것 같다.

- 크리스마스 선물 목록

1. 희정이 : 목도리(반드시 털실이어야 한다)

2. 엄마 : 로션(다행히 엄마가 쓰는 모델은 비싸지 않다. 역시 피부는 타고나야 한다)

3. 아빠 : 손톱깎이 세트(아빠에게 꼭 필요하다)

4. 할아버지 : 양말 세트

5. 할머니 : 양말 세트

6. 정수 이모 : 어떤 날 1집 앨범(전화로 솔직하게 물어보았다. 이모는 쓸데없는 선물을 가장 싫어한다. 화끈하게 물어보고 사 달라고 하는 것을 사면 된다)

7. 이모부 : 어떤 날 2집 앨범(이모부에게는 물어볼 필요 없다. 이모가 골라 준 것으로 사면 된다)

8. 동완이 : 크리스마스카드와 일기장(새해에는 일기를 쓰라는 권유이다)

9. 종구, 혜선이, 민아 : 조그만 수첩 한 권씩(너희들에게는 상당히 과분한 선물이다)

10. 시시나 아저씨 : 따뜻한 털장갑(스리랑카에 비하면 서울은 얼마나 추운가)

12월 22일 목요일

용돈을 모두 털어서 크리스마스 선물을 장만했다. 아무래도 본전을 뽑으려면 받고 싶은 선물 목록을 서둘러 뽑아야겠다.

- 받고 싶은 크리스마스 선물 목록

1. 희정이 : 너에게 원하는 것은 사랑뿐이야. 볼에다 해 주는 뽀뽀라면 감사히 받겠다.

2. 엄마 : 펠리컨 만년필이면 좋겠다.

3. 아빠 : 실업자 아빠에게 무엇을 기대하겠는가? 그냥 자전거 한 대면 만족하겠다. 정수 이모 아파트에 세워 두고 봄이 되면 희정이랑 함께 타고 싶다. 희정이 오빠 자전거는 그만 빌려 타고 싶다.

4. 할아버지와 할머니 : 자전거 탈 때 쓰는 헬멧이면 좋겠다. 희정이 오빠의 헬멧은 너무 커서 이제 그만 쓰고 싶다.

5. 정수 이모 : 공짜로 수학을 가르쳐 주니 더 바랄 게 없다.

6. 이모부 : 월급도 많으니 최신형 스마트폰을 사 주면 좋겠다. 그게 이모부에게 마음의 평안을 줄 것이다. 나는 세상에 하나밖에 없는 조카이지 않은가.

7. 동완이 : 너의 양심에 맡긴다.

8. 종구, 혜선이, 민아 : 너희들에게 양심이 있다는 것을 증명해 보여라!

9. 시시나 아저씨 : 어서 저축 많이 해서 가족이 있는 스리랑카로 돌아가세요. 제가 어른이 되면 찾아갈게요.

받고 싶은 선물 목록을 눈에 잘 띄도록 냉장고 문에 붙여 두었다.

이번 주 토요일은 크리스마스 휴일이라서 수학 수업도 영어 수업도 없다. 크리스마스가 1년에 두 번이면 좋겠다. 물론 세 번이면 더 좋고.

12월 23일 금요일

왜 내가 붙여 놓은 크리스마스 선물 목록에 반응이 없는지 모르겠다. 엄마와 아빠에게 벌써 노안이 왔나?

12월 24일 토요일

시시나 아저씨가 스리랑카에서 보내 온 홍차를 선물로 주었다. 희정이네와 동완이네에게도 홍차를 선물했다고 한다. 나는 시시나 아저씨에게 따뜻한 털장갑을 선물로 주었다. 아저씨가 기뻐하니 내 기분도 좋았다.

12월 25일 일요일 (크리스마스)

크리스마스다. 우리 집안에는 예수 그리스도를 신으로 믿는 사람이 아무도 없지만 딱히 예수님을 싫어하는 사람도 없다. 예수님이 무슨 죄인가? 예수님을 믿는 사람이 문제지.

아침에 일어나자마자 엄마와 아빠에게 크리스마스 선물을 주었다. 엄마는 만날 쓰던 로션이 하나 더 생겼다며 좋아하고, 아빠는 전용 손톱깎이가 생겼다며 기뻐한다. 사실 내가 무엇을 선물했어도 즐거워할 것이다. 엄마랑 아빠는 내게 자전거 열쇠가 든 작은 상자를 내밀었다. 정수 이모 집에 가면 자전거가 있을 테니 반드시 밤섬과 한강 자전거도로에서만 타라고 했다. 우리 구길동에는 자전거 도로가 없기 때문에 절대 타지 않기로 약속했다.

자전거 열쇠를 받아 들고 정수 이모 집으로 곧장 가고 싶었지만 할아버지 댁에 먼저 들렀다. 할아버지와 할머니께 양말 세트를 선물로 드렸다. 할아버지와 할머니 모두 기뻐하신다. 할아버지와 할머니께서 내 선물은 역시 정수 이모 집으로 가면 확인할 수 있다고 했다. 나는 서둘러 정수 이모 집으로 갔다.

정수 이모에게는 '어떤 날 1집'을 이모부에게는 '어떤 날 2집'을 선물로 주었다. 정수 이모는 내게 펠리컨 만년필을 선물했다. 우와! 이모부는 검정색 잉크를 선물로 주었다. 아무래도 짠돌이 이모부는 집을 한 채 더 장만할 생각인가 보다.

이모가 준 만년필은 펠리컨 M150 모델인데 잉크를 주입하는 방식이 정말 쉽다. 손에 잉크가 전혀 묻지 않고 양도 많이 들어갔다. 이모부는 펜촉이 EF촉이라며 EF를 영어로 설명해 주었는데 아마도 펜촉이 가는 촉이라는 뜻 같았다. 그거야 밑줄 한번 그어 보면 아는 거다.

이모부는 앞으로 내게 십 년 동안 잉크만 선물할 것 같다. 조만간 무슨 조치를 취해야겠다.

엄마랑 아빠가 선물로 준 자전거를 이모부에게 받아서 한번 타

보았는데 추워서 백 미터도 갈 수가 없었다. 할아버지 할머니가 선물해 준 헬멧도 머리에 쓰니 너무 추워서 일단 이모 집으로 후퇴했다. 봄이 될 때까지 자전거는 정수 이모 집 발코니에 세워 두기로 했다.

정수 이모 집을 나와서 희정이에게 갔다. 희정이 엄마는 따뜻한 코코아를 타 주었다. 코코아를 마시며 나는 희정이에게 목도리를 선물했다. 희정이는 내게 남성용 화장품 세트를 주었는데, 화장품 곳곳에 'For Men'과 'HOMME'라는 글씨가 당당하게 쓰여 있었다. 우와와와와와!

존슨 앤드 존슨 베이비 로션이여, 안녕!

굿바이, 니베아!

12월 26일 월요일

희정이가 하얀 털실 목도리를 두르고 학교에 왔다. 내가 목도리였으면 얼마나 좋을까!

12월 27일 화요일

정수 이모와 이모부도 이번 속초 여행에 함께 가기로 했다. 설마 속초에서 수학 공부를 하자고는 않겠지!

12월 28일 수요일

오늘부터 겨울방학이다. 하지만 학교 수업을 마치고 희정이랑 함께 정수 이모 집에 갔다. 이모가 이번 주에도 수학 공부를 빼먹으면 2주 연달아 빠지는 게 되기 때문에 오늘 수학 공부를 하자고 했다. 마음은 콩밭에 가 있는데 수학 문제를 풀려니 지겨워서 혼났다. 그런데 희정이는 아무렇지도 않은가 보다. 잘만 푼다.

이모가 수학 숙제를 산더미처럼 내주었다. 내일 아침에 숙제 검사를 받으러 가야 한다. 아이고, 내 신세야!

12월 29일 목요일

어제 하루 종일 정수 이모가 내준 수학 숙제를 하느라 방학 첫날을 완전히 망쳤다. 아침 일찍 정수 이모에게 숙제 검사를 받았다. 나도 합격, 희정이도 합격이다.

희정이랑 나는 지난주부터 벼르고 있던 영화를 보러 갔다. 극장 입구에서 표 검사를 하는 누나가 우리에게 몇 살이냐고 물었다. 우리는 열다섯 살이라고 했는데 믿지 않아서 학생증까지 보여 주었다. 그 누나는 감기에 걸린 것 같다. 내가 아이들같이 니베아 로션을 바른 것도 아니고, 분명히 남성용 화장품을 얼굴에 듬뿍 발랐는데도 전혀 냄새를 못 맡은 것 같다.

집에 돌아와서 내일 속초에 갈 여행 가방을 쌌다. 처음에는 이틀 밤이라 간단하게 싸려고 했지만 우리 차로 가니 굳이 간단하게 쌀 필요가 없었다. 엄마가 내 짐을 보더니 반으로 줄이라고 한다. 그래서 몇 개를 덜어냈다. 여벌용 청바지, 여벌용 오리털 파커, 여벌용 운동화, 등산화(케이블카를 탈 계획이니 필요 없다고 함), 소형 등산 가방, 여벌 수건, 여벌 속옷, 잠옷(추리닝으로 대체), 여벌 장갑 등이다.

12월 30일 금요일

네 가족이 자동차 세 대로 움직이기로 했다. 정수 이모랑 함께 타지 않아서 다행이다. 우리 차가 7인승이라서 다섯 명이 타기로 했다.

1호차(3명) : 희정이 아빠, 희정이 엄마(운전), 희정이 오빠

2호차(4명) : 동완이 아빠, 동완이 엄마(운전), 정수 이모, 이모부

3호차(5명) : 아빠(운전), 엄마, 나, 희정이, 동완이

07:00 희정이네 아파트 주차장에 모두 모임(일곱 시 이전에 일어났던 일들을 모두 쓰려면 백 장도 부족해서 생략함. 바둑이는 아침 일찍 할아버지 댁에 맡김).

07:05 내비게이션을 세팅하고 출발. 서로 신경 쓰지 말고 달리기로 함.

07:10 일찍부터 도로에 차가 많음. 아빠가 동해안 일출을 보러 떠나는 사람들이라고 알려 줌.

07:15 엄마가 졸기 시작. 우리가 살살 이야기를 하는데 아빠가 떠들어도 상관없다고 함. 엄마는 눈을 감은 채 상관있다고 함. 아빠가 상관있다고 정정함.

07:40 고속도로 진입.

08:05 엄마가 잘 잤다며 일어남. 엄마가 너희들은 왜 이렇게 조용하냐고 함. 이제 아빠가 떠들어도 상관없다고 함. 그런데 떠들려고 하니 막상 할 말이 없음. 빨리 운전을 배워야겠다고 생각함.

08:15 희정이가 내 어깨에 기대어 졸기 시작.

08:25 희정이가 졸면서 내게 팔짱을 낌.

08:30 동완이가 부러워서 죽으려고 함.

09:45 희정이가 나를 흔들어 깨움. 나는 침을 질질 흘리며 자고 있었음.

09:50 백담사 아랫마을에 도착. 우리 열두 명은 황태국밥집에서 아침 식사를 함. 비운전자인 희정이 아빠, 동완이 아빠, 이모부는 막걸리를 한 잔씩 마심. 우리 아빠는 운전 때문에 못 마심. 막걸리 한 잔이 두 잔이 되어 시간을 너무 지체함.

11:10 미시령 터널 통과. 주차장에 주차하고 기념 촬영.

11:15 웅장한 울산바위를 배경으로 희정이랑 단둘이 사진 촬영. 희정이랑 나는 손가락으로 승리의 브이를 그림.

11:20 희정이 오빠와 동완이가 함께 승리의 브이를 그리며 사진 촬영. 하나도 안 부러움.

12:00 설악산 콘도에 도착. 정수 이모네랑 한방에 묵는 줄 알고 순간 당

황함. 그런데 우리 아빠가 자동차 탄 멤버대로 방에 묵자고 함. 희정이랑 나랑 강력히 지지함. 아빠가 내 귀에 대고 "나중에 신세 갚아라." 하고 속삭임.

　－507호실 : 엄마, 아빠, 나, 희정이 아빠, 희정이 엄마, 희정이 오빠, 희정이.

　－508호실 : 동완이 아빠, 동완이 엄마, 동완이, 정수 이모, 이모부.

14:00 점심으로 냉면을 먹으러 감. 속초 냉면이 맛있다고 어른들이 좋아함. 희정이랑 나는 냉면 맛을 잘 몰라서 많이 먹지 못함. 희정이 오빠가 냉면을 아주 잘 먹음.

15:40 설악산 주차장에 도착.

16:10 케이블카를 타고 권금성에 오르기로 함.

17:15 권금성 정상 도착. 바람이 몹시 세차게 붐. 내가 나무가 모두 엘비스 프레슬리 머리처럼 올백이라고 함. 희정이가 깔깔대며 웃음. 희정이가 춥다며 내게 팔짱을 꽉 낌.

18:00 설악산 주차장에 도착.

18:45 속초 중앙시장에서 광어, 우럭 등 각종 회와 해산물을 삼.

18:50 1호차와 2호차가 먼저 콘도로 출발.

19:10 손질한 회를 가지고 3호차도 콘도로 출발.

19:40 저녁 식사. 아빠들은 회에 소주와 맥주를 마심. 엄마들은 우아하게 와인을 마심. 희정이 아빠가 희정이 오빠에게 공부하느라 수고했다며 맥주를 한 잔 줌. 희정이 오빠가 아주 능숙하게 원샷 후 어른들과 함께 맥주

마심. 우리 아빠는 내일 운전해야 한다며 엄마가 소주 세 잔까지만 허락함. 아빠는 소주 한 잔을 한 병처럼 아껴서 마심.

20:40 희정이랑 동완이랑 나는 카드 게임을 하고 높.

22:00 동완이가 먼저 자겠다며 508호로 돌아감. 눈치 빠른 좋은 친구임.

22:30 세상에서 제일 무거운 건 눈꺼풀. 몹시 피곤하여 더 놀 수가 없음. 씻고 잠자리에 듦.

12월 31일 토요일

07:00 화장실이 붐빌 것을 대비해 맨 먼저 일어나서 샤워함.

07:15 혼자 소파에 앉아서 텔레비전을 봄. 스페인 여행 다큐멘터리가 방송되고 있었음. 희정이가 부스스한 얼굴로 화장실에 들어감.

07:30 말쑥하게 차려입은 희정이가 내 옆에 앉음. 스페인 남부는 겨울인데도 춥지 않아 보임. 나중에 희정이랑 신혼여행으로 스페인을 가고 싶다는 생각을 함. 물론 희정이에게 물어보지는 않음. 그런데 희정이가 갑자기 스페인으로 신혼여행 가면 좋겠다고 함. 내 입가에 미소가 번짐.

07:45 어른들이 일어나서 씻기 시작함.

08:00 희정이 아빠가 소파로 오더니 다큐멘터리를 함께 봄. 희정이 아빠가 "내년에는 스페인이나 다녀올까?" 하고 희정이에게 물어봄. 희정이랑 나는 "네!" 하고 대답함.

08:35 아침밥을 먹기 위해 학사평으로 감. 순두부와 곰치탕을 먹음. 곰치탕은 순두부보다 두 배 이상 비쌈. 어른들은 해장을 위해서 곰치탕을 먹

음. 희정이 엄마가 그러는데 곰치는 옛날에는 먹지도 않고 버리는 생선이었다고 함. 물컹물컹하고 못생긴 싸구려 생선이었는데 지금은 귀해서 매우 비싸다고 함.

09:40 낙산사로 출발. 짝을 지어 낙산사 산책. 동완이는 희정이 오빠랑 짝이 되어 산책. 차가운 바닷바람을 맞으며 희정이랑 걸음.

10:45 희정이 아빠가 동완이 아빠에게 소주 한잔하자는 신호를 살짝 보냄. 동완이 아빠가 시계를 보더니 너무 이르다는 신호를 보냄. 말이 필요하지 않는 고도의 통신 수단이었음. 마치 수화 같기도 했음. 어른이 되면 자연스럽게 배우는 언어인 게 분명함.

11:05 이모부가 날도 추운데 그만 걷자고 함. 엄마들도 그러자고 함. 이모부가 어디 따뜻한 데 가서 양미리에 소주 한잔 어떠냐고 함. 정수 이모가 아침부터 무슨 술이냐고 함. 겁에 질린 이모부가 농담이었다고 함.

11:10 낙산사 주차장에서 커피 한 잔씩 마심.

11:20 고성 화암사로 출발.

12:00 화암사에 도착. 원래 이름은 화엄사였고 신라 시대에 세워진 절이라고 함. 놀랍게도 화암사가 있는 바로 이곳이 금강산의 끝자락이라고 함. 금강산은 북한에만 있는 줄 알았는데 그게 아니었음.

12:20 정수 이모가 화암사 장독대를 한참 동안 바라보더니 결국 항아리 뚜껑을 열어 봄. 희정이도 달려가서 항아리 안에 뭐가 들어 있나 봄. 나는 스님에게 혼날까 봐 하지 말라고 이모에게 손짓했지만 이모는 전혀 개의치 않음.

12:35 정수 이모랑 희정이랑 동완이랑 화암사 수바위에 올라감. 바위가 미끄러워서 많이 올라가지 못함.

13:10 고성 바닷가 마을에서 물회를 점심으로 먹음. 아빠들은 소주 한잔을 간절히 원했지만 엄마들의 반대로 저녁때 마시기로 함.

14:05 희정이 엄마, 정수 이모, 희정이, 나는 콘도로 안 돌아가고 영랑호에 감. 나머지 사람들은 한숨 잔다며 콘도로 돌아감.

15:00 영랑호 도착. 범바위까지 다녀옴. 범바위가 아니라 꼭 공룡 알같이 생겼음. 희정이랑 나는 앞으로 범바위라고 부르지 않고 공룡알바위라고 부르기로 약속함. 우리 둘만의 용어를 만들기로 함.

16:05 영금정 도착. 시원한 동해 바다가 펼쳐짐. 내가 동해는 우리 입장에서 동해지만 일본 입장에서는 서해인데 왜 모두가 동해라고 불러야 하냐고 정수 이모에게 물어봄. 정수 이모는 정색을 하며 원래 이름이 동해이기 때문에 동해를 포기하면 안 된다고 함. 만약 동해라는 이름을 포기하고 다른 이름으로 동해를 부른다면 일본은 더 강하게 독도를 자기네 땅이라고 주장할 것이라고 함. 또한 동해의 여러 해저 지명도 일본의 뜻대로 불릴 수 있다고 함. 희정이 엄마도 동해와 독도 문제는 일본의 한반도 침략 전쟁의 연장선에 있다고 함. 일본의 주장을 보면 아직도 한반도 침략 전쟁은 끝나지 않은 상태라고 함. 나는 깜짝 놀라며 그게 무슨 말인지 모르겠다고 함. 그러자 희정이 엄마가 독도는 일본이 을사늑약 전에 러일전쟁을 일으키며 맨 먼저 빼앗은 땅이고, 이를 시작으로 한반도 전체를 침략했다고 함. 일본이 만날 사과를 하지만 그건 말뿐이고 진정성이 없는

것이라고 함. 일본이 주장하는 독도와 동해의 문제는 과거 일본의 한반도 식민 지배를 정당화하는 것이라고 함. 우리에게는 절대 포기할 수 없는 주권이라고 함. 내가 "우와!" 하며 놀라자 희정이 엄마는 대학 때 독도문제연구소에서 동아리 활동을 했다고 알려 줌. 미래의 장모님이 엄청나게 멋짐!

16:25 독도와 동해 때문에 몸이 꽁꽁 얼어 버림.

17:30 속초 중앙시장에서 각종 회와 오징어순대 등을 사서 콘도로 돌아옴.

17:55 저녁 식사 시작. 아빠들은 해산물 안주에 소주를 마심. 내일은 엄마가 운전하기로 해서 우리 아빠도 맥주를 몇 잔 마심. 희정이 오빠는 소주와 맥주를 가리지 않고 아주 잘 마심.

19:55 방에 들어가서 희정이랑 책을 읽음. 그러니까 나는 책을 읽고 희정이는 들음.

22:30 내일 해돋이 구경 때문에 모두 일찍 잠자리에 듦.

1월

고양이 구출 대작전

1월 1일 일요일

새해가 되었지만 어제와 특별히 달라진 건 아무것도 없다. 아침 여섯 시부터 일어나서 해돋이를 보겠다며 부산을 떨었다. 일곱 시에 콘도에서 체크아웃을 하고 영금정으로 갔다. 주차장은 이미 만원이었다. 겨우 주차를 마치고 우리는 전망 좋은 곳에 자리를 잡았다. 7시 20분이 되었지만 해는 아직 뜰 기미조차 없었다. 갑자기 이모부가 "해다!" 하고 소리를 쳤는데 그것은 해가 아니라 오징어 배의 불빛이었다.

7시 40분경, 드디어 해가 바다에서 솟아오르기 시작했다. 희정이 와 나는 손을 잡고 서로를 보며 웃었다.

우리는 서둘러 기념사진을 찍고 차에 올라타 서울로 출발했다. 조금만 지체하면 미시령 터널을 빠져나가는 데만 몇 시간이나 걸린다고 정수 이모부가 겁을 주었기 때문이다. 우리가 미시령터널 쪽으로 달리는데 해는 벌써 우리 머리 위에 떠 있었다. 미시령터널을 무사히 통과하고 나서 용대리 황태마을에서 아침 식사를 했다. 이번에는 아무도 소주를 찾지 않았다. 우리 아빠를 빼면 다른 아빠들은 내일부터 출근하기 때문이다. 출근 생각을 하면 술맛이 전혀 안 날 것 같다.

이모부 덕에 늑장을 피우지 않고 빨리 출발해서 그런지 조금도 막히지 않고 서울에 무사히 도착했다.

1월 2일 월요일

엄마는 출근하고 아빠는 작업실에서 글을 쓰고 있다. 나는 올해 계획표를 세웠다.

- 허벅 님의 신년 계획표

1. 희정이에게 충성한다!

2. 계단에서 뛰지 않는다. (희정이의 지적 사항임)

3. 밥을 빨리 먹지 않는다. (역시 희정이의 지적 사항임)

4. 자세를 바로 한다. (역시 희정이의 지적 사항임)

5. 책을 읽고 나서는 아빠 서가에 다시 꽂아 둔다.

6. 책을 읽다가 중간에 중단하지 않고 끝까지 읽는다.

7. 자전거를 조심히 탄다.

8. 바둑이 집을 잘 청소한다.

9. 어려운 사람을 보면 도와준다.

10. 부모님 말을 잘 듣는다. 특히 엄마 말을 잘 듣는다.

11. 아빠 말은 잘 가려서 듣는다. (이건 아빠의 요청 사항임)

12. 공부를 열심히 한다.

13. 음악과 미술에 대한 공부를 한다. (상식이 너무 부족함)

1월 3일 화요일

엄마가 내 신년 계획표를 보더니 칭찬해 주었다. 10번 '부모님 말을 잘 듣는다. 특히 엄마 말을 잘 듣는다'와 11번 '아빠 말은 잘 가려서 듣는다'를 보더니 기특하다고 했다.

엄마는 아빠에게 신년 계획표를 만들어 보라고 했다. 그런데 아빠는 자신이 무슨 애냐며 버텼다. 지난번에 안식년 계획표도 냈는데 그거면 되지 않냐고 했다. 아빠가 베짱이처럼 안식년 휴가를 즐기더니 배짱이 두둑해진 것 같다.

엄마는 아빠에게 그건 그거고 신년 계획표도 필요하다고 하자 아빠는 웃으며 괜찮다고만 한다. 엄마는 아빠가 신년 계획을 세우지 않겠다면 엄마가 직접 신년 계획을 정해 주겠다고 했다. 아빠는 선선히 그러라고 했다. 그래서 엄마는 아빠의 신년 계획을 이렇게 정해 주었다.

• 아빠 허수정의 신년 계획표
1. 무턱대고 먹다 보면 돼지 꼴 못 면한다.
2. 밥 먹고 이 안 닦으면 틀니 꼴 못 면한다.
3. 막무가내로 펑펑 쓰다 보면 거지꼴 못 면한다.
4. 아내 말 안 들으면 솔로 꼴 못 면한다.

엄마는 아빠의 신년 계획표를 출력하여 아빠 작업실과 안방에 붙여 두었다. 아빠 얼굴에 불안한 기색이 역력하다. 특히 4번에 크게 동요하고 있는 것 같다.

1월 4일 수요일

희정이랑 구청에서 운영하는 어린이집 봉사 활동에 다녀왔다. 방학 동안 매주 수요일 아침 아홉 시부터 한 시까지 봉사를 하기로 했다. 사실 봉사라고 해 봤자 선생님이 꼬맹이들을 모이게 하는 것을 도와주고, 꼬맹이들이 간식 먹는 것을 도와주고, 꼬맹이들이 놀이하는 것을 도와주고, 꼬맹이들이 어지럽힌 신발장 정리하는 것을 도와주고, 꼬맹이들이 점심 먹는 것을 도와주고, 선생님이 청소하는 것을 도와주고, 더럽혀진 유리창 닦는 것을 도와주고, 어제 내린 눈 치우는 것을 도와주는 것이 전부다. 아이고, 허리야!

희정이가 어제 봉사 활동에 다녀온 뒤 몸살이 났다. 비상이다.

1월 5일 목요일

오늘 아침 희정이에게 문병을 다녀왔다. 간밤에 푹 자서 그런지 희정이의 상태는 걱정했던 것만큼 나쁘지 않았다. 희정이 엄마가 타 준 코코아를 함께 마시고 집으로 돌아왔다.

집에 돌아오니 바둑이가 온데간데없이 사라졌다. 대문도 분명히 닫혀 있었는데 감쪽같이 없어진 것이다. 아빠에게 물어보니 아빠도 모른다고 했다. 아빠는 오전 내내 작업실에 있었단다. 대문 말고는 바둑이가 나갈 수 있는 곳이 단 한 곳도 없다. 나는 셜록 홈즈가 되어 집 안 곳곳을 뒤졌다. 평소와 달라진 것은 하나도 없었다.

다만 마음에 걸리는 사실은 바둑이의 밥그릇도 함께 사라졌다는 것이다. 내가 아빠에게 바둑이 밥그릇도 없어졌다고 하니까 아빠는 집에 개 도둑이 든 것 같다고 했다. 나는 두 다리에 힘이 빠져서 털썩 주저앉고 말았다.

아빠랑 한 시간 넘게 동네를 헤맸지만 바둑이의 흔적을 찾을 수 없었다. 나는 너무 울어서 두 눈이 퉁퉁 부어 버렸다. 아빠는 내게 다른 강아지를 한 마리 사 주겠다고 했지만 나는 마음이 풀리지 않았다. 우리 바둑이는 절대로 다른 강아지가 대신할 수 없다.

녹초가 되어 대문을 여는데 마당에서 바둑이가 꼬리를 흔들며 내게 달려왔다. 아빠랑 나는 너무 놀라서 멍하니 서로를 쳐다보았다.

"바둑이 너 도대체 어디 갔었어?"

"멍멍멍."

나는 너무 기뻐서 바둑이를 안아 주고 쓰다듬어 주었다. 그런데 바둑이는 자꾸 몸을 빼면서 내 바지를 물고 잡아당겼다. 그러더니 집 뒤쪽으로 빠르게 달려갔다. 바둑이가 고개를 돌려 우리를 보고 짖자 아빠랑 나는 뭔가 이상한 낌새를 채고 바둑이 뒤를 따라갔다. 이제 걱정은 모두 사라지고 도대체 거기에 뭐가 있는지 호기심이 일었다.

바둑이는 집 뒤쪽 담장 밑에 난 작은 구멍으로 나갔다. 요 녀석 여기에 이렇게 작은 구멍을 파고 주인님 모르게 외출을 했구나. 너 혹시 나 몰래 외박하고 다닌 건 아니겠지. 요 괘씸한 녀석!

바둑이가 담장 밖에서 계속 멍멍멍 하고 짖고 있었다. 아빠랑 나는 담장을 넘을 수 없어서 대문 밖으로 나가 집 뒤쪽으로 돌아갔다. 바둑이가 우리를 보더니 달리기 시작했다. 아빠랑 나는 바둑이를 뒤쫓아 한참을 뛰었다. 바둑이는 골목 끝에 있는 배수구 앞에서 멈췄다. 그리고 우리에게 어서 오라고 짖었다.

배수구 안쪽에는 어미 고양이 한 마리와 새끼 고양이 세 마리가 기진맥진한 상태로 죽어 가고 있었다. 아빠는 외투를 벗어 새끼 고양이 세 마리를 조심스럽게 감쌌다. 어미 고양이가 잠시 그르렁거렸지만 바둑이가 멍멍 짖으며 어미 고양이를 진정시켰다. 나도 아빠처럼 외투를 벗어 어미 고양이를 조심스레 감쌌다. 바둑이는 배수구 안쪽에 떨어져 있는 자신의 밥그릇을 챙겼다. 우리는 서둘러 집으로 돌아왔다.

아빠는 맨 먼저 창고에서 가장 깨끗한 상자를 하나 꺼내 한쪽 면에 구멍을 내어 입구를 만든 다음 푹신한 담요를 깔았다. 그리고 어미 고양이와 새끼 고양이들을 따뜻한 물로 씻긴 후 드라이어로 말렸다. 나는 고양이들이 먹을 수 있도록 우유 네 접시를 준비했다. 바둑이는 우리에게 고양이들을 떠넘기고 나더니 거실과 2층 방을 구경하고 있었다. 바둑이는 마당에서 생활하기 때문에 한 번도 집 안에 들인 적이 없었다. 언제나 현관까지가 마지노선이었다. 바둑이가 안락한 거실을 보고 나에게 배신감을 느끼지 않으면 좋겠다.

저녁때 엄마가 퇴근하고 집에 오자마자 왜 바둑이가 마당에 있지 않고 거실에 있냐고 물었다. 아빠는 일단 엄마를 소파에 앉히고 사건의 전말에 대해서 자세히 보고했다. 엄마는 한숨을 푹 내쉬었다. 엄마는 이제 고양이까지 길러야 하는 이 상황에 크게 낙담을 한 것처럼 보였다. 하지만 그것은 내 착각이었다. 엄마는 거실 구석에 마련된 상자 안의 고양이들을 보더니 귀엽다며 어쩔 줄 몰라 했다. 엄마는 아빠와 나 그리고 오늘의 일등공신인 바둑이에게 훌륭한 일을 했다며 칭찬해 주었다.

특히 바둑이는 엄마가 차려 준 특별 식사를 얻어먹었다. 그러나 식사가 끝나자 마당에 있는 자기 집으로 돌아가야 했다. 미안하다, 바둑아. 우리 엄마는 공과 사 구분이 엄격하거든.

1월 6일 금요일

아침에 아빠랑 함께 바둑이의 비밀 통로를 막았다. 바둑이는 못내 아쉬워하는 표정이었지만 달리 도리가 없었다. 바둑이가 고양이를 구출한 것은 기특한 일이지만 나 몰래 외출과 외박을 한 것은 도저히 그냥 놔둘 수 없는 일이다. 소심한 개 주인은 분명히 배신감까지 느꼈을 법한 사건이지 않은가?

바둑이에게 한 번만 더 혼자 집 밖으로 싸돌아다니면 마당에서도 목줄을 매겠다고 경고했다. 나도 엄마에게 배워서 공과 사를 엄격히 구분한다고 바둑이에게 따끔하게 알려 주었다. 녀석이 내 말을 알아들었는지 시무룩한 표정을 지었다.

1월 7일 토요일

정수 이모 집에서 수학 공부와 영어 공부를 마치고 희정이랑 함께 우리 집에 왔다. 집에 오는 길에 바둑이의 무용담을 희정이에게 들려주었더니, 희정이는 우리 바둑이가 진짜로 진돗개의 먼 친척뻘인 것 같다며 웃었다.

아빠가 점심 식사로 볶음밥을 해 주었다. 아빠가 라면 말고 가장 잘하는 요리가 볶음밥이다. 아빠는 엄마에게 배워서 기본적인 반찬 정도는 하지만 그건 대부분 맛으로 먹기보다는 살기 위해서 먹는 수준이다. 아빠가 집안일을 담당하면서 사실 내 영양 상태는 심각한 불균형 상태라고 할 수 있다. 아무튼 오랫동안 볶음밥 하나만 집중해서 연구한 덕분인지 맛이 아주 일품이었다. 희정이도 세상에서 제일 맛있는 볶음밥이라고 칭찬을 아끼지 않았다. 아빠는 볶음밥을 맛있게 볶는 비법을 오늘 대공개했다. 그건 식은 밥으로 볶는 것이라고 한다. 아니, 그렇다면 뜨거운 밥으로 밥을 볶는 사람도 있단 말인가?

우리는 점심 식사를 마치고 다함께 아빠의 작업실로 내려갔다. 아빠가 황급히 작업실 벽에 걸린 신년 계획표를 떼어 내려고 했지만 때는 이미 늦었다. 희정이 입이 귀에 걸린 후였다.

희정이는 내 신년 계획표를 보더니 무척 마음에 들어 했다. 특히 1번 '희정이에게 충성한다'를 보더니 뿌듯해했다. 희정이가 좋아하니 내 가슴까지 벅차올랐다.

아빠는 우리에게 데이브 브루벡의 〈타임 아웃〉이라는 앨범을 틀어 주었다. 그런데 귀에 아주 익숙한 곡이 하나 흘러나왔다. 예전에 붕어빵 형이 알려 준 〈테이크 파이브〉라는 신나는 곡이었다. 희정이랑 내가 이 곡을 들으며 흥겨워하자 아빠는 이 곡의 작곡가는 폴 데스몬드라고 알려 주었다. 아빠는 브루벡과 데스몬드가 함께 앨범 작업을 하면 명곡이 탄생하는데 각자 솔로로 앨범을 내놓으면 이상하게도 그저 그런 심심한 음악이 된다고 했다.

아마도 브루벡과 데스몬드의 관계는 희정이와 나의 관계 같았나 보다.

1월 8일 일요일

새끼 고양이들이 빠르게 회복을 하고 있다. 엄마랑 아빠는 고양이들을 기를지 말지 결정을 하지 못하고 있다. 사실 아빠랑 나는 기르자고 말할 형편이 못 된다. 왜냐하면 엄마 혼자서 아빠랑 나랑 바둑이까지 먹여 살리고 있기 때문이다. 엄마는 고양이들이 완전히 회복할 때까지 결정을 유보하자고 했다.

1월 9일 월요일

요즘 아빠는 작업실에서 빈둥거리며 놀기만 한다. 엄마가 퇴근하여 "오늘도 잘 썼어요?" 하고 물으면 아빠는 "응, 열심히 하고 있어." 하고 대답한다. 하지만 내가 작업실에 내려가 보면 아빠는 음악을 듣거나 책만 읽고 있다.

물론 아빠는 이 모든 것이 작업의 일부란다!

1월 10일 화요일

희정이랑 장래 문제에 대해서 많은 이야기를 했다. 희정이는 인문계 고등학교에 갈지 아니면 미대에 가기 위해서 예술 고등학교에 갈지 고민 중이라고 했다.

"네 실력이면 과학고도 갈 수 있는데?"

"우리 엄마는 그런 고등학교 싫대."

"왜?"

"어차피 대학 나와서 직장 다닐 거면 그런 게 무슨 상관이냐고 하셔. 엄마도 직장 생활을 오랫동안 해서 그런지 오빠나 나에게 좋아하는 걸 하는 게 최고라고 했어."

"그래도 다들 과학고에 가고 싶어 하잖아?"

"거긴 공부 잘하는 아이들만 모여서 경쟁이 더 심하대. 그래서 내가 원하지 않으면 보내고 싶지 않다고 하셔."

"정말?"

"응, 나도 거긴 싫어. 우리 사촌 오빠와 사촌 언니들을 보면 좋은 대학을 나와도 직장을 못 구해서 안달이야. 그런데 막상 직장에 들어가면 만날 피곤해 죽겠다고만 해."

"붕어빵 형도 비슷한 말을 한 적이 있어."

"벽이 네 아빠처럼 자신이 원하는 일을 하는 게 제일 좋을 것 같아. 우리 아빠도 언젠가 때가 되면 영화를 찍겠다고 하셔."

"진짜?"

"요즘은 작은 카메라만 있으면 혼자서 촬영하고 컴퓨터로 편집할 수 있대. 꼭 영화배우가 있어야지 영화를 찍는 것도 아니래. 아빠가 뭘 찍을지 모르겠지만 기대가 돼."

"동완이는 법관이 된다고 하던데."

"그래, 걘 잘할 것 같아. 그치?"

"응."

"나도 오빠처럼 미대에 갈까 고민 중이야. 얼마 전 오빠가 내게 소질이 있다며 화실에 다녀 보라고 했어." 희정이 얼굴이 조금 심각해졌다. "우리 엄마랑 아빠는 모두 찬성이야. 그런데 나는 미술이 정말 하고 싶은지 잘 모르겠어."

"왜? 넌 그림 잘 그리잖아."

"미술 숙제나 시화전 말고는 그림을 그린 적이 그리 많지 않아. 혼자서도 그림을 그리고 싶거나 뭘 표현하고 싶은 마음이 아직은 부족한 것 같아. 우리 오빠는 하루 스물네 시간 내내 그림 생각만 해."

"오빠는 언제부터 그림을 그렸는데?"

"고1 여름방학 때부터 화실에 다녔어. 엄마랑 아빠는 반대를 안

했는데 학교 선생님이 반대를 했어. 공부도 잘하는데 실력이 아깝다나? 그런데 벽이 너는?"

"나? 난 아직 잘 모르겠어."

"벽이 넌 책 읽는 목소리가 참 좋아."

오늘 내 꿈을 '성우'로 정했다.

1월 11일 수요일

나중에 커서 무슨 일이 있어도 어린이집 선생님이 되지는 않겠다. 오전 내내 희정이랑 꼬맹이들 뒤치다꺼리하느라 죽는 줄 알았다. 꼬맹이들은 지치지도 않는다. 정말 강철 체력이다. 집에서 뭘 먹는지 좀 알아봐야겠다. 이렇게 며칠만 봉사 활동을 하다가는 결국 내가 봉사를 당하지나 않을까 걱정이다.

집에 돌아오니 새끼 고양이들이 거실을 엉망으로 만들어 놓았다. 소파 쿠션 하나를 물어뜯어 하얀 솜이 거실 바닥에 눈처럼 쌓여 있었다. 몸은 천근만근인데 거실 청소까지 하느라 녹초가 되고 말았다.

1월 12일 목요일

결국 몸살이 나고 말았다. 온몸이 두들겨 맞은 것같이 아프다. 어린이집 선생님들이 정말 존경스럽다. 정수 이모가 내준 수학 숙제를 아직 하지 못했다. 딱 토요일 아침까지만 아팠으면 좋겠다.

1월 13일 금요일

정수 이모에게 전화를 해서 내일 수학 수업에 빠지고 싶다고 했다. 이모는 그렇게 책임감이 없어서 무슨 공부를 하냐며 그럴 거면 그냥 영원히 빠지라고 했다. 내가 그게 아니고 아파서 그렇다고 하니까 이모는 엄살 피우지 말고 내일 수학 숙제도 빠짐없이 해 오란다. 정수 이모가 아이를 낳지 않은 것은 정말 다행이다. 내 사촌이 되었을 그 녀석은 이모 등쌀에 심한 반항아가 되었을 것이다.

오후 내내 정수 이모가 내준 수학 숙제를 했다. 이상하게도 숙제를 다 마치고 나니 몸살 기운이 사라진 것 같다.

마치 수학 숙제 때문에 몸살이 났다고 오해를 받을까 두렵다.

1월 14일 토요일

정수 이모 집에서 수학과 영어 공부를 마치고 희정이랑 이모가 차려 준 만둣국을 먹었다. 만둣국을 먹으며 내가 이모에게 나중에 커서 뭐가 될지 고민이라고 했다.

"뭐가 되려고 하지 말고 무엇을 할지 생각해 봐."

"그래, 이모 말이 맞아. 되려고 하면 금방 질려 버려. 무엇을 하느냐가 더 중요해, 벽아."

이모부가 평소의 이모부답지 않은 말을 했다.

"그래요? 무슨 말인지 잘 모르겠어요."

희정이가 말했다.

"만약 기자가 되고 싶어서 기자가 되면 아무것도 안 돼. 어떤 기자가 되느냐가 더 중요하거든. 기자가 되어 무엇을 할 것인가에 대한 목표가 있어야 해. 그냥 기자는 세상에 많아. 기자가 돼도 달라지는 것은 아무것도 없어. 무엇을 하느냐가 더 중요한 거야."

이모부가 진지하게 말했다.

"동완이는 세상에서 제일 공명정대한 법관이 꿈이래요."

"그래? 너 말 잘했다. 그런 게 꿈이지. 벽이 너는 무엇을 하고 싶은데?"

이모가 말했다.

"저요? 아직 잘 모르겠어요."

"그럼 천천히 생각해 봐. 아직 중학생인데 뭘."

이모부가 미소를 지으며 말했다.

"선생님은 옛날에 꿈이 있었어요?"

희정이가 정수 이모에게 물었다.

"그럼, 있었지. 비행기를 조종하는 파일럿이 꿈이었어. 그런데 나는 우리 집이 가난해서 장학생으로 대학에 입학하고도 다니지 못했어. 고등학교를 졸업하고 6년 뒤에나 겨우 대학에 갔어. 그런데 이번에는 대학을 졸업하고도 나이 때문에 취업을 할 수가 없었어. 그땐 이미 서른 살이었거든. 난 독립을 위해서 내 밥벌이를 찾아야 했고 결국 학생들에게 수학을 가르치게 되었지. 꿈은 있었지만 현실에 밀려서 이렇게 살게 된 거지. 그래도 지금은 행복해."

"그럼 됐지."

이모부가 말했다.

"그럼 이모부는요?"

"나? 정수 이모랑 결혼하는 게 내 꿈이었지."

"정말요?"

희정이가 놀라며 물었다.

"응, 정수 이모는 대학교 다닐 때 우리 학교에서 최고로 예쁘고
똑똑했어. 내가 한 학기 내내 누나 누나 하며 졸졸 따라다녔어. 우
리 과 선배들이 정수 이모랑 사귀고 싶어 했는데 이제 막 군에서
제대한 내가 이모랑 사귀었어. 그래서 졸업할 때까지 과 선배들에
게 구박을 받았어. 선배들 때문에 정말 죽는 줄 알았다."

"우와! 이모부 대단하다."

"그럼, 용기 있는 자가 미인을 얻는다는 말도 있잖아. 우리 과 선
배들은 정수 이모를 좋아하면서도 말 한번 제대로 못 붙였어." 이
모부가 잠시 이모 눈치를 살피며 말을 계속 이어 나갔다. "벽이, 너
도 알다시피 네 이모가 보통은 아니잖아. 나는 겁먹지 않고 이모에
게 당당하게 나랑 사귀자고 했지."

"선생님, 정말이에요?"

"그럼, 정말이지. 이모부는 나랑 사귀기 전에는 F 학점만 받던 낙
제생이었어. 그런데 나랑 사귀면서는 졸업할 때까지 계속 장학금

을 받았어. 나랑 사귀고 싶으면 장학생이 되라고 했거든. 그래야지 졸업하고 취직도 하지. 내가 이모부에게 자기 밥벌이를 스스로 할 수 있는 사람이 되면 결혼해 주겠다고 했지. 그랬더니 낙제생이 곧바로 장학생이 되더라. 또 졸업하고 바로 직장도 구하고."

"이모부 집에서 연상이라고 반대 안 했어요?"

"반대라니, 왜? 오히려 연상이랑 사귄다고 우리 집에서 좋아하더라. 내가 좀 철딱서니가 없어서……."

이모부가 껄껄 웃었다.

그래! 정했다. 이제부터 내 꿈은 희정이랑 결혼하는 것이다!

1월 15일 일요일

오늘은 아빠 생일이다. 나는 아빠가 평소에 가지고 싶어 했던 몰스킨 수첩을 선물했다. 고작 수첩 한 권일 뿐인데 눈이 튀어나올 정도로 비쌌다. 하지만 아빠의 작가 생활에 꼭 필요할 것 같아서 큰맘 먹고 선물했다. 아니나 다를까, 아빠는 몰스킨 수첩을 받더니 몹시 기뻐했다. 아빠는 수첩에 사인을 하더니 마치 유명 작가라도 된 것같이 의기양양했다. 엄마는 아빠에게 마루야마 겐지의 《소설가의 각오》라는 책을 선물했다. 아빠의 얼굴에 핏기가 사라졌다. 무슨 책일까?

어미 고양이랑 새끼 고양이 세 마리는 시시나 아저씨가 데리고 갔다. 아저씨가 다니는 공장에서 네 마리 모두 키우기로 했기 때문이다. 우리 모두 아빠 차를 타고 시시나 아저씨 공장으로 갔다. 물론 고양이 구조의 일등 공신이었던 바둑이도 함께 갔다. 주방 가구를 만드는 공장이었는데 속으로 걱정했던 것과 달리 무척 크고 깨끗했다. 아저씨가 공장 뒤편으로 우리를 데려가 새로 만든 고양이 집을 보여 주었는데, 고양이 집은 우리 바둑이 집보다 훨씬 크고 깨끗했다. 아빠랑 나는 안심하고 고양이 네 마리를 시시나 아저씨에게 맡길 수 있었다. 바둑이도 무척이나 흡족한 표정이었다.

1월 16일 월요일

마루야마 겐지는 정말 대단한 작가다. 《소설가의 각오》를 불과 몇 페이지 읽었을 뿐인데 온몸에 전기가 흐르는 느낌이었다. 이 책을 다 읽고 난 후 나의 꿈에 대해 다시 생각해 보기로 했다. 망망대해에서 등대를 발견한 기분이 들었다.

아빠는 엄마가 《소설가의 각오》를 선물한 참뜻을 알아야 한다. 내가 보기에도 아빠는 지금 소설을 쓰고 있다고는 하지만 소설가의 각오가 턱없이 부족한 것 같다. 이제 안식년 휴가도 반밖에 안 남았는데 어떻게 하려고 그러는지 모르겠다.

설마 아빠는 안식년 휴가가 반이나 남았다고 생각하는 것은 아니겠지?

1월 17일 화요일

아빠는 작업실에서 무엇인가를 계속 쓰고 있다. 언제쯤 완성된 작품이 나올까? 아빠는 그림자 도둑 이야기를 계속 쓰고 있을까? 궁금하다. 아빠가 각오를 새롭게 했나 보다.

오늘 《소설가의 각오》를 읽다가 내 마음의 등불로 삼을 만한 구절을 찾았다. 아무래도 내가 너무 조급하게 생각했던 것 같다. 앞으로 누군가 나의 꿈에 대해서 묻는다면 이 구절을 인용해 주리라!

나는 그즈음에 벌써 선원이 되기를 포기하고 있었다. 그러나 좌절을 한 것은 아니었다. 왜냐하면 선원이 되기 위한 노력을 전혀 하지 않았으므로 좌절이라고 할 수는 없었다. 그것은 한편으로 나의 가능성이 아직도 충분하고 무한하게 남아 있음을 뜻하기도 했다. 바로 이거다 싶은 길이 발견되면 전력투구하면 될 터였으므로, 그 길이 발견될 때까지 느긋하게 지내자고 생각했다.

이제야 마음이 좀 편안해졌다. 나는 《소설가의 각오》 따위는 그만두고 《셜록 홈즈》를 읽으며 저녁나절을 보냈다. 역시 이 책이 내 수준에도 맞고 재미도 있다. 다시 삶이 즐거워졌다. 괜한 고민을 했던 것이다.

1월 18일 수요일

어린이집 봉사 활동에 다녀왔다. 일이 좀 익숙해져서 그런지 오늘은 별로 힘들지 않았다. 꼬맹이들도 나랑 희정이의 말을 잘 듣는다. 이제 보니 꼬맹이들이 참 귀엽다. 그렇다고 어린이집 선생님이 되고 싶은 마음은 눈곱만큼도 없다.

설날이 며칠 안 남았다. 1년 중 가장 큰 대목이다. 평소에 연락을 안 하고 지냈던 어른들께도 빠짐없이 인사를 가야겠다. 사실 이때가 아니면 또 언제 인사를 하겠는가? 물론 세뱃돈 때문에 그러는 건 절대 아니다.

1월 19일 목요일

우와! 삼촌이 귀국한다. 삼촌은 아빠의 여섯 살 어린 동생이다. 삼촌은 회사 일 때문에 3년 전 중국 베이징으로 갔다. 거기서 주재원으로 근무를 하고 있었는데 이번에 완전히 정리하고 서울로 돌아온단다. 주재원 근무 첫해에는 한 달이 멀다 하고 서울에 왔는데 작년부터는 회사 일이 너무 바빠서 토요일과 일요일도 없이 근무를 했다. 삼촌이 베이징에 있을 때 놀러 한번 갔어야 하는데 조금 아쉽다.

삼촌이 꼭 설 전에 들어와야 할 텐데……. 물론 세뱃돈 때문에 그러는 건 절대 아니다. 명절을 가족과 함께 지내야 하지 않겠는가?

1월 20일 금요일

할아버지 생신이다. 우리 집 식구들은 왜 생일이 모두 겨울에 몰려 있는지 모르겠다. 할아버지께 존경의 마음을 담아 손수건 세트를 선물로 드렸다. 손을 자주 씻는 할아버지께 가장 필요한 선물일 것이다.

할아버지 생신 축하드려요. 언제나 건강하세요!

1월 21일 토요일

삼촌이 돌아왔다. 나는 정수 이모 집에서 공부를 마치자마자 할아버지 댁으로 곧장 달려갔다. 삼촌은 나를 보더니 손을 내밀며 악수를 청했다. 우와! 역시 삼촌은 다르다. 나는 이제 더 이상 누구든지 내 머리를 쓰다듬는 게 싫다. 나는 'For Men'과 'HOMME'라고 쓰인 화장품을 사용하는 남자다. 삼촌은 아직 설이 되지도 않았는데 내게 용돈을 하라며 금일봉을 하사하였다.

삼촌은 당분간 할아버지 댁에서 지내며 살 집을 알아본다고 한다. 할머니가 중국에서 부친 이삿짐은 없냐니까 삼촌은 그런 건 없단다. 삼촌은 언제나 가방 하나만 달랑 가지고 다닌다. 완전한 터프 가이 그 자체다.

시시나 아저씨를 때린 녀석 만나기만 해 봐라!

1월 22일 일요일

아빠는 설 연휴인데도 작업실에서 두문불출이다. 아마도 엄마가 생일선물로 준 《소설가의 각오》 때문인 것 같다. 소설만 쓰지 않는다면 소설가는 꽤 편한 직업일 것 같다. 아침에 일어나서 커피 마시고 음악 듣고 책 읽고 산책하고 그저 빈둥거리기만 하면 되는 것 같다. 하지만 소설가에게는 심각한 문제가 하나 있다. 소설을 써야 한다는 것이다. 이건 각오를 한다고 되는 게 아니라서 매우 어려울 것 같다.

저녁때 아빠에게 식사하자고 말하러 작업실에 내려갔는데 아빠는 내가 온 줄도 모르고 일하고 있다. 아빠의 각오가 어떤 작품을 탄생시킬지 기대가 크다.

1월 23일 월요일 (설날)

설날이다. 아침 일찍 할아버지 댁에서 차례도 지내고 세배도 드렸다. 물론 세뱃돈도 두둑하게 챙겼다. 삼촌은 며칠 전에 금일봉을 주었는데 또다시 세뱃돈을 주었다. 그건 그거고 이건 이거란다. 정수 이모는 이모부랑 시댁에 갔기 때문에 내일 세배하러 가야 한다.

나는 아침밥으로 떡국을 먹고 희정이 집에 세배를 드리러 갔다. 희정이 아빠랑 엄마는 내게 절을 참 잘한다고 칭찬해 주었다. 그리고 세뱃돈도 넉넉하게 주었다. 희정이 아빠는 세뱃돈으로 희정이랑 맛있는 거 사 먹고 놀라고 했다. 너무 공부만 하지 말고 잘 노는

게 더 중요하다고 했다. 나는 '장인어른, 그건 걱정 마세요. 노는 데
는 제가 자신 있거든요.' 하고 속으로만 말했다. 체면도 있고 자리
가 자리인지라 대놓고 말하기는 좀 그렇지 않은가?

희정이 엄마는 내게 "우리 벽이가 새해에도 희정이랑 친하게 잘
지내요." 하고 덕담을 해 주었다. 이건 완전히 나를 사윗감으로 생
각하고 있다는 말이 아닌가!

희정이랑 함께 우리 할아버지 댁에 가서 세배를 드렸다. 희정이
는 우리 할아버지, 할머니, 엄마, 아빠, 삼촌에게 세뱃돈을 받았다.
희정이랑 나는 조그마한 아파트라도 한 채 살 수 있을 만큼 부자가
된 기분이었다. 희정이랑 나는 내일 아침에 만나서 데이트를 하기
로 했다.

정수 이모가 내준 수학 숙제를 미리 마쳤다. 내일 희정이랑 데이
트하면서 수학 숙제 걱정 따위를 하고 싶지 않았기 때문이다.

1월 24일 화요일

엄마가 아침밥을 차리는 아빠에게 조만간 여행사 직원을 두어 명
더 뽑아야겠다고 했다. 하지만 내 생각에는 직원을 새로 뽑을 게
아니라 아빠를 엄마 회사에 취직시키는 게 더 좋을 것 같다. 아빠
는 이미 보스로서의 엄마에 대해서 잘 알고 있지 않은가. 아빠는
엄마의 표정만 보아도 무엇을 해야 할지 감을 잡고, 엄마의 옷차림
만으로도 엄마의 기분 상태를 알고, 엄마의 목소리 톤만 들어도 경

계경보를 내릴지 즉각 판단할 수 있다. 그런데 엄마 회사의 직원들 입장은 어떨지 모르겠다.

나는 아침밥을 먹자마자 곧바로 희정이 집으로 갔다. 오늘은 주머니에 용돈도 두둑해서 이에 걸맞은 차림으로 입었다. 내가 가장 아끼는 하얀색 바지에 검정 스웨터를 입었다. 겉에는 모직 코트를 걸치고 목도리까지 둘렀다. 이만하면 내가 보기에도 썩 그럴싸했다.

희정이 엄마가 현관문을 열어 주며 "어머, 벽이가 멋지게 차려입었네." 하고 칭찬해 주었다. 희정이는 청바지에 하얀 스웨터를 입고 그 위에 빨간 더플코트를 걸쳤다. 내가 선물한 목도리까지 두르니 천사가 따로 없다. 희정이 엄마가 이상한 사람들 조심하라고 우리에게 주의를 주었다. 우리는 "네!" 하고 크게 대답했다.

교보문고는 설 연휴인데도 문을 열었다. 서점에서 책을 구경하다가 희정이가 내게 마리오 바르가스 요사의《젊은 소설가에게 보내는 편지》를 선물해 주었다. 노벨문학상을 받은 소설가가 나를 위해 쓴 편지가 아닌가! 지금 내 가슴이 얼마나 벅차오르는지 이 세상 누구도 모를 것이다. 아니, 아무도 알 필요가 없다. 희정이랑 나만 알면 된다.

1월 25일 수요일

오전에는 어린이집 봉사 활동, 오후에는 방학 숙제를 하며 하루를 보냈다. 젊은 소설가에게 왜 방학 숙제가 필요한지 모르겠다.

1월 26일 목요일

매일 희정이가 선물해 준 《젊은 소설가에게 보내는 편지》를 꼭 껴안고 잠자리에 든다. 읽기가 너무 아까워서 아직 첫 페이지도 펼치지 않았다.

1월 27일 금요일

《젊은 소설가에게 보내는 편지》가 사라졌다. 내 방을 이 잡듯이 뒤졌는데도 어디 있는지 도무지 모르겠다.

비상!

비상!

비상!

1월 28일 토요일

아침밥을 먹고 있는데 아빠가 재밌게 잘 읽었다면서 《젊은 소설가에게 보내는 편지》를 건네주었다. 나는 "아빠! 내가 이 책을 얼마나 찾았는데요!" 하고 소리쳤다. 아빠는 "그랬니?" 하고 별일 아니라는 듯이 대답했다. 나는 책이 어디 상한데 없나 하고 뒤적였다. 그런데 책장 곳곳에 빨간 국물 자국이 묻어 있었다. 내가 아빠에게 이게 뭐냐고 했더니, 아빠는 라면을 먹으면서 책을 보는 바람에 국물이 좀 튀었단다. 으악!

정수 이모 집에서 수학과 영어 공부를 마치자마자 교보문고로 달려갔다. 그런데 《젊은 소설가에게 보내는 편지》는 지금 재고가 없단다. 나는 온몸이 부들부들 떨렸다. 안내 데스크의 누나가 광화문 교보문고에 재고가 한 권 있다고 알려 주었다. 나는 서둘러 광화문 교보문고로 달려갔다. 내가 거기까지 가는 동안에 누가 그 책을 사 버릴 것 같아 마음이 콩닥콩닥 뛰었다. 다행히 《젊은 소설가에게 보내는 편지》는 아무도 사지 않고 그대로 남아 있었다. 나는 이 책을 사서 꼭 껴안고 집으로 돌아왔다.

나는 침대에 책 두 권을 올려 두고 한참 동안 어떤 책을 더 사랑할 것인지에 대해 진지하게 고민했다. 나는 결국 라면 국물이 튀어 더럽혀진 책을 꼬옥 껴안았다. 교보문고 광화문점에서 사 온 책은 아빠에게 선물로 주었다. 아빠가 나를 안아 주며 고맙다고 한다.

'아빠, 지금 쓰고 있는 소설을 빨리 완성해서 보여 주세요.' 하고 나는 속으로 말했다.

1월 29일 일요일

넋 놓고 있다 보니 벌써 내일이 개학이다. 겨울방학과 봄방학 사이에 왜 학교에 가야 하는지 모르겠다. 정상 수업도 별로 없는데 그냥 계속 방학을 하면 안 되나?

1월 30일 월요일

개학이다. 자습 시간에 희정이가 선물한 책을 꺼내서 읽었다. 동완이랑 종구가 무슨 책이냐고 물었지만 나는 대답 대신 피식 웃고 말았다.

1월 31일 화요일

희정이가 선물로 준, 그러니까 아빠가 라면 국물을 곳곳에 묻힌, 마리오 바르가스 요사의 《젊은 소설가에게 보내는 편지》를 모두 읽었다. 이제부터 내 꿈은 소설가다. 앞으로 이 꿈은 절대로 변하지 않을 것이다. 오늘 나는 소설가의 각오도 마음에 새겼다.

• 소설가 허벅 님의 각오

1. 몸속에 촌충을 한 마리 기른다.

2. 촌충과 함께 영화도 보고 서점에도 간다. 앞으로 언제나 함께한다.

3. 나는 촌충이 시키는 대로 하며 촌충의 충실한 하인이 된다.

설마 촌충이 희정이는 아니겠지?

2월

열려라, 인생!

2월 1일 수요일

아빠에게 작업 중인 소설은 언제쯤 볼 수 있냐고 물었더니, 아빠가 "지금 쓰고 있는 건 단편소설이 아니라 장편소설이야." 하고 힘주어 말한다. 아마도 올 여름이 지나야지 아빠의 작품을 읽을 수 있으려나?

아빠 심부름으로 할아버지 댁에 다녀왔다. 붕어빵 형의 포장마차가 계속 안 보인다. 혹시 장사가 안 되어 그만두었나? 아니면 다시 취업을 했나? 할아버지 댁에 갈 때마다 붕어빵을 하나씩 먹는 재미가 사라졌다. 형이 건강하게 잘 지내야 할 텐데…….

할아버지 댁에 갔더니 할머니가 내게 꽃게무침을 커다란 통으로 한가득 싸 주셨다. 아빠가 이게 먹고 싶다고 할머니에게 말했다고 한다. 이걸 받아 오기는 했지만 왠지 좀 불안하다. 전쟁이 날 것 같다.

2월 2일 목요일

아니나 다를까, 아빠가 엄마에게 심한 잔소리를 들었다. 몸이 편찮은 시어머니께 요리를 해 달라고 하면 안 된다는 것이다. 꽃게무침이 그렇게 먹고 싶으면 직접 해 먹든가 사 먹어야지 왜 시어머니께 그런 부탁을 했냐는 것이다. 아빠는 사 먹으면 도저히 그 맛이 안 난다고 변명을 했다. 이 말에 엄마는 더 이상 잔소리를 하지 않았지만 내가 보기에도 아빠가 분명히 잘못했다.

몇 해 전 할머니께서 무릎 관절 수술을 받은 후 엄마와 아빠는 앞으로 할머니 댁에서 김치나 반찬을 얻어먹지 않기로 했다. 맞벌이로 일을 하니까 할머니께서 자꾸 음식을 해 주시는데 엄마는 그게 마음에 걸린다고 했다. 그때 아빠도 엄마에게 고맙다며 분명히 동의를 했는데 아빠가 먼저 약속을 깬 것이다. 게다가 아빠의 안식년 계획표 5번은 '본가 어머니께 절대로 반찬을 해 달라고 부탁하지 않는다.'이다.

엄마는 작업실로 내려가는 아빠에게 앞으로 내가 집안일을 할 테니 당신이 회사에 다닐 것이냐고 물었다. 아빠는 아무 대답도 하지 않았다. 아무래도 이번 냉전은 조금 오래 갈 것 같다. 그러게 왜 아빠는 엄마 자존심을 건드리는지 모르겠다.

그래도 어찌 됐건 할머니의 꽃게무침 맛은 천하일품이다. 밥을 두 그릇이나 먹었다. 엄마랑 아빠 분위기만 좋았다면 세 그릇도 먹을 수 있었는데…….

2월 3일 금요일

아빠가 꽃게무침 충격에서 헤어나지 못하고 있다. 작업실에서 소설은 안 쓰고 잭 니콜슨이 도끼를 들고 설치는 무서운 영화만 보고 있다. 빨리 아빠가 엄마에게 사과했으면 좋겠다. 아니면 강화도에라도 한 번 더 다녀오든지…….

동완이가 기쁜 소식을 알려 주었다. 시시나 아저씨를 때린 불량배 녀석은 사실 재수생이었는데 이번에도 대학에 들어가지 못했단다. 이제 삼수를 해야 한다. 동완이 아빠가 변호사 아저씨에게 이 소식을 듣더니 "정의가 실현되었다." 하며 환호성을 질렀다고 한다. 이거 정말 잘됐다. 요놈, 골탕 좀 먹어 봐라! 다시 1년 동안 네 놈 집안은 공동묘지 같겠구나!

2월 4일 토요일

정수 이모 집에서 수학과 영어 공부를 마치고 집에 왔더니 엄마랑 아빠가 주방에서 요리를 하고 있다. 분명히 오늘 아침까지 냉전이었는데 도대체 무슨 일이 있었을까? 아주 깨가 쏟아진다. 제발 오늘은 아빠가 그릇을 깨지 않으면 좋겠다.

2월 5일 일요일

희정이 오빠를 따라 희정이와 함께 국립중앙박물관에 다녀왔다. 석희 형은 미대에 합격한 후 거의 매일 미술관과 박물관에 다닌다고 한다. 오늘은 희정이가 오빠에게 특별히 부탁해서 우리도 따라갔다.

텔레비전에서만 보았던 《외규장각 의궤》를 직접 눈으로 보았다. 정말 예쁜 책이었다. 루브르 박물관에서 보았던 고서보다 우리나라 옛날 책이 더 기품 있고 멋져 보였다. 석희 형이 그러는데 이 책들은 왕이 보도록 만들어진 것이라서 종이도 최고급이라고 했다.

특히 비단과 놋쇠로 책을 장정하여 격조가 있단다. 형 말처럼 세상에서 가장 아름다운 책 같았다.

조선 시대 회화 전시실에서 석희 형은 우리에게 초상화 그리는 방법에 대해서 자세히 설명해 주었다. 조선 시대는 유교 때문에 사람들을 있는 그대로 그렸다고 한다. 눈이 사시면 사시 그대로 그렸단다. 만약 얼굴의 곰보 자국이라도 하나 지우면 거짓된 그림이라고 천하게 여겼으며 인품마저 의심을 받았다고 했다.

그런데 우리가 이런 그림을 그리고 있을 때 서양에서는 안 좋은 것들은 다 빼 버렸다고 한다. 슈베르트는 원래 키가 몹시 작고 못생겼는데 초상화에는 미남으로 그려져 있다고 했다. 요즘 말로 뽀샵질을 엄청나게 해서 그런 거란다.

예전에 왔을 때는 몰랐는데 오늘 보니 박물관의 전시품들이 대부분 유리로 보호되어 있었다. 그래서 사진을 찍어도 유리에 반사가 되어 쓸 만한 게 별로 없었다. 루브르 박물관과 오르세 미술관에는 유리로 보호 안 된 작품도 꽤 많았는데 말이다.

희정이가 화장실에 간 사이에 석희 형은 생뚱맞게 첫사랑은 이루어지지 않는 것이라고 했다. 자기도 첫사랑이 있었는데 잘 안 되었다나. 으윽! 복병이 여기서 튀어나올 줄이야!

'형이 잘 몰라서 그런데 희정이는 내 첫사랑이 아니에요. 유치원 때는 채연이가 있었고, 초등학교 때는 수민이가 있었어요. 짝사랑은 빼고도 말이에요!' 하고 나는 속으로 말해 주었다. 대놓고 말하기는 좀 그렇지 않은가?

희정이를 나의 첫사랑이라고 생각하다니……. 정말 누가 들으면 내가 이 나이 먹도록 헛산 줄 오해할까 싶다. 누굴 숙맥인 줄 아나? 오늘 자존심이 엄청 구겨졌다.

2월 6일 월요일

희정이 아빠가 이번 주 토요일 저녁 식사에 우리 집 식구를 초대했다. 정수 이모네와 동완이네도 함께 초대했단다. 희정이 오빠의 미대 합격을 축하하는 자리다.

석희 형을 선물로 구워삶아야겠다. 무엇을 선물할까? 아무래도 희정이에게 물어보아야겠다.

2월 7일 화요일

희정이 오빠는 요즘 운전면허 학원에 다닌다고 한다. 미안하지만 자동차는 내게 무리다. 뭐 다른 좋은 것 없을까?

아빠는 작업실에서 꼼짝도 하지 않는다. 엄마가 아빠에게 하루에 한 시간이라도 산책하라고 말할 정도다. 아빠는 도대체 무슨 소설을 쓰고 있을까? 제목이라도 좀 알려 주면 좋겠는데……. 아빠 작업실에서는 이제 음악 소리도 들리지 않는다. 나도 당분간 출입금지다.

2월 8일 수요일

희정이와 함께 석희 형이 소개해 준 화실에 다녀왔다. 석희 형은 여기서 3년 동안 그림을 그렸다고 한다. 희정이가 자신의 스케치북을 화실 선생님에게 보여 주었더니 선생님이 꽤 소질 있다고 칭찬해 주었단다. 그거야 누구나 다 아는 건데, 새삼스럽게 뭘.

희정이는 이번 봄방학부터 화실에 나가기로 했다. 예술고나 미대는 아니더라도 여기서 틈틈이 그림을 그려 보고 싶단다. 우와, 좋겠다. 그렇다면 희정이가 그림을 그리는 동안 나는 아빠 작업실에서 글을 써야겠다. 나라고 만날 수학 문제나 풀면서 지낼 수는 없지 않은가? 나의 첫 번째 작품 소재로 세계 평화는 어떨까? 이건 좀 무거운 것 같다. 그러면 가벼운 소재로 할까? 구름이면 가벼워서 좋겠다. 그런데 구름에 대해서 무슨 이야기를 쓸 수 있단 말인가? 토끼구름, 뭉게구름, 양떼구름, 이것도 아니다. 무엇을 쓸까……

아! 작품 소재를 찾다가 늙어 죽겠구나!

2월 9일 목요일

다음은 나의 첫 번째 작품이다. 나에게 큰 깨달음을 주었던 일에 대해서 나의 생각을 정리해 보았다.

　　나의 친구 시시나 아저씨와 동완이

어른은 아이보다 똑똑할까? 어른들은 "너도 크면 알아." 하고 말한다. 이게 맞는 말일까? 그렇다면 경험이 많은 사람은 경험이 없는 사람보다 더 현명할까? 사람은 나이가 들면 지혜롭고 현명해진다고 한다. 하지만 꼭 그렇지만은 않은 것 같다. 나이와 지혜가 정비례 관계라면 우리가 사는 세상은 정의롭고 행복한 곳이어야 한다. 그러나 내 주위를 둘러보면 행복한 사람도 많지만 그렇지 않은 사람은 더 많다.

스리랑카에서 온 시시나 아저씨를 보면 아저씨는 한국에서 부당한 대우를 받고 있는 것 같다. 그건 아저씨가 단지 피부색이 우리보다 검기 때문이다. 아저씨는 잘생겼고 아는 것도 많고 유머도 풍부하다. 하지만 사람들은 아저씨의 그런 점에 주목하지 않는다. 아저씨가 지하철에 타면 사람들은 아저씨를 피한단다. 그냥 피부색이 검다는 이유로 차별하는 것이다. 시시나 아저씨와 아저씨의 나라인 스리랑카에 대해 아무것도 모르면서 말이다.

우리 반 동완이는 공부도 잘하고 운동도 잘한다. 지금도 친구들 사이에서 인기가 좋지만 예전 같지는 않다. 왜냐하면 동완이가 반장 선거에 나왔기 때문이다. 동완이 엄마는 몽골 출신이다. 그래서 한때 우리 반 아이들이 동완이를 몽고간장이라고 놀렸다. 아이들 마음 한구석에 동완이는 시시나 아저씨처럼 한 등급 아래라는 생각이 있는 것 같다. 동완이와 친구로 지내는 것은 크게 문제가 되지 않지만 걔를 반장으로는 절대 인정하고 싶지 않은 것 같다. 이것을 보면 어른이나 아이나 아무런 차이가 없다. 내 생각에 사람이 사람을 차별하는 데 있어서 나이는 아무런 기준이 못 되는 것 같다.

우리 할아버지는 인간의 악성이 한번 뿌리를 내리자 순식간에 온 지구를 덮어 버렸다고 했다. 그래서 나는 더 무섭다. 이것은 바뀌지 않을 것이기 때문이다.

사람은 경험으로 현명해진다고 하지만 내 생각에 경험 그 자체는 별것 아닌 것 같다. 왜냐하면 나이가 많으면 경험도 많을 텐데 나이가 많다고 지혜롭지는 않기 때문이다. 그렇다면 무엇이 사람을 현명하게 만드는 것일까?

나의 하루는 다양한 경험의 연속이다. 나는 아직 학생이고 어리기 때문에 나의 경험은 반복되는 것보다 새로운 것이 더 많다. 나는 이런 많은 경험 중에서 특별히 기억에 남는 것이 있다. 하나는 《헤이, 웨잇…》이라는 금서 사건이고, 다른 하나는 파리에서 나를 응급실까지 친절하게 데려다준 아랍인 아저씨에 대한 기억이다. 여러 경험 중에서 이것들은 나의 머리 깊은 곳에 각인되어 있다. 어쩌면 경험보다 더 중요한 것은 경험을 어떻게 받아들이느냐 하는 것인지 모르겠다.

이 글을 쓰느라 오후 내내 머리가 지끈지끈 아팠다. 아무래도 수학 문제나 풀며 머리를 식혀야겠다.

2월 10일 금요일

봄방학이 시작되었다. 제발 내년부터는 겨울방학과 봄방학 사이에 등교하는 정책을 없애 주길 바란다. 놀 때 놀아야지 이렇게 중간에 학교에 나가면 맥이 빠진다. 이건 꼭 밥을 먹다가 화장실에 다녀와서 다시 밥상에 앉은 기분이다. 이런 건 좀 대통령이 직접 나서서 해결하면 안 되나?

방학식을 마치고 오랜만에 희정이 집에 놀러 갔다. 희정이 오빠는 미술관에 갔는지 집에 없었다. 나는 희정이에게 내가 쓴 글을 보여 주었다. 희정이가 내 글을 읽더니 격조가 있는 대범한 글이라고 칭찬해 주었다.

"그런데 헤이 웨잇은 뭐야?"

"그거? 만화책인데 우리 집 금서야."

"금서? 그게 뭔데?"

"응, 아빠가 고등학교 가기 전에는 읽지 말라고 한 책들이야. 지금은 읽을 때가 아니래."

"그런데?"

희정이가 호기심에 찬 눈으로 물었다.

"내가 그 이상한 책을 몰래 읽었다가 얼이 좀 빠졌어. 정말 이상한 책이었어. 슬프기도 하고 마음이 텅 빈 느낌이 들었어."

내가 고개를 절레절레 흔들었다.

"나도 좀 보여 줘."

희정이가 내게 다가오며 말했다.

"안 돼. 책장 열쇠가 없어."

"열쇠가 없어도 여는 법 알잖아?"

"……."

나는 아무 말도 하지 않았다. 가슴이 콩닥콩닥 뛰었다.

"벽아, 우리 너희 집에 놀러 가자!"

희정이가 소파에서 벌떡 일어나며 말했다.

아! 신이시여 왜 내게 이런 형벌을 내리시나이까?

집에 오니 삼촌이 아빠의 만화책을 모두 빌려 갔단다. 물론《헤이! 웨잇…》도 포함해서 말이다. 아마 삼촌의 귀국은 신의 뜻이었던 것 같다.

내가 좋은 의도로 쓴 글이 왜 이런 어처구니없는 결과를 초래하는 걸까?

2월 11일 토요일

제이미 아저씨는 드디어 다음 주 금요일에 보스턴으로 3박 4일 동안 여행을 떠난다. 내가 다시 한 번 확실하게 "Bon Voyage!" 하고 인사해 주었다. 아저씨는 여행 가서 많은 그림을 그려 오겠다고 했다. 아저씨가 즐겁게 여행하길 바란다.

정수 이모 집에서 수업을 마치고 희정이랑 교보문고에 나갔다. 희정이 오빠에게 줄 선물을 사기 위해서다. 희정이가 오빠에게 물어보았는데 "벽이가 선물을 정 하고 싶다면 아베 코보의 《모래의 여자》를 하라고 해." 하고 말했단다. 내가 선물을 못 해서 안달이

난 것도 아닌데 형이 뭔가 오해를 하고 있다.

　우리가 책을 고르고 계산을 하려는데 계산대의 누나가 애들이 무슨 이런 책을 읽느냐고 물었다. 그러자 희정이가 대학교에 들어가는 오빠에게 선물할 것이라고 대답했다. 누나는 "너희들이 볼 책은 아니다." 하며 책을 주었다. 희정이는 버스를 타고 오는 내내 그 책을 읽었다.

　남을 생각한다고 하는 말은 왜 때때로 남에게 해를 끼치는 걸까?

2월 12일 일요일

　어젯밤 석희 형을 위한 대학 합격 파티는 새벽 한 시가 되어서 겨우 끝났다. 그런데 정작 주인공인 석희 형은 밥만 먹고 《모래의 여자》를 읽겠다며 자기 방으로 들어가 나오지 않았다. 선물이 효과를 본 것 같다.

　엄마와 아빠는 오늘 늦잠이다. 피곤도 할 것이다. 어제 늦게까지 술을 마시며 놀았으니 말이다. 나는 아침 일찍 일어나서 할아버지 댁에 갔다. 삼촌은 아빠에게 빌려 온 만화책을 곳곳에 어질러 놓았다. 나는 삼촌 몰래 《헤이! 웨잇…》을 찾아보았다. 그런데 이 책만 보이지 않았다. 삼촌이 엉덩이로 깔고 있었던 것이다. 나는 삼촌을 옆으로 밀며 책을 살짝 당겼다. 윽! 표지가 조금 찢어졌다.

　나는 책을 챙겨서 희정이에게 갔다. 그런데 희정이는 이미 《헤이! 웨잇…》을 읽었다고 했다. 어제 내가 서점에서 《모래의 여자》를 찾는 동안 자기가 먼저 《헤이! 웨잇…》을 한 권 사서 가방에 넣었단다.

이브에게 당한 아담의 심정이 이러했으리라!

2월 13일 월요일

아침 일찍 일어나서 할아버지 댁에 갔다. 나는 《헤이! 웨잇…》을 삼촌 방에 몰래 가져다 두려다 삼촌에게 들키고 말았다.

"벽이 네가 그 책을 가져갔구나? 한참을 찾았네."

"네, 죄송해요."

나는 가슴이 콩닥콩닥 뛰었다.

"난 그 책 별로 재미없더라."

"네?"

내가 놀라며 삼촌을 쳐다보았다.

"사는 게 다 그렇지, 뭐."

오늘 세상에는 두 가지 종류의 인간형이 있다는 것을 알았다.

'아빠형'과 '삼촌형'!

2월 14일 화요일

아무래도 희정이는 '삼촌형'에 가까운 것 같다. 《헤이! 웨잇…》을 보고 나서도 심리적인 동요가 없다. 단식 투쟁도 불사하는 타입이라서 그런가? 아니면 단식 투쟁을 선포하고 뒤로는 초코파이를 몰래 먹는 타입이라서 그런가? 아무튼 나랑은 조금 다른 것 같다.

2월 15일 수요일

아빠가 엄마에게 바지허리를 좀 늘려야겠다고 말했다가 혼이 났다. 며칠 전부터 바지를 입을 수는 있는데 바지를 입은 채 밥을 먹을 수 없다는 것이다. 엄마는 아빠가 작업한다는 핑계로 생활 규칙을 어기는 게 싫다고 했다. 사실 요즘 아빠는 운동도 거의 하지 않고 작업실에만 틀어박혀 있다. 게다가 밤이면 밤마다 꼬박꼬박 야식까지 챙겨 먹는다. 엄마가 몇 번 주의를 줬지만 아빠는 "알았네, 알았네." 하고 대답만 할 뿐 바뀐 것은 하나도 없었다. 그러더니 결국 바지허리를 늘린다는 것이다.

아빠의 신년 계획 중 하나가 벌써 무참히 깨져 버렸다.

'무턱대고 먹다 보면 돼지 꼴 못 면한다.'

2월 16일 목요일

종구 엄마랑 아빠가 이혼하기로 했단다. 오늘 아침 동완이가 흥분해서 전화로 이 사실을 알려 주었다. 종구는 엄마랑 살기로 했기 때문에 이제 형과도 같이 지낼 수 있게 되었다. 대신 엄마가 사는 근처로 전학을 가야 한다. 하지만 종구가 기뻐한다는 이야기를 듣자 안심이 되었다. 왠지 마음 한구석에 허전함이 들었다.

2월 17일 금요일

결국 오늘 아빠가 바지 세 벌의 허리를 2인치씩 늘렸다. 밥 먹을 때마다 식탁 앞에서 아빠가 허리 단추를 푸는 모습을 엄마가 도저히 못 참겠다며 포기한 것이다. 수선비는 아빠 용돈에서 제하기로 했다. 아빠는 비싼 수선비에 아랑곳하지 않고 이제야 숨 좀 제대로 쉴 수 있게 되었다며 기뻐한다.

수선한 옷을 찾아온 아빠는 이제 더 이상 배에 힘을 주지 않는다. 올챙이처럼 배만 볼록 튀어나오면 안 되는데…….

2월 18일 토요일

정수 이모 집에서 공부를 마치고 희정이랑 화실에 갔다. 희정이는 스케치북에 욘과 비욘을 그리고 있었다. 나는 불안한 마음이 들었다. 화실을 나오는데 희정이는 욘과 비욘 생각으로 머리가 아프다고 했다. 그러더니 희정이가 내게 기대어 눈물을 흘렸다. 나는 희정이를 꼬옥 껴안아 주었다. 그리고 아빠가 내게 해 주었던 말을 희정이에게 했다. "희정아, 지금은 좋은 것만 볼 때래. 예쁘고 아름다운 것들만 말이지. 어차피 크면 다 알게 된대. 서두르지 말자. 욘과 비욘은 그만 잊어버리자. 미안해." 하고 말이다. 희정이는 내 어깨에 얼굴을 묻고 울면서 고개를 끄덕였다.

희정이와 나는 제이슨의 《헤이! 웨잇…》을 두꺼운 비닐봉투에 넣어서 우리 집 화단에 묻었다. 바둑이는 우리가 무슨 뼈다귀라도 묻는 줄 알고 꼬리를 치며 앞발로 그것을 파내려고 했다. 그래서 바둑이에게 한마디 안 해 줄 수가 없었다.

"바둑아, 지금은 좋은 것만 볼 때야. 예쁘고 아름다운 것들만 말이지. 바둑이 너도 크면 알게 되겠지만 서두를 것 없단다. 욘과 비욘은 너에게는 아직 무리다!"

희정이가 내 말을 듣더니 깔깔 웃는다. 나도 웃는다. 다시 웃음이 우리에게 돌아왔다.

2월 19일 일요일

석희 형을 따라 희정이랑 함께 서울역사박물관에 다녀왔다. 전시 공간은 크고 좋은데 전시품이 너무 적어서 실망했다. 형은 일제강점기 때 모두 약탈해 가서 우리나라에 남아 있는 문화재가 너무 빈약하다고 했다. 반환받아야 하는데 그게 쉽지 않다고 했다. 희정이네 식구들은 희정이 엄마의 영향 때문인지 일본에 대한 감정이 그리 좋은 것 같지 않다. 하지만 틀린 말도 아니지 않은가?

형은 박물관에서 나와 우리를 근사한 카페에 데리고 갔다. 형은 미술을 전공하는 사람이어서 그런지 카페도 분위기가 좋은 곳만 찾아가나 보다. 그런데 커피 맛은 정말 별로였다.

아무튼 형은 이제 대학에 들어가니 신나게 놀 거라고 했다. 지난 3년 동안 학교와 화실만 왔다 갔다 했는데 이제는 해방이란다. 형은 대학생이 되면 전국 일주도 하고 배낭만 하나 메고 유럽으로 여행을 떠날 거라고 했다. 물론 중국과 일본에도 다녀올 거라고 했다. 당연히 미국에도 갈 계획이란다.

내가 우리 엄마 여행사 브로슈어를 형에게 가져다주기로 했다. 우리 엄마는 부자가 되겠다.

2월 20일 월요일

희정이가 화실에 가 있는 동안에 나는 아주 짧은 글을 하나 썼다.

헤이! 웨잇…

버스를 타고 집에 돌아오는 길이었다. 창밖으로 갑자기 빗방울이 떨어진다. 사람들은 서둘러 비를 피해 숨는다. 빗줄기가 너무 거세어 자동차마저 갓길에 멈추어 선다. 버스 기사도 차를 세우고 비가 멈추길 기다린다. 예고도 없이 내린 비가 거리에 계엄령을 선포했다.

오토바이를 타고 가던 사람 한 명이 전화박스에 들어간다. 전화박스에 하얀 서리가 낀다. 헬멧을 쓴 사람이 서리에 묻혀 사라진다. 침략처럼 비가 내리던 날 도시는 무참하게 점령당했다. 버스 안에도 서리가 끼자 우리는 안개에 휩싸였다.

화실에서 나온 희정이에게 이 글을 보여 주었다. 희정이는 낯선 느낌이 드는 이상한 글이라고 했다. 나는 희정이의 이 말이 듣기 좋았다. 사실 희정이의 말은 다 좋다.

2월 21일 화요일

삼촌이 이사를 했다. 할아버지 댁에서 나와 조그만 오피스텔로 들어갔다. 삼촌은 그 누구에게도 구속받는 것을 싫어한다. 회사는 어떻게 다니는지 모르겠다.

삼촌의 이삿짐은 정말 달랑 가방 하나여서 특별히 이사라고 할 것도 없다. 여기서 당분간 지내다가 삼촌은 자기 집으로 들어갈 것이라고 했다. 삼촌은 베이징 주재원으로 가면서 살던 아파트에 월세를 놓았다. 그게 올 연말이 되어야 계약이 끝난다고 한다. 삼촌은 작아도 내 집에서 사는 게 최고로 좋다고 했다. 그거야 누구나 그렇지 않겠는가? 나도 어른이 되면 내 집에서 희정이랑 단둘이 살고 싶다.

2월 22일 수요일

오전에 어린이집 봉사를 마치고 오후 내내 정수 이모가 내준 수학 숙제를 했다. 이모가 내준 수학 문제를 보더니 아빠가 깜짝 놀란다. 당연하다. 아빠는 더하기와 빼기 정도만 간신히 아니까 말이다. 수포생 부모 밑에서 나 같은 수학 영재가 태어난 것은 전적으로 정수 이모의 눈물겨운 노력 덕분이다.

저녁때 아빠 서가에서 《호밀밭의 파수꾼》을 꺼내 읽었다. 입만 열면 거짓말을 하는 엉뚱한 녀석이 주인공으로 나온다. 아빠는 왜 이 책을 세 권이나 가지고 있을까?

2월 23일 목요일

석희 형에게 엄마 여행사 브로슈어를 가져다주려고 희정이 집에
들렀다. 형은 브로슈어를 받더니 첫 페이지부터 꼼꼼하게 읽기 시
작한다. 형은 뭘 해도 저렇게 꼼꼼하나. 나는 희정이에게 우리 집
에 《호밀밭의 파수꾼》이 왜 세 권이나 있는지 모르겠다고 했다. 이
말을 듣더니 석희 형이 무시무시한 말을 했다.

"존 레논 알지? 비틀즈의 멤버였던 가수 말이야."

"응, 알아."

"존 레논을 암살한 사람이 마크 채프먼이야." 형은 여행 브로슈어
에서 눈을 떼지 않은 채 계속 말을 이어 나갔다. "그런데 그 녀석이
존 레논을 죽이고 나서 모든 사람들은 《호밀밭의 파수꾼》을 읽어야
한다고 말했대."

"진짜?"

"좀 골 때리는 책이긴 하지. 그런데 너희 집에 왜 세 권이나 있
냐?"

아, 큰일이다. 아빠에게 무슨 일이 있는지 알아봐야겠다.

2월 24일 금요일

삼촌이 퇴근하고 우리 집에 들렀다. 삼촌은 우리 집에 맡겨 둔 책

을 가져간다며 아빠 서가에서 삼촌의 책을 골라냈다. 대충 보아도 2백 권은 될 것 같았다. 《호밀밭의 파수꾼》은 세 권 모두 삼촌이 챙겼다. 내 방에 있는 책도 삼촌에게 가져다주었다. 삼촌은 책 세 권을 모두 소중하게 박스에 담았다.

내가 삼촌에게 왜 《호밀밭의 파수꾼》이 세 권이나 있냐고 물었더니 삼촌은 아무 말도 안 하고 피식 웃으며 내 머리를 한번 쓰다듬고 만다.

무슨 사연이 있는 걸까?

2월 25일 토요일

아침밥을 먹다가 엄마에게 왜 삼촌은 《호밀밭의 파수꾼》을 세 권이나 가지고 있느냐고 물었다. 엄마는 잠시 나를 바라보더니 아빠를 한번 힐끗 쳐다본다.

"그건 네 숙모 유품이야. 숙모가 그 책을 좋아했다고 하더라."

아빠가 내게 말했다.

"……."

나는 더 이상 아무 말도 하지 않았다. 조용히 밥을 먹고 정수 이모 집으로 공부하러 갔다.

정수 이모랑 공부하는 내내 삼촌의 피식 웃던 모습이 머릿속에서 떠나지 않았다. 나는 너무 어리고 오래돼서 그런지 숙모에 대한 기억이 하나도 없다. 삼촌이 정말 끔찍하게도 사랑했다는 것만 들어서 알고 있다. 우리 집에서는 삼촌 앞에서 여자 친구나 재혼에 대한 이야기를 절대 꺼내지 않는다. 이 점에 대해서 나는 귀에 못이 박이도록 교육을 받았다.

어제 삼촌에게 괜한 질문을 했다. 미안해요, 삼촌.

2월 26일 일요일

간밤에 한숨도 자지 못하고 죽음에 대한 생각을 했다. 왜 모든 것에는 시작과 끝이 있는 것일까? 시작은 끝이라고 하고 끝은 또 다른 시작이라고도 하던데, 이 말은 도대체 무슨 뜻일까?

시시나 아저씨가 입양한 고양이 네 마리는 바둑이가 아니었다면 그 추운 배수구 안에서 죽었을지 모른다. 그런데 무슨 인연 때문에 죽지 않고 살아서 시시나 아저씨의 공장에서 귀여움을 받으며 지내게 된 걸까?

우리의 삶에서 큰일이란 무엇일까? 또 작은 일이란 무엇일까? 큰일은 우리 반에서 1등을 하는 것이고 작은 일은 수학 시험에서 백점을 맞는 것일까? 아니면 큰일은 부자가 되거나 명예로운 사람이 되는 것이고 작은 일은 마트에서 장 볼 때 우유를 깜박하고 사지 않는 것일까? 큰일과 작은 일에는 어떤 차이가 있는 것일까? 혹시 거기에는 아무 차이도 없는 것이 아닐까?

가끔 미친 듯이 반복되는 하루하루가 지겨울 때가 있다. 이런 지겨움이 계속되는 것이 죽음일까? 아니면 그것이 삶일까? 만약 그

것이 삶이라면 나이가 들어 힘이 없어지고 몸은 점점 아프게 되는 것은 죽음일까?

내가 이런 생각을 한다는 걸 엄마나 아빠가 알게 되면 무슨 이야기를 할까? 혹시 희정이도 이런 생각을 할까? 동완이나 종구도 삶과 죽음에 대해서 한번쯤 생각해 본 적이 있을까?

만약 천국이 있다면 숙모가 그곳에서 행복하면 좋겠다.

2월 27일 월요일

아빠가 장편소설을 탈고했다. 우와! 대단하다. 아빠는 내게 좋아서 쓰기 시작했는데 쓰면서 행복했다고 말했다. 아빠는 오늘 탈고 기념으로 친구들과 한잔하겠다며 초저녁부터 외출 준비를 하고 있다. 어떤 소설일까?

2월 28일 화요일

올해 2월은 28일까지밖에 없다. 윤달이고 뭐고 상관없이 2월에 항상 31일이 있다면 얼마나 좋을까? 그러면 봄방학이 3일이나 더 늘어날 텐데…….

희정이랑 한강으로 자전거를 타러 나갔다. 시원한 강바람을 맞으며 동작대교 아래까지 달렸다. 우리는 자전거를 세워 두고 걸었다. 희정이가 내게 고맙다고 했다. 내 입이 스르륵 귀에 걸렸다. 나도 역시 희정이에게 고맙다고 했다. 희정이가 웃는다. 나도 따라 웃는다.

　우리는 함께 웃으며 자전거가 손톱만큼 작아질 때까지 걷고 또
걸었다.

아름다운 청소년 ⑱

어쩌면 좋아 열네 살

초판 1쇄 발행 2018년 8월 29일 | 초판 2쇄 발행 2019년 3월 12일

지은이 정병진 | **펴낸이** 방일권 | **펴낸곳** 별숲

출판등록 제2018-000060호

주소 서울시 마포구 성미산로7안길 40, 1층

전화 02-332-7980 | **팩스** 02-6209-7980 | **전자우편** everlys@naver.com

ISBN 978-89-97798-61-2 44810

ISBN 978-89-965755-0-4 (세트)

이 도서의 국립중앙도서관 출판예정도서목록(CIP)은 서지정보유통지원시스템 홈페이지(http://seoji.nl.go.kr)와 국가자료공동목록시스템(http://www.nl.go.kr/kolisnet)에서 이용하실 수 있습니다.(CIP제어번호: CIP2018024815)